D1856602

Jane Adams

Der dunkle Pfad

Jane Adams

Der dunkle Pfad

Roman

Bechtermünz Verlag

Titel der bei MacMillan, London, erschienenen Originalausgabe:
The Greenway

Lizenzausgabe mit Genehmigung der GUSTAV LÜBBE VERLAG GmbH,
Bergisch Gladbach für Weltbild Verlag GmbH, Augsburg 1999
Copyright © 1995 by Jane Adams.
Copyright © 1997 für die deutschsprachige Ausgabe by
Bastei Verlag Gustav H. Lübbe GmbH & Co., Bergisch Gladbach
Aus dem Englischen von Eva Malsch
Umschlaggestaltung: MEISSNERS Com Office,
Art & Com Design, Augsburg
Umschlagmotiv: Look, München und Bavaria Bildagentur, München
Gesamtherstellung: Presse-Druck Augsburg
Printed in Germany
ISBN 3-8289-0196-4

Prolog

Sogar der Duft war der gleiche. Der Dunst des späten Augusts lag über dem Grün, und an ihrer Haut haftete der salzige Geruch des Meeres.

Auch die Gefühle kannte sie noch gut. Das Wissen, sie würden sich verspäten, und daß die Tante ihnen das Versprechen abgenommen hatte, rechtzeitig nach Hause zu kommen.

In ihrem Traum drehte sich Cassie zu Suzie um, die Sand aus ihren Schuhen schüttete.

»Komm doch, Sue!« Cassies Ruf klang angstvoll und eindringlich, in ihren eigenen Ohren nervös und ärgerlich.

»Um Himmels willen, ich komme ja schon. Du machst dir zu viele Sorgen. Was glaubst du denn, was sie mit uns machen wird?« Suzie zog ihre Schuhe wieder an, schob einfach den Fuß hinein, ohne die Schnürsenkel zu öffnen. Niemals regte sie sich über irgend etwas auf, nicht wie Cassie, die an ihrer Unterlippe kaute und ungeduldig umhersprang.

Suzie trottete zu ihr. »Hör mal, wenn's dich beruhigt, nehmen wir die Abkürzung zwischen den Feldern«, schlug sie mitleidig vor, »so wie neulich. Dann verspäten wir uns nur ein kleines bißchen. Okay?«

Skeptisch nickte Cassie.

»Also gut!« schrie ihre Kusine. »Los! Mal sehen, wer schneller ist!«

Sogar im Traum spürte Cassie die Mühsal des Wettlaufs. Schwer schien die Sonne auf ihrem Rücken zu lasten, und sie atmete den Staub ein, den die flinken Füße aufwirbelten. Dann der Übergang vom harten Asphalt zum knisternden, federnden, verdorrten Gras, als sie die schmale Straße verließen und in den Greenway bogen.

Wie immer versuchte Cassie, an dieser Stelle zu erwachen, ihren Körper aus dem Schlaf zu reißen, ihr Gehirn ins Bewußtsein zurückzuholen.

Und es gelang ihr nie.

Statt dessen wurde sie gezwungen, die Ereignisse erneut zu erleben, mit derselben – nein, mit noch stärkerer Intensität als vor zwanzig Jahren. Intensiver, weil sich die Aktivitäten von da an verlangsamten. Cassie fühlte jeden einzelnen grünen Halm, den die Sohlen ihrer Sandalen flach drückten. Alle Zweige und Blätter der hohen Hecken, die sich in ihrem Haar verfingen und sie – im Rückblick betrachtet – zu warnen und ihr zu raten schienen, umzukehren und der Straße rund ums Dorf zu folgen. Unter ihrem Fuß hörte sie ein Schneckengehäuse zerbrechen, sah den Schatten irgendeines Geschöpfs, vielleicht eines Vogels, im Gebüsch verschwinden, vernahm das dumpfe Geräusch von Suzies Schritten, hinter ihr auf dem Grasteppich des Wiesenpfads.

Dann der plötzliche Schimmer, wie ein deplazierter Hitzeschleier; das Gefühl bleierner Schwere um die Schultern, des schwankenden Bodens unter den Sohlen. Wie aus weiter Ferne drang Suzies Stimme heran, die nach ihr rief.

Fallen, fallen.

Cassie, das Kind, versank in undurchdringlichem Dunkel – in lautloser Schwärze, dick wie Sirup. Sie hörte nichts, konnte nicht mehr atmen.

Und dann – nichts.

Zwanzig Jahre später erwachte sie, bahnte sich einen Weg zurück in die Welt, die sie real nannte. Ihre Finger umklammerten den Rand der Bettdecke, als wäre er ihre einzige Verbindung zur Gegenwart.

Tief sog sie die Luft in ihre Lungen, die danach zu schmachten schienen, und zwang sich, langsam und gleichmäßig zu atmen.

Sie glaubte, sie hätte geschrien, aber Fergus schlief an ihrer Seite, ahnungslos, friedlich. Sekundenlang überlegte sie, ob sie ihn wecken sollte, streckte eine Hand aus, um seine Schulter zu berühren, und zog sie dann wieder zurück. Es würde ihr nichts nützen, Fergus zu wecken. Sein Mitgefühl schien immer nur an ihren Nerven zu zerren. Niemals litt er unter bösen Träumen. Er verstand die beklemmende Wirkung nicht, die sie ausübten, ebensowenig die Angst vor Alpträumen, die Cassie sogar peinigte, wenn sie wach war. Nein, Fergus konnte ihr nicht helfen.

Leise und vorsichtig schlüpfte sie aus dem Bett, öffnete den Schrank, tastete nach der Tasche ihrer ältesten Jacke. Sie zog einen Plastikbeutel heraus, in dem ein zusammengefalteter Zettel steckte. Daß sie ihn immer noch besaß, wußte Fergus nicht. Unbehaglich schaute sie zu ihm hinüber, aber er schlief weiter, tief und fest wie ein Kind.

Cassie nahm das Papier aus dem Plastikbeutel. Vergilbt vom Alter, mehrfach gefaltet, an rissigen Knitterstellen mit Klebeband verstärkt. Sie öffnete den Zettel, legte ihn flach auf den Toilettentisch, schob einige Sachen beiseite, um Platz zu machen.

Eine polizeiliche Suchmeldung, eine Bitte um Hilfe.

»Haben Sie dieses Kind gesehen?« lautete die Überschrift, in großen Lettern. Den Rest mußte Cassie nicht lesen. Sie kannte den Text auswendig. Alle Einzelheiten, das Datum, die Uhrzeit seines Verschwindens, den Namen des zwölfjährigen Mädchens.

Sie schob das Papier zur Seite, so daß der schwache Schein der Straßenlampe darauf fiel, der zwischen den Vorhängen hereindrang. Dann betrachtete sie das Foto, blickte über die verlorenen zwanzig Jahre hinweg in Suzanne Ashmores Augen. Und Kusine Suzie starrte zurück.

1

Fergus sagt, du würdest diesen Ort kennen?«

Lächelnd nickte Cassie. »Meine Verwandten lebten hier, als ich ein Kind war, und in den Ferien kam ich oft her.«

»Es muß wundervoll sein, in so einer Gegend aufzuwachsen«, meinte Simon enthusiastisch. »Das Meer, die schöne Landschaft, kaum Straßenverkehr ... Während der letzten zwei Tage sah ich mehr Kinder auf Fahrrädern als in all den Jahren zuvor.«

Anna ergriff seine Hand und lachte. »Oh, Simon der Romantiker!« rief sie liebevoll. »Und die Nachteile? Ich wette, an die eisigen Winterstürme hast du noch nicht gedacht. Kein Nachtleben. Um einzukaufen, muß man etwa fünfzehn Meilen weit fahren, nach Norwich.«

»Unsinn, Anna, so schlimm kann's doch nicht sein. Ganz in der Nähe gibt's ein paar Läden. Und wenn ich mir den Winter vorstelle – wilde Meereswellen, Gischt, die bis zu den Klippen hinaufspritzt ...«

»Die Hälfte der Klippen wurde schon weggespült.«

»Und wir kuscheln uns vors Kaminfeuer.«

»Bevor du ein Feuer machen kannst, mußt du jeden Morgen die Asche aus dem Kamin fegen. Du bist ein typischer Städter. Kommst im Sommer hier an, verliebst dich in die Gegend und denkst nicht weiter als bis zum September. Nach dem ersten Winter wirst du die Flucht ergreifen und in die Stadt zurückkehren.«

Nur mit halbem Ohr hörte Cassie den Protest Simons und Annas Gelächter. Sie überließ die beiden ihrem freundschaftlichen Gezänk – Fergus nannte es die »Doppelzünder-Action« – und wanderte den Berg hinauf, zu der Stelle, wo er stand. »Bist du okay?« fragte er und umarmte sie.

»O ja.« Zu ihrer eigenen Überraschung meinte sie's ernst. Dieser Urlaub war seine Idee gewesen, und ihr hatte davor gegraut. Aber jetzt, wo sie hier war, fühlte sie sich sehr wohl. Sie wandte sich ab, legte seine Arme um ihre Taille. »Da unten siehst du das Haus meiner Tante.«

»Ich weiß.« Sanft drückte er sie an sich und schlang seine Finger in die ihren.

»Und dort ...« Sekundenlang zögerte sie, aber die tröstliche Wärme seiner Hände beruhigte sie. »Der Greenway, wie die Einheimischen ihn nennen. Er führt von der Straße zum Fuß dieses Berges.«

»Ein Berg? Das ist nur ein kleiner Hügel. Oder ein angeberischer Maulwurfshaufen. Nur weil's hier so flach ist, sieht er wie ein Berg aus.« Als sie lachte, flüsterte er: »Ich finde dich wunderschön, und ich bin sehr stolz auf dich.«

»Seltsam – es ist gar nicht so schlimm, wie ich dachte. Vielleicht hattest du recht, Fergus Ich muß meine Dämonen besiegen. Zwanzig Jahre! Eine lange Zeit ...«

Die anderen waren Hand in Hand den Hang heraufgestiegen, stritten aber immer noch.

»Tan's Hill!« Simon streckte einen Arm aus. »Weiß jemand, was das bedeutet?«

»O Gott«, stöhnte Anna, »jetzt spielt er schon wieder den Oberlehrer.«

Er ignorierte sie, und Cassie bemerkte unvermuteterweise: »Eine Abkürzung von St. Anne's Hill.«

»Sehr gut«, lobte er, »der erste Preis für die Dame in der roten Bluse!« Er grinste sie an, dann fuhr er etwas ernster fort: »Hier gibt's viele Tan's oder St. Anne's Hills. Die meisten sind kegelförmig oder sanft gerundet.« Um seine Erklärung zu veranschaulichen, strich er spielerisch über Annas Körper, dann sprang er zurück und wich ihrem Fausthieb aus. »Kultstätten aus vorchristlicher Zeit. Dank dem guten alten Papst gab ihnen die Kirche einfach nur neue Namen. Früher waren die Tan's oder St. Anne's Hills der Fruchtbarkeitsgöttin Danu geweiht«, fügte er hinzu und lächelte wieder. »Und die arme heilige Anna ist sicher als Jungfrau gestorben. Welch eine Ironie!«

»Wenn man heiliggesprochen werden will, muß man wohl oder übel jungfräulich sterben«, erwiderte Anna.

»Wahrscheinlich. Ein Glück, daß du dem Beispiel deiner Namensschwester nicht gefolgt bist ...« Er packte sie, sank mit ihr ins weiche Gras und küßte sie. Doch dann siegte seine Neugier. Er richtete sich auf und schaute Cassie an. »Gibt's hier irgendwo einen Bach oder eine Quelle?«

»O ja, am Fuß des Hangs, beim Greenway. Warum fragst du?«

»Was ist der Greenway?« wollte Anna wissen.

»Ein Weg zwischen diesen großen Feldern.« Cassie zeigte zu einer dunklen Heckenreihe hinunter. »Warum interessierst du dich für einen Bach oder eine Quelle, Simon?«

»Weil Danu immer in der Nähe eines Gewässers angebetet wurde.«

»Hier findet man genug Wasser.« Anna wies auf das Meer, das jenseits der Klippen zu sehen war.

»Das ist was anderes.«

Ein paar Minuten lang schwiegen sie. Auch Cassie und Fergus setzten sich ins Gras. Wie er festgestellt hatte, wirkte der Hügel nicht besonders eindrucksvoll, stach nur aus dem ansonsten flachen Land hervor. Vom Gipfel aus sah man sieben Kirchen, im Osten erhob sich der Leuchtturm. Sie waren daran vorbeigewandert, entlang des Klippenrands, und hatten die Reste seines Vorgängers gesehen, die sich immer noch grimmig an den Sandstein klammerten.

Jahr um Jahr forderte das Meer einen höheren Tribut, beanspruchte immer größere Küstenteile. Es bekümmerte Cassie, daß soviel Land verschwunden war, seit sie dieses Gebiet zum letzten Mal besucht hatte. Jetzt stand die Feuersteinkirche viel näher bei den Klippen. Irgendwie konnte man nicht glauben, Kirchen oder Leuchttürme würden jemals in die Brandung hinabstürzen, weil sie zu groß und stabil erschienen, um der tückischen Korrosion zum Opfer zu fallen. Nun mußte sie bedenken, wie lange sie nicht hier gewesen war. Ein paar Zoll pro Jahr – das summierte sich.

Diese Landschaft weckte so viele Erinnerungen.

»Schaut mal!« Cassie zeigte zu einer Kirche hinab, die von Bäumen umgeben war. Offenbar gehörte kein Dorf dazu. »Dort gingen wir einmal auf Geisterjagd.«

»Geisterjagd?«

»Ja. Eine sagenumwobene Gegend ... Hier spuken

zahllose Geister, alle Typen, die man sich nur vorstellen kann.«

Nachdenklich pflückte Simon einen Wegerich und kaute daran. »Und welche Geister habt ihr gejagt?«

Sie lachte. »Das weiß ich nicht mehr, vielleicht den kopflosen Kutscher oder so etwas Ähnliches.«

»Hast du mal was gesehen?« fragte Anna.

»Nein. Es regnete, und wir froren. Nachdem wir ein paar Autofahrer erschreckt hatten, gaben wir's um Mitternacht auf.« Bei dieser Erinnerung lächelte Cassie. »Tante Pat liebte solche Spiele. Und Suzie ...« Sie zögerte. Nur selten gestattete sie sich, den Namen auszusprechen. »Suzie tat alles, was Spaß machte.« Als sie zum Greenway hinabstarrte, verflog ihre hoffnungsvolle Stimmung. Fergus ergriff ihre Hand.

»Hast du noch Kontakt zu deinen Verwandten?« erkundigte sich Simon.

Falsche Fröhlichkeit schwang in ihrer Antwort mit. Das hörte sie selbst. »Tante Pat und Onkel Mike sehe ich immer noch. Nicht oft. Aber wir bleiben in Verbindung.« Plötzlich wollte sie nicht mehr reden, wollte nach Hause oder wenigstens ins Cottage zurückkehren, das sie gemietet hatten. In ihrer Magengrube spürte sie die vertraute Panik, die zur Brust hinaufkroch, bis in den Hals. Langsam atmete sie aus. Anna sagte irgend etwas, und Cassie zwang sich, ihre Gedanken zu verdrängen, den rötlichen Schleier, der absurderweise hinter ihren Augen flimmerte. »Wie, bitte?« Zum Glück klang ihre Stimme halbwegs normal.

»Ich habe gefragt, wo Suzie ist«, entgegnete Anna, und Simon runzelte die Stirn.

»Alles in Ordnung, Cassie? Du bist ganz rot geworden. Vielleicht verträgst du die Sonne nicht.«

Mühsam lächelte sie. Nun ließ die Panik nach. Trotzdem konnte Cassie nicht antworten.

»Vermutlich waren wir alle zu lange in der Sonne«, meinte Fergus, um ihr Schweigen zu überspielen. »Wie's euch geht, weiß ich nicht, aber ich bin jedenfalls hungrig.«

»Du hast immer Hunger«, bemerkte Anna. »Und es ist mir ein Rätsel, warum du nicht doppelt so dick bist wie Simon.«

»Moment mal«, protestierte Simon, »willst du etwa behaupten, dieser Körper sei nicht perfekt?«

Lächelnd boxte sie in seinen etwas wabbeligen Bauch. »Wie könnte ich so was auch nur andeuten? Aber manchmal gibt's zuviel Vollkommenheit. Und das da ...« Unsanft kniff sie in eine Speckfalte, und er stöhnte gequält. »Das ist entschieden zuviel.«

Abrupt sprang sie auf und rannte davon. Er folgte ihr, blieb kurz stehen, rief den anderen zu, sie würden sich beim Auto treffen. Erleichtert schaute Cassie den beiden nach.

»Geht's dir gut?« fragte Fergus besorgt und legte die Hände auf ihre Schultern. Fast schmerzhaft massierten seine starken Finger die Verkrampfung weg, und sie genoß perverserweise das geringere Unbehagen. Sie rührte sich nicht und wartete, bis die letzte Nachwirkung ihrer Panik verebbte. »Du bist so tapfer, Cassie. Habe ich dir heute eigentlich schon gesagt, wie sehr ich dich liebe?«

Friedlich saßen sie nebeneinander. Fergus riecht immer so gut, dachte sie. Als er sich zu ihr neigte und sie küßte, kitzelten seine Haare und sein Bart ihre Wange. Sie lehnte an seiner Brust, die Liebkosungen trösteten sie.

»Jetzt sollten wir gehen«, meinte er. »Sie warten auf uns.« Nur widerstrebend ließ sie sich auf die Beine ziehen und den Hang hinabführen. Bevor sie das Auto erreichten, blieb er stehen und wandte sich zu ihr. »Cassie, Liebes, wenn du's wirklich bewältigen willst, mußt du drüber reden, so wie über andere Dinge. Mag es auch noch so schlimm gewesen sein – es war ein Unfall. Ein Ereignis in einem ganzen Leben voller Ereignisse. Könntest du's nicht so sehen?«

Hilflos starrte sie ihn an. Er erzählte ihr nichts Neues. »Also gut, Fergus, ich will's versuchen, das verspreche ich dir.«

»Simon und Anna lieben dich, Cassie. Und ich liebe dich. Wir wollen dir helfen.« Zärtlich nahm er sie in die Arme und streichelte ihr dichtes braunes Haar. »Alles wird gut. Heute abend mußt du erzählen, was auf dem Greenway geschehen ist.«

2

Der Abend war unerwartet kühl geworden. Den ganzen Tag lang hatte der Wind landeinwärts geweht, sich dann gedreht, und nun blies er wieder feuchte Salzluft zur Küste. Schaudernd zog Anna die dünnen Vorhänge vor das Fenster, das zum Meer hinausging.

Cassie lachte. »So kalt ist es nun auch wieder nicht.«

»Nein? Sag das mal meinen Füßen.«

»Vielleicht solltest du Socken anziehen.«

Bedächtig musterte Anna ihre nackten Zehen, krümmte sie auf den grauen Fliesen des Küchenbodens. Dann lächelte sie, setzte sich zu Simon und legte die nackten Füße in seinen Schoß. »Der beste Fußwärmer weit und breit.« Nach einer Weile runzelte sie die Stirn. »Warst du seit damals nicht mehr hier?«

Cassie schüttelte unbehaglich den Kopf. »Als mein Onkel und meine Tante weggezogen waren, sah ich keinen Grund mehr herzukommen. Bis jetzt.«

»Warum jetzt? Klar, das ist eine großartige Gegend, und ich beschwere mich auch gar nicht. Aber – warum?«

Cassie schaute bedrückt nach unten und strich mit einer Schuhspitze über den fadenscheinigen Teppich. »Irgendwie fand ich, es wäre an der Zeit«, antwortete sie langsam. »Während ich das letzte Mal hier war, geschahen Dinge, an die ich nie wieder denken wollte. Deshalb fiel mir die Rückkehr schwer.« Sie zog den Vorhang ein wenig auseinander, um die dunklen Wolken zu beobachten, die über der Küste dahinglitten.

Reumütig schaute Anna sie an. Sie wußte, daß sie einen wunden Punkt getroffen hatte, was sie normalerweise vermied. Als sie nach einem unverfänglichen Gesprächsthema suchte, trat sie unwissentlich erneut ins Fettnäpfchen. »Erzähl uns doch was über den Tan's Hill. Da muß es interessante Geschichten geben.«

Simon nickte. »Um diese Hügel ranken sich viele Legenden. Manchmal werden sie ›Märchenhügel‹ genannt. Zum Beispiel schläft man irgendwo da oben ein und erwacht in einer anderen Welt – oder man schlummert jahrhundertelang.«

Nach kurzem Zögern seufzte Cassie und fügte sich ins Unvermeidliche. »Das stimmt. Der Tan's Hill spielt in mehreren Sagen die Hauptrolle. Aber ich erinnere mich nicht an alle. Es ist so lange her ...«

»Hast du sie gehört, als du bei deiner Tante warst?« fragte Anna.

»Ja.« Cassie holte tief Atem. Sei nicht so dumm, sagte sie sich. Um die Vergangenheit zu bewältigen, bist du doch hierhergekommen, oder? Entschlossen sprach sie weiter. Nun kamen ihr die Worte leichter über die Lippen, fast zu leicht, so als wären sie lange gefangen gewesen und wollten sich mit aller Macht befreien, ehe sie die Tür wieder schloß. »Tante Pat behauptete, das sei ein Hexenhügel. In der Pfarrbibliothek findet man angeblich Berichte über Zeremonien, die auf dem Tan's Hill stattfanden, am Vorabend des 1. Mai und um Weihnachten herum, wahrscheinlich bei der Wintersonnenwende. Etwa im siebzehnten Jahrhundert.«

»Das bezweifle ich«, warf Simon ein. »Eher früher oder später. Vermutlich gegen Ende des achtzehnten Jahrhunderts. Ein Jahrhundert zuvor erreichte die Hexenverfolgung ihren Höhepunkt. Da wäre es für diese Frauen zu gefährlich gewesen, sich auf einem Hügel zu treffen, wo man sie deutlich sehen konnte.«

Cassie zuckte die Achseln. »Das weiß ich nicht. Jedenfalls wollte der Dorfpfarrer diesem Treiben ein Ende bereiten und hielt christliche Zeremonien da oben ab. Die Einzelheiten sind mir entfallen. Ich erinnere mich nur, daß er erklärt hat, Freudenfeuer seien auf heidnische Bräuche zurückzuführen. So was dürfe man nicht dulden. Und dann kursierten Gerüchte über ›sexuelle Ausschweifungen‹ auf dem Tan's Hill, wie's der Pfarrer nannte.« Sie lachte. »Daran erinnere ich mich, weil Onkel Mike Witze drüber machte und meinte, die Kirche hätte eine Zusatzsteuer für Orgien verlangen sollen.«

»Wenn wir dafür Steuer zahlen müßten, wären wir in einem Monat pleite.« Simon erschauerte und stieß Anna zwischen die Rippen.

»Laß das!« befahl sie und schlug seine Hand weg. »Erzähl weiter, Cassie.«

»Viel mehr weiß ich nicht. Der Greenway wurde als eine Art Zeremonienpfad betrachtet, und Tante Pat glaubte, bevor die Farm entstanden war, müßte er in den Weg gemündet haben, der vom Leuchtturm landeinwärts führt. Wenn man in der Nähe des alten Leuchtturms steht und zum Tan's Hill schaut, sieht man den Greenway und Spuren des einstigen Pfades. Beide Wege scheinen sich zu vereinen. Könnte es einen Grund geben, warum sie in Richtung des Meeres verlaufen, Simon?«

»Vielleicht«, erwiderte er nachdenklich. »Schwer zu sagen, wenn man's nicht vor Augen hat. Danu kam vom Meer her, aber nicht von der Nordsee. Möglicherweise gab's da irgendwelche Riten, die den Fischern Segen bringen sollten.«

»Früher lebte eine alte Frau im Dorf, und die Leute behaupteten, sie sei nicht ganz richtig im Kopf. Angeblich wußte sie alles über die Geschichten und Sagen dieser Gegend, oder sie erfand irgendwas, wenn man ihr ein paar Brandys spendierte.« Wieder lachte Cassie. Mittlerweile fühlte sie sich wohler. Fergus hatte recht, sie mußte alle diese Dinge in die richtige Perspektive rücken. »Einmal erzählte sie mir, eine ihrer Vorfahrinnen sei auf dem Tan's Hill wegen Hexerei gehängt worden. Merkwürdig – vorher hatte ich gedacht, die Hexen wären verbrannt worden. Aber das bestritt die alte Frau.« Fragend schaute sie Simon an, der den Kopf schüttelte.

»Nein, da machte die Kirche sehr feine Unterschiede. Der würdevolle Flammentod blieb gefährlichen Ketzerinnen vorbehalten. Einfache Feld-, Wald- und Wiesenhexen mußten sich mit dem Strick begnügen.«

»Nette Leute«, bemerkte Anna. »Vermutlich wurden sie erst hingerichtet, nachdem man sie gefoltert und zu einem Geständnis gezwungen hatte.«

»Seltsamerweise nicht.« Simon strich durch sein kurzes blondes Haar. »Zumindest nicht in dieser Gegend. Auf dem europäischen Festland konnten die Inquisitoren mehr oder weniger machen, was sie wollten. Hier war es verboten, verdächtige Hexen zu foltern. Aber unsere Ahnen kamen nicht zu kurz. Sie erfanden ihre eigenen Methoden, und man könnte die britischen Hexenjäger als die Vorreiter der psychologischen Manipulation bezeichnen.«

»Wie meinst du das?«

»Nun, sagen wir mal, eine Hexe wurde ganz allein in eine dunkle Zelle gesperrt, bekam nur salziges Essen und kein Wasser. Wahrscheinlich war sie gefesselt oder angekettet. So was fiel nicht unter den Begriff Folter, es sollte die Gefangenen nur zermürben. Außerdem wandte man Therapien an, die heutzutage in Spionageromanen vorkommen – Schlafentzug, totale Isolation.« Er unterbrach sich, um das Gewicht von Annas Füßen zu verlagern. Dann fügte er hinzu: »Und die Hexe wurde ständig beobachtet, weil man sehen wollte, ob der Teufel zu ihr kam.«

»Das verstehe ich nicht«, seufzte Anna.

Lachend zerzauste sie ihr glattes schwarzes Haar. »Nimm mal an, du wärst der Hexerei beschuldigt worden. Du würdest mitten in einer Zelle sitzen, auf einem Stuhl festgebunden, und wissen, daß deine Ankläger durch ein Guckloch hereinspähen. Damals glaubte man, der Teufel könnte seine Dienerin in jeder erdenklichen Gestalt aufsuchen, als Ratte oder Spinne. Sobald die Inquisitoren so ein Ungeziefer sahen, hatten sie den Beweis, den sie brauchten, und einen guten Grund, die Hexe aufzuknüpfen.«

»Du machst Witze!« rief Anna ungläubig.

»Leider nicht. Weder die Ankläger noch die Beklagten fanden das alles lustig. Man hielt die Hexerei für Teufelskunst, und sobald eine Frau auch nur den leisesten Verdacht erregte, war sie so gut wie tot.«

»Irgendwo habe ich mal gelesen«, sagte Fergus langsam, »zwischen 1620 und 1730 seien Millionen Frauen der Hexerei bezichtigt und hingerichtet worden.«

Simon nickte. »Möglicherweise. Das läßt sich nicht mehr genau feststellen. Die Exekutionen wurden zwar gezählt, aber damals befand sich ganz Europa in religiösem und politischem Aufruhr. Deshalb wurde ein Großteil des Beweismaterials zerstört. Und die einzelnen Schätzungen weichen voneinander ab. In manchen Berichten werden Zehntausende angegeben, in anderen Millionen. Mit Sicherheit werden wir es niemals wissen.«

Cassies Gedanken begannen davonzuwandern. Mit halbem Ohr hörte sie Simon von der Naturreligion erzählen, der Wiege des historischen und des modernen Hexenkults. Die Dualität in der Natur und der Menschheit würde sich in der Anbetung eines männlichen und zugleich weiblichen Idols ausdrücken, das göttliche Kraft symbolisiere. Dann bemerkte Anna, die Verehrung der Mutter Erde in jeder Form sei gewiß ein positiver Schritt, da sie auf Umweltprobleme hinweise. Nach diesem langen Umweg kehrten sie wieder zu ihrem ursprünglichen Thema zurück, zum Tan's Hill, und Simon meinte, früher habe man vermutlich geglaubt, auf diesem Hügel wären die Welt der Menschen und die Welt der Geister zusammengetroffen. Deshalb sei er sozusagen die Schwelle anderer Regionen gewesen.

»Ein Märchenland!« erwiderte Annas Stimme verächtlich.

»So was Ähnliches.« Annas Gelächter schien Simon zu belustigen, aber auch zu kränken.

»Vielleicht ist Suzie dort hingegangen.« Diese Worte – beiläufig ausgesprochen – waren Cassie unwillkürlich herausgerutscht, ließen sich nicht mehr zurücknehmen.

»Deine Kusine Suzie?« fragte Simon herausfordernd.

Sie zögerte, aber nun gab es kein Entrinnen mehr. »Plötzlich verschwand sie, während wir den Greenway entlangrannten. Niemand weiß, was geschehen ist.«

Eine Zeitlang herrschte tiefes Schweigen. Cassie spürte Fergus' Arm, der ihre Schulter umschlang, hörte seine ruhige, tröstliche Stimme. »Deshalb sind wir hierhergekommen. Cassie muß die innere Kraft aufbringen, diesen Ort wiederzusehen und sich der Vergangenheit zu stellen.«

Nun dauerte es eine ganze Weile, bis jemand etwas Vernünftiges zu sagen wußte. Vorübergehend kam Simon aus dem Konzept und flüchtete sich in höfliche Platitüden. Anna, praktisch und gelassen wie immer, kochte Tee und bot Cassie eine Gelegenheit, ihre Gedanken zu ordnen. Dann stellte sie das Teetablett auf den niedrigen Tisch. »Fang am besten schon jetzt damit an, Liebes. Tu dir selber einen Gefallen und bring's hinter dich.« Sie reichte Cassie eine gefüllte Tasse, setzte sich wieder neben Simon und sah ihre Freundin nikken.

»Viel gibt's nicht zu erzählen«, entgegnete Cassie und versuchte zu spät, das Drama ihrer lückenhaften Enthüllung herunterzuspielen. »Wie gesagt, Suzie verschwand. So etwas kommt häufig vor.« Als sie an ihrem Tee nippte, verbrannte sie sich die Zunge. »Früher kam ich in den Ferien oft hierher. Das wißt ihr bereits. Tante Pat ist die Schwester meiner Mutter, aber ganz anders – lässig und heiter. Bei ihrer Familie fühlte ich mich immer wohler als bei meiner eigenen ...« Unsicher verstummte sie.

»War Suzie so alt wie du?« fragte Anna.

»Zwei Jahre älter. Kurz bevor sie verschwand, hatte sie ihren zwölften Geburtstag gefeiert. Hier war es ganz anders als bei mir daheim. Wir durften uns frei und ungehindert bewegen. Vorausgesetzt, wir erklärten meiner Tante, wohin wir gehen und wann wir zurückkehren würden, konnten wir mehr oder weniger tun, was wir wollten. Alle Leute kannten Pat und ihre Familie, also kamen wir nicht weit, ohne daß es jemand bemerkte. Sie erlaubte uns sogar, am Strand zu spielen, verbot uns aber, ins Wasser zu gehen. Trotzdem schwammen wir an jenem Tag.«

»An dem Tag, als sie verschwand?«

»Ja. Am 25. August. Es war schrecklich heiß. Niemals werde ich dieses Datum vergessen. Wir faulenzten am Strand, dann beobachteten wir, wie die Fischer, Tante Pats Nachbarn, ihren Fang aus den Hummernetzen holten und an Land brachten. Darüber vergaßen wir die Zeit, und als wir den Strand verließen, war's schon ziemlich spät. Suzie machte sich keine Sorgen, denn sie dachte, zehn Minuten mehr oder weniger würden keine Rolle spielen. Tante Pat erwartete uns immer erst zwanzig Minuten nach dem Zeitpunkt, den sie uns nannte, damit wir auch wirklich pünktlich heimkamen. Aber ich regte mich auf, weil ich es hasse, mich zu verspäten.« Cassie lächelte wehmütig. »So geht's mir heute immer noch. Wahrscheinlich ist das ein Erbe meiner Mutter. Und nun frage ich mich unentwegt, ob es besser gewesen wäre, auf der Straße nach Hause zu gehen, statt die Abkürzung über den Greenway zu nehmen. Dann hätten wir Suzie vielleicht nicht verloren.« Bedrückt starrte sie in ihren Tee, als könnte sie in der abgekühlten Flüssigkeit eine Antwort finden.

»Sprich weiter«, mahnte Fergus leise. »Du machst das sehr gut.«

Ehe sie fortfuhr, schenkte sie ihm ein gequältes Lächeln. »Eigentlich hätte nichts passieren dürfen. Da wir den Greenway oft benutzten, kannten wir ihn gut genug. Wir bogen von der Straße ab, rannten zwischen den Hecken entlang, und plötzlich veränderte sich alles. Irgendwie schien die Welt aus den Fugen zu geraten, alles wurde schwarz. Ich muß das Bewußtsein verloren haben, und als ich wieder zu mir kam, war Suzie verschwunden.« Wieder zögerte Cassie. Die vertraute Panik drohte ihr die Kehle zuzuschnüren. Haltsuchend griff sie nach Fergus' Hand und zwang ihre Gedanken, in geordnete Bahnen zurückzukehren. »Ich war völlig verwirrt und hatte schreckliche Angst. Zunächst wußte ich nicht einmal, wo ich war. Dann erinnerte ich mich an Suzie, rief immer wieder ihren Namen, aber ich hielt vergeblich nach ihr Ausschau ...«

Nun schwieg sie erneut, weil es ihr nicht gelang, die Verzweiflung zu unterdrücken, die in ihrer Stimme mitschwang. Wie sollte sie erklären, was ihr am allerschlimmsten erschien? Nicht Suzies Verschwinden – schon damals hatte sie die Endgültigkeit der Trennung erkannt –, sondern das Wissen, daß ihre Kusine entführt und sie selbst zurückgelassen worden war. Abgelehnt ... Tröstend legte Anna eine Hand auf Cassies Arm. Simon runzelte die Stirn, wie immer, wenn er verschiedene Möglichkeiten überdachte. Und Fergus tat, was ihr am ehesten nützte. Er zog sie an sich, und sein stummes Mitgefühl half ihr, ihre Fassung zurückzugewinnen.

»Dann hörte ich Leute rufen«, erzählte sie. »Nachdem wir nicht heimgekommen waren, suchte uns Tante Pat, und weil sie uns nicht fand, trommelte sie die Nachbarn zusammen. Undeutlich drangen ihre Stimmen zu mir, und ich schrie aus Leibeskräften. Was sich ereignet hatte, wußte ich immer noch nicht – nur daß ich aus meiner Ohnmacht erwacht und daß Suzie verschwunden war.«

Mühelos reihten sich die Worte aneinander. In Erinnerungen versunken, schilderte Cassie, wie die Tante sie angstvoll geschüttelt und angeschrien und gefragt hatte, was mit ihrer Tochter geschehen sei. Und Cassie wünschte sich sehnlichst, jemand würde sie in den Arm nehmen und ihr versichern, sie müsse sich keine Sorgen mehr machen, denn Suzie sei gerettet. Wenn Tante Pat doch aufhören würde, so schrecklich zu schreien und Fragen zu stellen, auf die es keine Antwort gab ... Und all die anderen Gesichter, die Stimmen, die sie bedrängten, bis jemand die Menschen beiseite schob, die kleine Cassie hochhob und irgendwohin trug, wo sie sich in dunkler Stille verstecken konnte. Schlaf. Vergessen. Die Zuflucht in friedlicher Ruhe.

»In jener Nacht kamen meine Eltern, um mich nach Hause zu holen. Ich weiß noch, wie meine Mutter und Tante Pat stritten und Onkel Mike ihnen befahl, den Mund zu halten. Meine Mutter warf der Tante vor, sie habe uns frei herumlaufen lassen. Und Tante Pat gab mir die Schuld. Offenbar müssen die Menschen irgend jemandem die Verantwortung aufbürden, wenn sie unglücklich sind. Und es lag natürlich nahe, daß Tante Pat sich auf mich stürzte. Immer wieder jammerte sie: ›Warum meine Tochter? Warum wurde meine Suzie entführt?‹ Natürlich hätte sie's vorgezogen, wenn *ich* verschwunden wäre. In ihrer Verzweiflung konnte sie gar nicht anders.«

Unaufhaltsam flossen Tränen und tropften in den Tee. Mit beiden Händen umklammerte sie die Tasse, die Muskeln in ihren Schultern verkrampften sich.

Dann erklang Annas Stimme. Ärgerlich betonte sie, Cassie trage keine Schuld an Suzies Verschwinden. Und Simon stellte Fragen, kühl und emotionslos, so wie immer, wenn er sich von Dingen distanzieren wollte, die starke Gefühle erregen könnten. Fergus übernahm es, die gewünschten Erklärungen abzugeben.

»Bedauerlicherweise wurde das Rätsel nie gelöst. Eine Frau, die in ihrem Garten an der Hauptstraße Wäsche aufhing, war die letzte Person, die beide Mädchen beobachtete. Später berichtete sie der Polizei, sie seien aus dem Dorf gerannt, aber sie habe angenommen, sie würden zur Straße zurückkehren. Zunächst suchte man die Strecke ab, die Suzie und Cassie für gewöhnlich gegangen waren. Diese Straße führt in weitem Bogen zu dem Anwesen, das ihr heute vom Hügel aus gesehen habt.«

»Wie lange waren die Mädchen schon vermißt worden, als die Suche begann?« erkundigte sich Simon.

Diesmal antwortete Cassie. Seine sachlichen Fragen halfen ihr, die Panik zu besiegen. »Etwa anderthalb Stunden nachdem Tante Pat uns zu Hause erwartet hatte, wurde ich gefunden.«

»Und Suzie blieb spurlos verschwunden?«

Sie nickte. »Während der nächsten Tage verhörte mich die Polizei. Auch die anderen Leute wurden vernommen. Die Suche dauerte wochenlang, aber sie verlief ergebnislos. Damals behaupteten die Leute alles mögliche. Suzie sei ermordet oder gekidnappt worden oder einfach davongelaufen. Aber warum hätte sie durchbrennen sollen? Ich glaube, das kränkte ihre Eltern ganz besonders – daß man den Eindruck gewann, sie sei geflohen.«

»Und was ist mit dir geschehen? Bist du gestürzt? Hast du dir den Kopf angeschlagen? Warum warst du bewußtlos? Hattest du jemals epileptische Anfälle? Vielleicht brachst du zusammen, Suzie sorgte sich und rannte weg, um Hilfe zu holen. Und dabei wurde sie entführt.«

Mit einem schwachen Lächeln verwarf sie Simons Spekulationen und schüttelte den Kopf. »Das alles wurde in Erwägung gezogen. Aber ich litt nicht an Epilepsie. Um sicherzugehen, ließ man mich sogar ärztlich untersuchen. Schließlich mutmaßte man, ich sei gestolpert und mit dem Kopf auf einen Stein gefallen. Deshalb hätte ich die Besinnung verloren. Aber mit dieser Theorie gab's Probleme, weil ich unverletzt war. Bis heute weiß niemand, was wirklich geschehen ist.«

Nach einer kurzen Pause sprach sie etwas langsamer weiter. »Meine Mum und mein Dad brachten mich nach Hause. Ein paarmal besuchten uns Polizeibeamte, um mich zu befragen, aber ich konnte ihnen nichts erzählen. Letzten Endes gaben sie's auf, die Akte wurde geschlossen. Wir sahen Tante Pat nur noch selten. Am ersten Jahrestag nach Suzies Verschwinden fand in der Dorfkirche ein Gedenkgottesdienst statt. Innerhalb dieser kurzen Zeit war Tante Pat stark gealtert. Meine Eltern und ich gingen hin, aber sie erlaubten mir nicht, mit ihr zu reden. Nicht daß ich irgendwas sagen wollte. Die Ärzte meinten, ich würde immer noch unter den Nachwirkungen des Schocks leiden und mich in meinem Schneckenhaus verkriechen. Doch ich wußte, daß Pat mir immer die Schuld gab. Sie wünschte, sie würde an einem Gedenkgottesdienst für *mich* teilnehmen – nicht für Suzie.«

Offenbar gab es danach nichts mehr zu sagen. Cassie spülte automatisch die Tassen, während Anna frischen Tee machte. Und Simon stellte neue Fragen, erforschte neue Perspektiven.

Wie oft hatte Cassie das alles schon gehört ... Irgendwie erschien es ihr tröstlich, daß Simon – ein notorischer, wenn auch netter Besserwisser – genauso verwirrt war wie damals die Familien im Dorf und die Polizei. Dadurch fühlte sie sich weniger hilflos. Nicht so dumm.

Impulsiv ging sie zu ihrem Mantel, der neben der Tür hing, und nahm die Plastikhülle mit dem zusammengelegten Zettel aus der Tasche. »Das war Suzie«, erklärte sie und faltete das Papier sorgsam auseinander. Dann legte sie es auf den Boden und spürte Fergus' Mißbilligung.

»Ich dachte, du hättest das alles weggeworfen«, bemerkte er.

»Sonst habe ich nichts aufgehoben. Diese Vermißtenanzeige stammt nicht aus Mums Sammlung.«

Seufzend erinnerte sich Fergus an die Zeitungsausschnitte, die Cassies Mutter verwahrt hatte – nicht aus Pietät, sondern um der Tochter vor Augen zu führen, was mit Kindern geschah, die von ihren Eltern zu liberal oder zu nachlässig erzogen wurden. Sie legte großen Wert auf strenge Zucht und Ordnung, vor allem, nachdem der Vater die Familie verlassen hatte. Eines Tages verbrannte Fergus die Zeitungsartikel, in Abwesenheit seiner Schwiegermutter, und als sie zurückkehrte, zeigte er ihr die Asche. Er war aus dem Haus gewiesen worden und hatte Cassie mitgenommen. Seither sahen sie sich nicht mehr.

»Warum hast du dieses Papier aufgehoben?« fragte er sanft. »Ich dachte, das alles hätten wir geklärt.«

Unglücklich biß sich Cassie auf die Lippen. »Ich möchte es behalten, zur Erinnerung ...«

»Um deine Schuldgefühle zu hätscheln?« Jetzt klang seine Stimme etwas härter. Es ärgerte ihn, daß sie nun schon jahrelang unter grundlosen Gewissensqualen litt. Simon und Anna starrten ihn an und wußten nicht recht, was dieser Streit bedeuten sollte.

Schließlich bückte sich Simon, um das Papier aufzuheben, betrachtete das vergilbte Foto eines kleinen Mädchens mit hübschem rundem Gesicht und glattem, schulterlangem blondem Haar. Er sah Cassie an, ihre zarten Züge, das etwas kantige Kinn. Sanfte graue Augen, ein ausdrucksvoller Mund, wirre braune Locken. Nicht so schön wie Anna mit ihren dunklen Augen und dem weichen schwarzen Haar, den glänzenden Ponyfransen. Nein, nicht schön, aber faszinierend.

»Ihr wart euch nicht ähnlich, was?«

Dieser irrelevante Kommentar wurde so indigniert ausgesprochen, daß sich die gespannte Atmosphäre irgendwie lockerte. Plötzlich mußte Cassie lachen, und

Anna musterte sie besorgt. »Bist du okay? Simon, das war wirklich eine überflüssige Bemerkung.«

Hilflos lachte Cassie und rang vergeblich um Fassung. Anna starrte sie entsetzt an, was neues, unpassendes, halbersticktes Gekicher hervorrief. »Ja, es geht mir gut. Tut mir leid, es war nur ...« Unfähig, ihr Verhalten zu erklären oder auch nur Atem zu holen, verstummte sie. Anna schaute Fergus an, verwirrt und ein wenig gekränkt.

»In ein paar Minuten wird sie sich besser fühlen«, versicherte er. Als sie auch ihn lächeln sah, zuckte sie die Achseln. Zu ihrem Wesen gehörte bedingungslose Loyalität allen Freunden gegenüber, und wenn Cassie im falschen Moment hysterisch lachen wollte, so war das *ihre* Sache.

Wie immer, wenn sie die Welt nicht mehr verstand, wurde Anna aktiv, räumte den Tisch ab und brachte die kleine Küche in Ordnung. Nun hatte Cassie sich wieder unter Kontrolle. Sie setzte sich, und Simon suchte in einer Schublade nach Streichhölzern. Jetzt war die Stimmung wieder ernst und angespannt.

Fergus schüttelte den Kopf, als Simon ihm die Streichhölzer gab. »Das muß Cassie machen.«

Mit zitternder Hand entzündete Cassie ein Streichholz, hielt die Flamme an den Rand des vergilbten Papiers und beobachtete, wie es Feuer fing. Erst als die sengende Glut ihre Finger erreichte, warf sie es in den leeren Mülleimer und sah, wie der letzte Rest verbrannte. Dann zerkrümelte sie undefinierbare Fragmente zu schwarzer Asche. Seufzend richtete sie sich auf.

Konnte sie die Vergangenheit endlich begraben? Nein. So einfach war das nicht. Aber sie hatte einen weiteren Schritt in die richtige Richtung getan, wie Fergus zu bemerken pflegte, und sie durfte einen Punkt auf ihrer Liste abhaken. Sie schaute ihn lächelnd an, und die Lachfältchen um seine Augen vertieften sich. Das beglückte sie.

Anna musterte sie neugierig, aber auch sie lächelte und drückte einen Kuß auf Cassies Scheitel. »Das war ein langer Tag.« Energisch ergriff sie Simons Hand und führte ihn nach oben, ins Schlafzimmer.

Ein paar Minuten lang saß Cassie noch auf dem fadenscheinigen Teppich und starrte in den schwarzen Mülleimer

»Komm jetzt!« Fergus berührte ihre Schulter. »Wann habe ich dir zum letzten Mal gesagt, daß ich dich liebe?« fragte er, zog sie auf die Beine und umarmte sie.

»Sag's mir nicht«, erwiderte sie leise. »Zeig's mir!«

3

Fergus sah Cassie wie ein frohes, zufriedenes Kind im seichten Wasser planschen. In der sanften Brise flatterten ihre zerzausten dunklen Locken. Als sie sich umdrehte und ihn anlächelte, strahlten ihre Augen. Schön, dachte er. Wirklich schön. Der Tag war immer noch hell und warm, aber eine graue Wolkenschicht am Horizont kündigte schlechteres Wetter an.

In der Stunde, die sie nun schon am Strand verbrachten, hatte der Westwind spürbar aufgefrischt, und Fergus glaubte bereits, den Regen zu riechen. Behaglich seufzte er. Die letzten Tage waren wundervoll gewesen, die Gesellschaft der Freunde, die Erforschung eines faszinierenden, historisch interessanten Landes, vor allem aber die späten Abende, das Liebesglück mit Cassie. Nun mußte er über sich selbst lächeln, während er an die heiße, besitzergreifende Freude dachte, die er jedesmal empfand, wenn er nach einer lustvollen Erfüllung den Schlaf seiner Frau beobachtete.

Voller Angst war er mit ihr hierher gekommen, im Wissen, daß sie mit der Vergangenheit konfrontiert werden mußte, und er hatte mögliche Konsequenzen befürchtet. Wenn er sie jetzt betrachtete, fühlte er sich rehabilitiert. Nicht nur, weil er sie in diese Gegend gebracht, sondern weil er fünf Jahre lang geglaubt hatte, sie könnte sich aus dem erdrückenden Kokon ihrer Selbstzweifel und bösen Kindheitserinnerungen befreien. Das war seine Cassie, deren verlockendes Bild er hinter ihrer Furcht und ihren qualvollen Tagträumen erblickte. Sie zu lieben – das erschien ihm ebenso notwendig wie zu atmen. Manchmal beunruhigte ihn seine Leidenschaft, eine Besessenheit, die gewissen Aktivitäten seiner Schwiegermutter glich. Doch er sagte sich, es sei ein gesundes Gefühl, das sein Leben bereichere – nichts, was zur Verdammnis seiner Seele führen würde.

Sie wanderten den Strand herauf, und er umarmte sie, genoß ihre Wärme, ihren Duft, ihren Körper, der sich an seinen schmiegte, als würde er nach Vollkommenheit streben.

»Oh, ich liebe dich so sehr«,flüsterte sie, drehte sich in seinen Armen um und schaute aufs Meer. »Du hattest recht. Das hätte ich längst tun sollen.« Ihre Stimme klang heiter und siegessicher.

Lachend drückte er sie an sich. »Ein Glück, daß du's nicht getan hast! Sonst wäre ich jetzt nicht hier, mit dir.«

»Wie egoistisch du bist!«

»Darauf kannst du wetten.«

Eine Zeitlang standen sie schweigend beisammen, dann schob sie ihn von sich. »Jetzt sollten wir zurückgehen. Wir haben versprochen, wir würden mit Simon und Anna frühstücken, und du weißt ja, wie gern er den Tagesablauf plant.«

»Bis in alle Einzelheiten.«

Hand in Hand schlenderten sie zum Sandweg, der zwischen steilen Klippen bergauf führte.

»Dein Spaziergang gestern abend ...«, begann Fergus.

»Damit wollte ich mir beweisen, daß ich wieder hingehen kann, ganz allein.«

»Also warst du auf dem Greenway?« fragte Fergus erstaunt.

Sie nickte und lächelte. »Plötzlich fand ich's okay. Und es war ganz normal. Fast wie eine Antiklimax. Jahrelang hatte ich Angst, und als ich den Mut aufbrachte, meinen Dämonen ins Auge zu blicken, erkannte ich, daß sie tot waren – so wie die armen Hexen, die Simon neulich erwähnt hat. Da gab's nichts, nur Erinnerungen, aber ich konnte sie alle in die richtige Perspektive rücken.«

Obwohl er ihre Zuversicht spürte, schaute er sie besorgt an. So hatte er sie schon oft gesehen. Jeder Fortschritt beschwor diese Euphorie herauf, diese Lebenslust. Natürlich freute er sich über ihr Glück, ihre mühsam errungene innere Kraft. Aber wie ihn die Erfahrung lehrte, hielt Cassies Hochstimmung niemals lange an. Wenigstens versank sie jetzt nicht mehr in abgrundtiefe Verzweiflung, und es gelang ihnen immer öfter, die Probleme gemeinsam zu lösen.

Halb belustigt, halb ärgerlich erwiderte sie seinen Blick und umklammerte seine Hand noch fester. »Starr mich nicht so an, Fergus Maltham!« befahl sie und brach in Gelächter aus, als er seine Unschuld beteuerte.

Da schlang sie beide Arme um seinen Hals. Er preßte sie an sich und wünschte, dieser Moment würde niemals enden, das Leben wäre stets so vollkommen. Wie hart hatte er gekämpft, um diesen Zustand zu erreichen, fest an Cassie geglaubt und sie dringend gebraucht ... Weich und warm drückte sich ihr Körper an seinen. »Nun wird alles gut, Fergus.«

Tief atmete Anna die frische, vom Meereswind gekühlte Luft ein. Vorerst war der Himmel noch blau und versprach Sonnenschein. Also wird's wahrscheinlich zu Mittag regnen, dachte sie ironisch und wanderte gemächlich zum Dorf, um Milch, Brot fürs Frühstück und Zeitungen zu kaufen. Sie mußte sich nicht beeilen, denn Simon überlegte immer noch, ob er aus dem Bett steigen sollte. Und es würde noch eine Weile dauern, bis Cassie und Fergus vom Strand zurückkehrten.

Anna hieß diesen Augenblick willkommen, wo sie allein mit ihren Gedanken war und einfach nur den Morgen auskostete. So sehr sie Simon auch liebte – sie hatte es nicht leicht mit ihm. Wenn er erst einmal aus dem Bett fand, verwandelte sich das Leben in eine wilde Jagd von einem Projekt zum anderen, von einem Ziel zum nächsten. Die Zeit, die er benötigte, um da- oder dorthin zu gelangen, betrachtete er als frustrierende Verschwendung, während Anna jede Reise in vollen Zügen genoß.

Dieser Trip dauerte nicht lange. Sieben Minuten, wie Simon behauptete. Aber sie brauchte eine erfreuliche Viertelstunde, um das Dorf zu erreichen. Die Ladenglocke bimmelte, und Anna begrüßte die Frau, die aus dem Hintergrund auftauchte. Der Morgenspaziergang war zur festen Gewohnheit geworden. Mittlerweile verstand sie sich sehr gut mit den Einheimischen. Sie begegnete allen Menschen freundlich und offenherzig, und dafür wurde sie belohnt. Auch jetzt plauderte sie lebhaft mit der Frau, die alle gewünschten Sachen auf dem Ladentisch deponierte. Die Zeitungen hatte sie schon vorher bereitgelegt, zwei überregionale und das lokale Tagblatt. Anna bezahlte ihre Einkäufe.

Während sie auf das Wechselgeld wartete, überflog sie die Titelseite der Lokalzeitung, und was sie sah, nahm ihr sekundenlang den Atem. »Oh, mein Gott!« würgte sie hervor.

Die Frau folgte Annas Blick. »Ja, schrecklich, nicht wahr? Die armen Eltern sind völlig verzweifelt. Letzte Nacht war das halbe Dorf unterwegs und heute morgen wieder. Die Leute klopften auch an Ihre Tür, weil sie dachten, Sie würden ihnen helfen. Aber da war niemand.«

Verständnislos runzelte Anna die Stirn, dann erwiderte sie: »Wir waren unterwegs, fast bis zum Morgengrauen. Oh, es ist so furchtbar!«

Die Frau nickte. »Wie gesagt, heute morgen wurde die Suche fortgesetzt. Eigentlich hätten Sie die Leute sehen müssen ... Aber nein, die sind in eine andere Richtung gegangen.«

Da sie eine Antwort zu erwarten schien, brachte Anna ein oder zwei Sätze zustande und hoffte, sie wären der Situation angemessen. Dann erzählte die Frau, die Polizei habe die ganze Nacht auf der Top Farm verbracht. »Wahrscheinlich klappern sie heute morgen alle Häuser ab.«

Anna nickte nur und konnte ihren Blick nicht von dem grausigen Titelblatt losreißen. Automatisch nahm sie das Wechselgeld entgegen und versicherte, wenn sie irgendwie helfen könne ... Sie verstaute die Milch und das Brot in ihrem Einkaufsbeutel, eine schweißnasse Hand ergriff die Zeitungen. Irgendwie schaffte sie es, die Ladentür zu öffnen, dann rannte sie die Straße entlang. Panik drehte ihr den Magen um, Tränen verschleierten ihre Augen.

Erst vor dem Cottage verlangsamte sie ihre Schritte. Die Tür schwang auf, einem verblüfften Simon wurde eine Zeitung vor die Nase gehalten, das Foto eines lächelnden Mädchens mit hübschem rundem Gesicht und knapp schulterlangem blondem Haar.

Verwirrt starrte er das Bild an, dann begann er laut zu lesen. »Seit gestern nachmittag wird die zehnjährige Sara Jane Cassidy vermißt.« Er senkte die Stimme, informierte eher sich selbst als Anna über die Umstände, die mit dem Verschwinden des Kindes zusammenhingen. Und sie registrierte nur die Dinge, die sie bereits wußte. Letzte Nacht. Der Greenway. Ein kleines Mädchen, das wie Suzie Ashmore aussah.

»Oh, mein Gott«, flüsterte sie. »Cassie.«

4

Detective Inspector Tynan – im Ruhestand – wollte sich gerade an den Frühstückstisch setzen, als die Morgenzeitung auf dem Fußabstreifer landete. Rasch hob er sie auf und rannte in die Küche, um den Wasserkessel vom Herd zu nehmen, bevor das leise Pfeifen zu einem ohrenbetäubenden Kreischen anschwellen würde.

Jeden Morgen nahm er sich vor, einen elektrischen Kessel zu kaufen, ein hübsches, ruhiges Gerät, das sich automatisch abschaltete. Aber er tat es nie. Statt dessen spielte er Tag für Tag dasselbe Spiel und probierte aus, wieviel er von seiner dringlichen Hausarbeit erledigen konnte, bevor der Kessel beharrlich kreischte. Irgendwie fand er es amüsant, daß er seine Intelligenz und seine Raffinesse, die er jahrelang gegen gerissene Verbrecher ins Feld geführt hatte, nun einsetzte, um einen pfeifenden Wasserkessel zu bändigen.

Ehe er einen Blick auf die Zeitung warf, hatte er die Teekanne gefüllt und begann eine Scheibe Toast mit Butter zu bestreichen. Was er da las, ließ ihn mitten in der Bewegung erstarren.

Sofort legte er Messer und Brot beiseite und konzentrierte sich ausschließlich auf die Zeitung. Eine Zehnjährige hatte eben noch mit ihren Freunden gespielt und war im nächsten Augenblick verschwunden. Der Schauplatz des Geschehens und die beklemmende Vertrautheit des Fotos erschütterten ihn. Der Greenway. Jener einsame Weg, von hohen Hecken gesäumt, der ins Nichts zu führen schien. Nur zu gut erinnerte er sich daran, auch an das Foto eines anderen kleinen Mädchens, das ebenso übermütig gelächelt hatte wie dieses hier. Einige Minuten lang saß er reglos am Tisch und starrte in die Vergangenheit. Das Bild Suzie Ashmores schob sich über das Zeitungsfoto.

Dann riß er sich energisch zusammen. Er war jetzt im Ruhestand, und den anderen Fall hatte man vor zwanzig Jahren ad acta gelegt. Entschlossen blätterte er in der Zeitung, butterte seinen Toast, studierte Berichte über lokale Festlichkeiten und die Aktivitäten ländlicher Würdenträger. Der zu stark geröstete, erkaltete Toast zerbröckelte, als Tynan hineinbiß. Da fluchte er und sagte sich zum zweiten Mal, daß er im Ruhestand war. Mit alldem hatte er nichts mehr zu tun. Sollte es eine Verbindung zwischen den beiden Fällen geben, wußte die Polizei, wo sie ihn finden würden.

Bedrückt füllte er seine Teetasse. Während die rechte Hand beschäftigt war, erlaubte er der linken – fast verstohlen – zur Titelseite der Zeitung zurückzublättern, und sein Blick wanderte über kleinere Artikel hinweg zu Sara Jane Cassidys Gesicht. Schließlich las er den Bericht noch einmal und gab es auf, Gleichmut zu heucheln. Wer leitete die Ermittlungen? Nein, das konnte noch nicht in der Zeitung stehen. Außerdem würde die Kleine im Lauf des heutigen Tages auftauchen, und dann wäre alles vorbei.

Doch diesen Gedanken verwarf er sofort wieder. Wohin hätte Sara Jane gehen sollen? Wie er dem Artikel entnahm, hatten ihre Freunde am Anfang des Greenway gespielt. Wäre ein kleines Mädchen von einem Autofahrer entführt worden, hätte er sich eins von den anderen Kindern geschnappt, nicht Sara Jane. Und sie war zu weit vom Meer entfernt gewesen, um zu ertrinken oder von einer Klippe in die Tiefe zu stürzen. Da hätte sie zum Dorf gehen müssen, nicht weiter landeinwärts, den Greenway hinauf. Er schüttelte den Kopf. Verdammt, so viele Parallelen ...

Tynan stand auf und ging in die Diele zum Telefon. Mochte er sich auch im Ruhestand befinden – er war nicht senil, obwohl er heutzutage mit pfeifenden Wasserkesseln kämpfte, um fit zu bleiben. Monatelang hatte er sich nicht mehr so vital gefühlt, und sein Gewissen plagte ihn, weil es das Verschwinden eines kleinen Mädchens oder vielleicht etwas noch Schlimmeres war, das seine Lebensgeister weckte. Er nahm den Hörer ab und wählte eine Nummer.

5

Mike Croft richtete sich auf und bewegte die Schultern, um die Anspannung zu lockern. Nach der Spurensuche war er nicht viel klüger als zuvor; Grashalme, von Kinderfüßen zertreten, Sand und Muscheln aus einem umgestülpten Plastikeimer, der einer Miniaturfestung glich, der Ball, der unbeachtet im Gras liegengeblieben war, nachdem sie Sara Janes Verschwinden bemerkt hatten.

Sechs Kinder – das jüngste war acht, das älteste fast fünfzehn. Den ganzen Vormittag hatte er sie vernommen, eine verängstigte kleine Schar, die mit den Eltern ins Rathaus gekommen war, die Augen gerötet, übertrieben ehrfürchtig. Er ließ alle gemeinsam die Geschichte erzählen, die Ereignisse des Nachmittags zusammenfassen. Bald hatte er alle Einzelheiten erfahren – die Strandspiele, den Rückweg durchs Dorf, das Fußballspiel auf der schmalen Straße, bei der Abzweigung des Greenway. Aufmerksam schaute er sich um. Er stand am Straßenrand, mit dem Rücken zum Greenway. Gegen vier Uhr nachmittags war es geschehen. Da gab es keine Zweifel, denn drei der Kinder hatten Armbanduhren getragen. Und alle mußten um fünf zu Hause sein.

Der kurze Rückweg ins Dorf konnte nur fünf Minuten gedauert haben, höchstens zehn für die beiden Jüngsten, die am anderen Ende wohnten und bis zur Tür begleitet werden mußten. Jenny Wilding, die Älteste, hatte stockend erzählt, es sei etwa vier Uhr vierzig gewesen, als sie ihren Freunden erklärt habe, nun sei es Zeit für den Heimweg. Und da merkten sie, daß Sara Jane nicht mehr da war.

Seufzend erinnerte sich Mike an das Verhör. Das Mädchen tat ihm leid. Offensichtlich galt Jenny als sehr verläßlich, und nun fühlte sie sich verantwortlich für Sara Janes Verschwinden.

»Wirklich, ich habe aufgepaßt«, behauptete sie. »Die drei Kleineren, Sara, Beth und Jo, waren müde und wollten nicht mehr spielen. Deshalb saßen sie im Gras und schauten sich Bethies Muscheln an.«

Hilfesuchend wandte sie sich zu den anderen, und Tony, der Zweitälteste, betonte kampflustig: »Das dürfen Sie Jenny nicht übelnehmen. Wir haben die Kinder beobachtet, und alles war okay. Anfangs saßen sie da, und später rannten sie in den Greenway und wieder heraus.«

»Wir fragten sie, ob sie mitspielen wollten«, fuhr Jenny fort. »Inzwischen hatten sie sich ausgeruht und waren wieder etwas munterer.« Mühsam schluckte sie ihre Tränen hinunter. »Aber sie sagten, sie würden was anderes machen, und ich hörte Bethie zählen. Wahrscheinlich spielten sie Verstecken. Ich weiß noch, daß ich dachte, es wäre albern, an dieser Stelle so was zu spielen.« Wieder schaute sie sich um und suchte nach einer Bestätigung. »Ich meine, wo kann man sich da schon verstecken?« Ihre Stimme erstarb, und sie zog ein mehrfach benutztes Papiertaschentuch hervor.

»Als sie nicht zurückkam, glaubten wir zuerst, sie habe sich versteckt,« erklärte Tony. Dann gab er's auf. Er war in einem Alter, wo man nicht einmal an Tränen denken durfte, aber nun ließ er die Schultern hängen. Sicher hatten beide Kinder in der letzten Nacht kein Auge zugetan und sich gefragt, warum sie so nachlässig gewesen waren, statt besser auf Sara Jane aufzupassen.

»Und als ihr sie nicht finden konntet – als sie nicht zurückkam?« Seit dem nächtlichen Verhör kannte Mike die Antwort, aber trotzdem ...

»Da hatten wir Angst«, erwiderte Beth. »Jenny sagte, Sara habe sich vielleicht weh getan, und wir müßten Hilfe holen. Außerdem waren wir schon spät dran, und ich wußte, meine Mum würde böse sein.«

»Also seid ihr ins Dorf zurückgegangen?«

Beth nickte. »Aber Tom und Jo blieben beim Greenway, damit Sara nicht glaubte, wir würden sie im Stich lassen – falls sie sich tatsächlich versteckt hatte.«

»Wer kam auf diese Idee?« fragte Mike sanft.

»Jenny.« Anerkennend lächelte er Jenny an. »Das war sehr vernünftig von ihr, nicht wahr?«

Und danach ließ er sie gehen. Die Eltern waren noch geblieben, um mit ihm zu reden, verwirrt und ärgerlich. Unbehaglich hatte er den starken Druck gespürt, den die kleine, fest zusammengewachsene Gemeinde auf ihn ausübte. Ein Kind wurde vermißt. Was würde er unternehmen?

Seufzend starrte er vor sich hin. Hätte Jenny die beiden Jungen nicht aufgefordert, beim Greenway zu warten, würde er auf eine Entführung tippen. Das kleine Mädchen hatte sich versteckt, um ihre Freunde zu erschrecken, den Scherz aber etwas zu weit getrieben und war auf dem Rückweg zur Straße gekidnappt worden. Ein Zusammentreffen mehrerer Übereinstimmungen ... Zumindest würde es einen Sinn ergeben, und er hätte einen Anhaltspunkt. Aber so ...

»Sir?« Sergeant Enfields Stimme unterbrach seine Gedanken.

»Ja, Bill?«

Der Beamte lächelte. »Vorhin bekamen wir einen Anruf.«

»Sicher haben viele Leute angerufen.«

Nun vertiefte sich Bill Enfields Grinsen. »Allerdings, aber dieser könnte uns nützen.«

»Oh?«

»Kennen Sie Inspector Detective Tynan? Der hatte vor Flint Ihren Job.«

»Nein, wir sind uns nie begegnet. Warum?«

»Nun, er hat angerufen und uns seine Dienste angeboten – falls Sie das wünschen.«

Verwirrt schaute Mike den älteren Mann an. In stillschweigender Übereinstimmung wanderten sie zum Dorf zurück, zur Einsatzzentrale, die sie im Rathaus eingerichtet hatten. »Offenbar glauben Sie, ich sollte dieses Angebot annehmen.«

»Das könnte nicht schaden.«

Dieser Antwort folgte eine längere Pause. Mike leitete seine Abteilung erst seit wenigen Monaten, aber lange genug, um einheimische Polizisten wie Bill Enfield recht gut zu kennen und zu wissen, daß der Sergeant die Dinge lieber auf seine Art erklärte. Und so wartete er geduldig. »Vor langer Zeit hat Tynan einen ähnlichen Fall bearbeitet. Ein kleines Mädchen spielte am Greenway und verschwand. Und der Name ...«

»Ashmore. Suzanne Ashmore. Tut mir leid, Bill, die Buschtrommeln waren schneller als Sie.«

»Da gibt's keine Buschtrommeln, mein Freund, wir schlagen unseren eigenen Rhythmus auf Bootskielen.«

Wieder bedachte Enfield seinen Vorgesetzten mit einem sanften Lächeln.

Von Anfang an hatten sich die beiden Männer gemocht. Im Gegensatz zu seinem Vorgänger, der sich streng an die Paragraphen gehalten hatte, respektierte der neue Detective Inspector die Menschen in dieser Gegend und ihre Gepflogenheiten – Männer wie Enfield, die jahraus, jahrein die gleiche Arbeit leisteten.

»Dann werden Sie auch wissen, daß Suzie Ashmore nie gefunden wurde.« Bevor der Sergeant weitersprach, zögerte er kurz. »Das war Tynans erster großer Fall, den er allerdings nicht lösen konnte, und das ärgerte ihn.« Nach einem Seitenblick auf Mike fügte er hinzu: »Ich habe den Leuten in der Zentrale gesagt, er wäre willkommen, Sir.«

»Okay. Wenn der ehemalige Detective Inspector was zu sagen hat, höre ich ihm zu. Aber verdammt, Enfield, wie lange ist das her? Fünfzehn Jahre?«

»Eher zwanzig, Sir.«

»Sicher ist es nur ein Zufall.« Mike zuckte ungehalten die Achseln. Was konnte es schon anderes sein?

Auch Enfield irritierte ihn. Der glaubte wohl, er müßte seinen Boß am Händchen halten. Doch diesen

Gedanken verdrängte Mike sofort wieder. Wenn der Sergeant an ihm zweifelte, würde er es mittlerweile wissen. Bill mochte zwar einen niedrigeren Rang bekleiden, aber in diesem Landstrich zählten Erfahrung und regionale Kenntnisse. Weil Flint, Mikes Vorgänger, das ignoriert hatte, war er auf die Schnauze gefallen und praktisch spurlos im Kuhmist versunken.

Seufzend schnitt Mike eine Grimasse. »Am besten reden wir noch einmal mit den Eltern.«

Cassie hatte die Neuigkeiten besser aufgenommen, als Anna gedacht hatte. Aufmerksam las sie den Zeitungsartikel, bleich und bedrückt, aber sie wirkte ruhig und schien sich nur um das Kind zu sorgen. »Vielleicht sollte ich ihnen sagen, daß ich da war.«

»Wann?« fragte Anna.

»Gestern abend – um sechs oder halb sieben. Bevor wir nach Norwich fuhren, ging ich spazieren.«

»Du warst auf dem Greenway, ganz allein? Hast du die Kinder gesehen? Nein, da waren sie sicher schon weg.« Anna runzelte die Stirn. »Doch da wurde bereits nach Sara Jane gesucht. Das hat mir die Frau im Laden erzählt. Bist du niemandem begegnet?«

Nachdenklich schüttelte Cassie den Kopf. »Auf dem Greenway war keine Menschenseele. Aber die Leute gingen sicher woandershin. Auf dem Greenway gibt's nicht viel zu suchen.«

Fergus stand hinter ihr und legte die Hände auf ihre Schultern.

»Jedenfalls sollten wir die Polizei verständigen. Vielleicht hast du irgendwas gesehen, ohne es zu wissen.« Behutsam massierte er die Schultern seiner Frau, spürte ihre Anspannung, ihr Zittern. Und unterdrückte einen Fluch. Warum dieser Zwischenfall? Warum jetzt? Dadurch wurde alles verdorben. Dann dachte er schuldbewußt an das Kind, das tot war oder noch lebte, angstvoll und verzweifelt. Und die Eltern.

Seine Finger gruben sich fest in Cassies Schultern, während in seinem Gehirn unentwegt dieselben Fragen kreisten: Warum dieser Zwischenfall? Warum jetzt?

»Im Dorf wurde eine Einsatzzentrale eingerichtet«, erklärte Simon. »Wir sprachen im Laden mit den Thorsons. Dabei erfuhren wir eine ganze Menge. Und wir sagten, wenn wir helfen könnten ...«

Fergus nickte. »Natürlich.« Diese Tragödie trifft auch uns, dachte er. Mag sie ein gutes oder ein schlechtes Ende finden, wir sind darin verwickelt.

Plötzlich fühlte er sich überwältigt. Der innere Friede und der Optimismus – Emotionen, die ihn noch vor einer Stunde erfüllt hatten, verflogen wie der Nebel über dem Meer. Und sein Zorn war ebenso unerträglich wie unfair. Nervös schluckte er, kam sich furchtbar selbstsüchtig vor, und in seinen Augenwinkeln brannten Tränen. Er spürte, wie Cassies Schultern noch heftiger zitterten, so als würde sich sein Kummer auf sie übertragen.

»Cassie, Liebes.«

Da schüttelte sie seine Hände ab, legte die Arme auf den Tisch und verbarg das Gesicht darin.

»Cassie!« rief er und wollte sie wieder berühren, aber da klopfte es an der Haustür.

Widerstrebend ging Anna in die Diele, und wenig später kehrte sie mit einem jungen Constable zurück. »Die Polizei«, verkündete sie überflüssigerweise. »Die gehen von Haus zu Haus, und dieser Officer will uns ein paar Fragen stellen.«

Der Reihe nach musterte der Beamte alle Anwesenden, dann blieb sein Blick an Cassie hängen, die den Kopf hob und sich um Fassung bemühte. »Alles in Ordnung, Miss?«

Mike ließ Enfield ins Wohnzimmer der Cassidys vorausgehen und wandte sich an die Polizistin, die im Flur saß. Nach langen Überstunden sah die junge Frau blaß und erschöpft aus. Er beneidete sie nicht. Oft war die unmittelbare Nähe zu tiefer Trauer schwerer zu ertragen als eine Nacht voller Aktivitäten. Harte Arbeit konnte man mit einem heißen Bad und erholsamem Schlaf kompensieren. Aber die beobachtende, hilfreiche Rolle, die diese Beamtin gespielt hatte, zehrte an den seelischen Kräften. »Nun, wie kommen die Leute zurecht?« Das war eine dumme Frage, und er wußte es.

Sie schenkte ihm ein wehmütiges, etwas schiefes Lächeln. »Gegen zwei Uhr hörten sie zu toben auf und fingen zu weinen an, Sir. Der Doktor kam ins Haus und gab Janice, Mrs. Cassidy, ein Beruhigungsmittel. Danach schlief sie ein. Und ihr Mann wanderte die ganze Nacht umher. Immer wieder rannte er zum Gartentor und hielt nach Sara Jane Ausschau.« Sie seufzte tief auf. »Gibt's irgendwelche Neuigkeiten, Sir?«

»Noch nicht. Die Polizisten gehen gerade von Haus zu Haus. Mal sehen, was dabei herauskommt.« Mitfühlend versprach er: »Ich lasse Sie so bald wie möglich ablösen.«

Aus dem Wohnzimmer drang Bill Enfields Stimme, leise und ruhig wie immer. Seine gutturale Sprechweise war wie geschaffen, um besänftigend zu wirken. Würde sie diesen Effekt auch jetzt erzielen? Darauf durfte man kaum hoffen. Dann antwortete Mrs. Cassidy, schrill und klagend, ihr Mann mischte sich ein, zornig und verwirrt. »Gehen Sie etwas essen«, empfahl Mike der Polizistin. Lächelnd dankte sie ihm und verschwand, so schnell ihre müden Beine sie trugen.

Widerwillig betrat er das Wohnzimmer. Janice Cassidy saß auf einem kleinen blauen Sofa an der Seite ihres Mannes. Wahrscheinlich war sie nicht viel älter als dreißig, aber jetzt sah sie aus wie eine Fünfzigjährige. Kurzes blondes Haar, normalerweise sanft gewellt, hing strähnig in die Stirn. Feuchte blaue Augen, rot gerändert. Nun wußte Mike, von wem Sara Jane das hübsche Gesicht und die Neigung zur Rundlichkeit geerbt hatte. Der Vater war dunkelhaarig, groß, kräftig gebaut, und seine braunen Augen waren ebenfalls gerötet. »Nun?« fragte er.

Bevor Mike antwortete, nahm er in einem Sessel Platz, der dem Sofa gegenüberstand, und beugte sich vor. »Im Augenblick wissen wir noch nichts, Mr. Cassidy. Aber ... Bitte, lassen Sie mich ausreden.«

Mit voller Absicht schlug er einen etwas härteren Ton an. Während der ganzen Nacht hatten diese Leute Mitgefühl und Trost ertragen. So etwas brauchten sie jetzt sicher nicht. Sie wollten Taten sehen, irgend jemanden, der zumindest den Anschein erweckte, er habe alles unter Kontrolle.

Erstaunt über den veränderten Klang, den die Stimme des Beamten angenommen hatte, verstummte Cassidy und starrte ihn an. Doch dann öffnete er wieder den Mund, und Mike sprach hastig weiter.

»Vorerst kann ich Ihnen nichts sagen, was Sie nicht ohnehin schon wissen. Wir sind genauso an einer Lösung des Falls interessiert wie Sie. Und wir setzen alle Polizisten ein, die abkommandiert werden können. Im Rathaus wurde eine Einsatzzentrale eingerichtet, die Beamten gehen gerade von Haus zu Haus. Nach dieser Befragung werden wir mehr wissen.«

Cassidy begann erneut zu protestieren. »Aber wir sollten die ganze Gegend absuchen. Wenn wir hier auf unserem Hintern herumsitzen, passiert überhaupt nichts.«

»Bitte, Jim!« Seine Frau legte eine Hand auf seinen Arm. »Also, ich finde, wir sollten nach ihr suchen. Vielleicht liegt sie irgendwo – schwer verletzt ...«

Mrs. Cassidy biß sich auf die Lippen, kämpfte mit den Tränen, und ihr Mann legte einen Arm um ihre Schultern.

»Ja, wir sollten sie suchen«, sagte er noch einmal, aber sein Kampfgeist war verflogen.

Nachdem Mike diesen kleinen Durchbruch geschafft hatte, entspannte er sich ein wenig. »Wenn Sie wollen, können Sie sich später an der Suche beteiligen.« Obwohl er Bill Enfields mißbilligenden Blick spürte, fügte er hinzu: »Wir werden Freiwillige zusammentrommeln, alle Leute, die ein oder zwei Stunden Zeit haben.«

Nun schienen sich Cassidys verkrampfte Kinnmuskeln zu lockern, und er nickte.

»Am besten organisieren Sie die Koordination zwischen den einzelnen Suchtrupps«, fuhr Mike fort, und jetzt spürte er Bill Enfields Wohlwollen. Natürlich war es besser, die Eltern nicht an die vorderste Front zu schicken, wo sie womöglich etwas entdeckten ... Was das sein mochte, stellte sich Mike lieber nicht vor. »Und Sie sollten stets in unserer Nähe bleiben. Wir müssen wissen, wo Sara besonders gern spielte, etwa Verstecken, welche Spiele sie bevorzugte – alles, was uns irgendwelche Anhaltspunkte liefern könnte. Soviel wir wissen, rannte sie den Greenway entlang. Aber wohin wandte sie sich dann?« Er zögerte kurz. »Was für ein Kind ist sie? Eine Einzelgängerin oder eher gesellig?«

Ermutigend lächelte er die Eltern an, die einen raschen Blick wechselten und offenbar nicht wußten, wie sie anfangen sollten. Aber es schien sie zu erleichtern, daß sie endlich in die Ermittlungen einbezogen wurden. Mrs. Cassidy versuchte zu sprechen, dann preßte sie die Lippen zusammen, als müßte sie neue Tränen unterdrücken.

Weil Mike einen weiteren Zusammenbruch befürchtete, beschloß er, eine andere Taktik anzuwenden. Bedauerlicherweise fiel ihm keine ein. Es war Enfield, der ihn rettete. Lächelnd stand er auf und wandte sich an Janice Cassidy. »Vielleicht könnte ich Ihnen helfen, Tee zu machen, meine Liebe«, schlug er vor, öffnete die Wohnzimmertür und wartete. Sie erhob sich sofort, dankbar für die Flucht in eine normale, praktische Welt, in die ruhige Autorität des Sergeant.

Nachdem die beiden den Raum verlassen hatten, schaute Mike sich um, und Cassidy stellte die Frage, die ihm auf der Seele brannte: »Glauben Sie, daß sie tot ist?« Er sprach in brüskem Ton, mit gespielter Sachlichkeit. Genausogut hätte er über das Wetter reden können.

Sekundenlang erwog Mike, ob eine Platitüde angebracht wäre. Dann schüttelte er den Kopf. »Mr. Cassidy, ich weiß nicht, was ich denken soll. Das weiß niemand.«

Cassidy starrte ihn an und schien auf weitere Kommentare zu hoffen. Dann lehnte er sich seufzend zurück und schloß die Augen. »Nennen Sie mich Jim.« Langsam strich er über seine Stirn, als könnte ihm das helfen, einen klaren Gedanken zu fassen.

Verständnisvoll gönnte Mike ihm eine Ruhepause, ehe er sich erkundigte: »Sie sind Farmarbeiter, nicht wahr?«

»Ja«, bestätigte Cassidy und öffnete die Augen. »Vorarbeiter auf der Top Farm.«

Mike nickte und schaute sich wieder um. Ein gemütliches Zimmer. Zwei blaue Plüschsofas. Die sahen neu aus. Dann der Lehnstuhl, in dem er saß. Alt, zerkratzt, mit verblichenem grünem Leder bezogen, auf beiden Armstützen mit Ziernägeln beschlagen, die sonderbare Ornamente bildeten. Auch die Vorhänge wirkten neu. Vielleicht waren sie zusammen mit den Sofas gekauft worden. Der ältere Teppich war fadenscheinig. An den Wänden hingen Fotos und billige Drucke. Die meisten Aufnahmen zeigten Sara Jane, Schnappschüsse eines fachkundigen Amateurs. Und solche Drucke hatte Mikes Frau ebenfalls gemocht. So was sah man sehr oft. Sara Jane war ein Einzelkind. Warum machte das alles noch schlimmer?

Nun begann Cassidy wieder zu sprechen, mit leiser, beherrschter Stimme. »Vorhin rief mein Boß an und erklärte, er würde Ihnen alle Männer zur Verfügung stellen, die Sie brauchen. Aber heute wird wohl nicht mehr viel passieren.« Eindringlich schaute er in Mikes

Augen. »In dieser Gegend rechnen wir nicht mit solchen Dingen. Nicht hier.«

Er beugte sich vor, und Mike erriet bereits, was er hören würde, was der Mann einfach sagen *mußte*. Vorsorglich legte er sich seinen offiziellen Protest zurecht.

»Passen Sie jetzt gut auf, Mr. Detective Inspector Croft. Finden Sie Sara und den Bastard, der sie entführt hat. Und beten Sie um seinetwillen, daß Sie ihn zuerst aufspüren, Mr. Detective Inspector.«

6

Anna schenkte dem Constable ihr schönstes Lächeln, was besagen sollte: Vor Polizisten fürchte ich mich nicht. Dann bot sie ihm Tee an, den er höflich, aber – wie sie fand – auch etwas angewidert ablehnte. Vermutlich war er an diesem Morgen schon öfter zum Tee eingeladen worden.

Mittlerweile hatte Cassie sich wieder unter Kontrolle. »Tut mir leid, Sir, ich war nur etwas aufgeregt. Diese Neuigkeiten – ich mußte an etwas denken.«

»Woran, Miss?«

Nun ergriff Fergus das Wort. »Wir wollten gerade zur Einsatzzentrale gehen, Officer.«

»Tatsächlich, Sir?« Das Gesicht des jungen Mannes nahm den Ausdruck vorsichtigen professionellen Interesses an. »Wenn Sie uns irgendwie helfen können ...«

Die restliche Frage blieb unausgesprochen, und Fergus seufzte. »Vermutlich wird's Ihnen nichts nützen«, erwiderte er und versuchte Zeit zu gewinnen, seiner Frau zuliebe.

Abwartend schaute der Constable ihn an, immer noch höflich, aber ohne seine Ungeduld zu verbergen.

Da wagte Fergus den Sprung ins kalte Wasser. »Also, meine Frau ging gestern abend um sechs den Greenway entlang. Ich weiß, das ist nicht der fragliche Zeitpunkt, doch sie könnte was gesehen haben, ohne es bewußt wahrzunehmen. Und so dachten wir ...« Er unterbrach sich und musterte Cassie, die reglos und scheinbar gefaßt dasaß. »Jedenfalls dachten wir, die Polizei würde sich vielleicht dafür interessieren.«

Der Constable nickte langsam. Das wußte er schon. Am letzten Abend hatte ein Suchtrupp berichtet, eine Frau sei zum Greenway gegangen. Die Leute riefen nach ihr, sie winkte ihnen und wanderte weiter. Offenbar war sie zu weit entfernt gewesen, um etwas zu hören. Er blickte sich in der Küche um, spürte eine eigenartige, gespannte Atmosphäre, die nicht nur mit der Bestürzung über das Verschwinden eines fremden Kindes zusammenhing. Dann wandte er sich wieder an Cassie. »Wenn Sie mir Ihren Namen nennen würden ...«

»Cassie. Cassandra Maltham.« Sie zeigte auf Fergus. »Und das ist mein Mann.« Ihr Tonfall, fast *zu* kontrolliert, erinnerte ihn an eine offizielle Vorstellung. Automatisch reagierte er darauf, streckte seine Hand aus und wollte sie dem Constable reichen, ließ sie aber wieder sinken, sobald er das Gesicht des jungen Mannes sah.

Gewissenhaft notierte sich der Beamte die Namen. »Waren Sie gestern abend allein auf dem Greenway, Mrs. Maltham?«

Sie nickte.

»Um wieviel Uhr?«

Das wußte sie nicht. »Zwischen sechs und Viertel nach sechs – keinesfalls später.«

»Um halb sieben war sie wieder hier, und wir fuhren nach Norwich«, mischte sich Anna hastig ein, als müßte sie Cassie verteidigen. Dann verstummte sie, weil der Polizist sie durchdringend anschaute, die Stirn leicht gerunzelt.

»Danke, Miss«, erwiderte er scharf und konzentrierte seine Aufmerksamkeit wieder auf Cassie. Seufzend setzte sich Anna an den Tisch, ihrer Freundin gegenüber. »Um halb sieben waren Sie also daheim?«

Cassie nickte. »Viel später kann's nicht gewesen sein. Ich ging nicht lange spazieren. Eigentlich wollte ich mir nur ein bißchen die Beine vertreten.«

Nun fühlte sie sich immer elender. Für ihre kurze Wanderung hatte sie den Greenway gewählt, das war nicht zu bestreiten. Zwischen den Brauen des Constable bildete sich wieder eine Falte, und er bemerkte erneut die seltsame Spannung, die nicht zur Szenerie paßte.

Anna griff über den Tisch hinweg und umfaßte Cassies Hand. »Schon gut, Liebes. Der Officer stellt dir nur ein paar Fragen. Aber du kannst ihm ohnehin nichts erzählen.«

»Miss, ich fürchte, diese Entscheidung müssen Sie *mir* überlassen.«

Erbost starrte sie ihn an, doch sie gab keine Antwort. Dann schaute sie zu Simon hinüber, der uncharakteristischerweise während des ganzen Gespräches den Mund gehalten hatte.

Der Constable spielte mit seinem Funkgerät. Sollte er Verstärkung anfordern? Unsicher blickte er ins Leere. Wenn der Zeitpunkt auch nicht mit dem Verschwinden des Kindes übereinstimmte – die Frau könnte schon früher auf dem Greenway gewesen sein. Jedenfalls entnahm er ihrem Verhalten, daß sie irgend etwas wußte. Er stand auf und trat ans Fenster. »Wahrscheinlich wird man Sie in der Einsatzzentrale verhören und Ihre Aussage zu Protokoll nehmen, Ma'am«, erklärte er und beobachtete sie, um zu sehen, welche Wirkung seine Worte ausübten. Unbewegt saß sie da, und er hob die Brauen.

An Cassies Stelle stimmte Fergus zu. »Natürlich, Officer, wir tun alles, was in unserer Macht steht.«

Der Constable nickte und ging zur Tür. Plötzlich begann die Frau zu schluchzen. »Ich war da – sie verschwand, und ich blieb zurück ...« Erschrocken umfaßte Fergus ihre Schultern etwas fester, versuchte sie zu beruhigen, und Anna hielt angstvoll den Atem an.

»Also waren Sie dort, Mrs. Maltham?« Die Stimme des Polizisten klang verblüfft und mißtrauisch. Mit großen Schritten kehrte er zum Tisch zurück.

Ehe er weitersprechen konnte, sagte Anna in energischem Ton: »Das war vor vielen Jahren, Cassie, nicht jetzt. Und es wäre unsinnig, irgendwelche Zusammenhänge zu konstruieren.«

Bisher hatte Simon nichts empfunden außer vagem Ärger. Nun fürchtete er, die Situation könnte sich zuspitzen. Trotzdem warf er Anna einen ironischen Blick zu. Keine Zusammenhänge? Nur zu gut erinnerte er sich, wie dramatisch sie ihm an diesem Morgen die Zeitung präsentiert hatte. Aber er verbarg sein Amüsement. Dies war nicht der richtige Augenblick für frivolen Spott.

»Was geschah vor vielen Jahren, Miss?« erkundigte sich der Polizist.

Anna gönnte ihm nur einen kurzen Blick, winkte ungeduldig ab und wandte sich wieder zu Cassie, die den Kopf hängen ließ und das Muster des Tischtuchs anstarrte. Zärtlich streichelte Fergus ihr Haar. »Meine Frau weiß nichts«, versicherte er, und seine sonst so sanften blauen Augen nahmen einen eisigen Ausdruck an. »Gehen Sie jetzt, und lassen Sie uns in Ruhe.«

Doch der Polizist rührte sich nicht vom Fleck. Seine Antwort klang betont nüchtern, um alle Anwesenden auf den Ernst der Lage hinzuweisen und ihnen klarzumachen, daß er ein Staatsbeamter war, der nur seine Pflicht erfüllte. »Sir, Ihre Frau war auf dem Greenway. Deshalb müssen wir sie vernehmen – falls sie irgendwas bemerkt hat, das uns weiterhelfen könnte.«

Wieder mußte Simon einen irrationalen, unpassenden Lachreiz bekämpfen, an dem er zu ersticken drohte. Dann betrachtete er Cassie. Wie erstarrt saß sie da, gefangen in einer Zeit, die längst der Vergangenheit angehören müßte. Und er musterte Fergus, der so selten seine Gelassenheit verlor, daß es einem fast auf die Nerven ging. Aber jetzt war er offensichtlich bereit, den Kampf gegen die ganze Welt aufzunehmen – gar nicht zu reden von diesem armseligen Vertreter des britischen Gesetzes – und seine Frau mutig zu verteidigen. Und Anna. Die Augen voller Verzweiflung, Konfusion und Angst. Plötzlich gab es keinen Grund mehr zur Belustigung. Simon biß sich auf die Lippen und schaute weg.

Allem Anschein nach brauchte der Constable Verstärkung, denn er sprach in sein Funkgerät. Simon stand auf und trat an Fergus' Seite. »Wirklich, Officer, sie regt sich nur auf. Dieser Zwischenfall beschwört Erinnerungen herauf – an ein Ereignis, das sie vergessen will.«

Neugierig hob der junge Beamte die Brauen. »Meine Vorgesetzten werden Sie alle weiterverhören, Sir, und sie interessieren sich sicher für Ihre Aussagen.«

Simon starrte ihn an, dann setzte er sich seufzend zu Cassie und berührte ihren Arm.

Aufmerksam musterte Tynan die junge Frau, die am Tisch saß und ihre Begleiter. Cassie Junor. Jetzt Cassie Maltham. Er hatte oft an sie gedacht und sich gefragt, wie ihr Leben verlaufen mochte, nachdem jener Fall ad acta gelegt und sein offizieller Kontakt zu ihr beendet worden war.

Konnte sie irgend etwas mit dem jetzigen Rätsel zu tun haben? Die Vermutung lag nahe, zu nahe. Und er hegte eine instinktive Abneigung gegen das Offensichtliche. Das machte die Dinge uninteressant. Gemächlich nippte er an seinem Tee und begnügte sich mit der Rolle des Beobachters. Hier besaß er keine offizielle Autorität. Noch nicht. Und vielleicht würde er sie auch nie erhalten, wenn der neue Detective Inspector Croft keinen Wert darauf legte.

Schwere Schritte hallten auf dem Holzboden des Rathausbüros, das man zur Einsatzzentrale umfunktioniert hatte, und Tynan blickte auf, als zwei Männer eintraten. Einen kannte er. Bill Enfield war fast so lange hier gewesen wie er selbst. Und nun beinahe im Pensionsalter. Der andere mußte Croft sein. Eine Zeitlang sprachen die beiden mit dem jungen Constable, der Cassie Maltham und ihre Eskorte hierhergebracht hatte. Bill erschien dem Detective Inspector außer Dienst unverändert. Aber er gehörte zu den Männern, die bereits mit wissender Miene zur Welt kamen.

Interessiert betrachtete Tynan den zweiten Mann, während er seinen Tee trank. Mike Croft war hochgewachsen, kräftig gebaut, und sein Körper neigte sich ein wenig nach links, als würde er jemandem zuhören. Dunkles Haar, graue Schläfen, Bewegungen, die den Anschein erweckten, er wäre jederzeit bereit, die Flucht zu ergreifen. Nun kamen die zwei Männer auf ihn zu, und Bill Enfield machte ihn mit Croft bekannt.

»Wie geht's Ihnen, Bill?« fragte Tynan, nachdem er dem neuen Detective Inspector die Hand geschüttelt hatte.

»Danke, gut. Und Ihnen?«

»Alles okay.« Als Tynan weitersprach, merkte er, daß Croft ihn nicht mehr anschaute. »Cassie Junor – so hieß sie, als ich sie damals kennenlernte. Jetzt ist sie mit diesem bärtigen Kerl verheiratet.« Er machte eine kurze Pause. Wenn der neue Detective Inspector sich auch abgewandt hatte – seine geneigte Haltung verriet, wie aufmerksam er dem Gespräch lauschte. »Allerdings kann ich mir nicht vorstellen, wie er sie von ihrer Mutter losgeeist hatte. Nicht einmal der Teufel würde sich mit Mrs. Junor einlassen.«

Nun sah Croft ihn wieder an. »Ich will ganz offen sein. Bevor ich von Mrs. Malthams Kindheitserlebnis hörte, verstand ich nicht, warum es einen Zusammenhang zwischen den Fällen Sara Cassidy und Suzanne Ashmore geben sollte. Und ich begreif's immer noch nicht, es sei denn, Mrs. Maltham ist für das Verschwinden des Kindes verantwortlich. Und das finde ich unwahrscheinlich.«

»Oh?«

Croft drehte sich zur Seite, um eine Tasse Tee entgegenzunehmen, und Bill antwortete an seiner Stelle: »Offenbar schauten alle vier zu, wie die Hummerboote zur Küste fuhren. Also wurden sie von etwa einem

Dutzend Leute gesehen, während Sara Jane verschwand. Wenn Mrs. Maltham keinen Komplicen hatte ...« Tynan hörte, wie skeptisch die Stimme des Sergeants klang.

»Trotzdem glauben Sie an einen Zusammenhang?«

Croft seufzte und nickte langsam. »Von Zufällen halte ich nichts. Zwanzig Jahre sind vergangen, und hier war's immer so ruhig wie auf einem Friedhof. Gestohlene Fahrräder, ab und zu ein Autounfall. Sonst nichts. Und sobald Cassie Maltham beschließt, hierher zurückzukehren, passiert so was.« Nachdenklich inspizierte er die ratlose nervöse Gruppe, die am anderen Ende des Raums wartete. »Ich will sie weder beschuldigen noch behaupten, sie sei über jeden Verdacht erhaben. Immerhin war sie jedesmal in der Nähe, wenn ein Kind verschwand.«

Als er hinüberging, folgte ihm Bill. Und Tynan schloß sich an, da er dem Schweigen der beiden Beamten entnahm, daß sie nichts dagegen einzuwenden hatten.

7

Seufzend dachte Detective Inspector Mike Croft an seinen Sohn, der so gern von der berühmten »Suche nach der Stecknadel im Heuhaufen« gesprochen hatte. Er vermißte Steven, Maggie auch, aber dies war der falsche Augenblick, um darüber nachzugrübeln. Also verdrängte er diese Gedanken und konzentrierte sich auf die Frauen und Männer, die langsam über das Feld wanderten.

Man hatte die Cassidys überredet, nach Hause zu gehen, und darüber war er froh. Erschöpft und von Journalisten bestürmt, ertrugen sie die Belastung nicht länger. Nun wurde die Presse in einem Sperrgebiet entlang der Hauptstraße festgehalten, wo Bill Enfield die Aufsicht führte. Aber Mike wußte, daß er bald eine Erklärung abgeben mußte.

Als er über das Erbsenfeld hinwegschaute, sah er Anna und Simon Thomas am Ende eines Suchtrupps. Dieser Anblick erinnerte ihn an sein Gespräch mit Cassie Maltham. Er hatte sie von den anderen weggeführt, zu einem Ecktisch, und seinen eigenen Stuhl im rechten Winkel zu ihrem aufgestellt, um eine kontrollierbare Privatsphäre zu schaffen.

Auf der anderen Seite des Tischs saß Tynan, und der

stets verläßliche Enfield sorgte für eine ruhige Atmosphäre, kochte Tee, forderte die drei anderen auf, von sich selbst zu erzählen, von ihren Jobs und ihrem Leben. Dabei hielt er sie geschickt von der Zone des Verhörs fern. Allzu glücklich wirkte Fergus nicht, aber er fügte sich in sein Schicksal. Simon und Anna waren froh über die Ablenkung, und der Sergeant brachte sie mühelos zum Reden.

Also konnte sich Mike ungestört mit Cassie befassen. Sie war angespannt und ängstlich, aber offensichtlich bereit, ihm zu helfen. Methodisch befragte er sie nach ihrem Spaziergang auf dem Greenway. Hatte sie etwas gesehen. Nichts. War ihr bei der Rückkehr zur Straße irgend etwas aufgefallen? Nichts. Ein paarmal schaute sie zu Tynan hinüber, als komme er ihr bekannt vor. Aber sie musterte ihn erst etwas genauer, nachdem Mike das Verhör beendet hatte.

Doch dann wandte sie sich wieder zu Croft. Offenbar mußte noch etwas geklärt werden. »Dieser Constable, der im Cottage war ...«

»Ja?«

»Wahrscheinlich hält er mich für verrückt.«

Mike schaute sie nachdenklich an. »Inzwischen hat er erfahren, was mit Ihrer Kusine geschehen ist, und deshalb wird er Ihr Verhalten sicher verstehen.« Er sprach absichtlich mit kühler, sachlicher Stimme, beobachtete ihre Reaktion, und sie biß sich auf die Lippen.

Ihr Blick richtete sich auf Tynan. »Verzeihen Sie – kennen wir uns?«

»Ja, Cassie«, bestätigte er und schaute Mike kurz an.

Nun erkannte sie seine Stimme wieder. »Sie sind der Beamte, der nach Suzies Verschwinden die Ermittlungen geleitet hat, nicht wahr?«

Langsam nickte er. »Detective Inspector Tynan. Jetzt bin ich im Ruhestand.«

Verwirrt schaute sie von einem Beamten zum anderen. »Aber – Sie sind hier. Meinen Sie, daß da ein Zusammenhang besteht? Obwohl inzwischen zwanzig Jahre vergangen sind?«

Croft wollte antworten, aber Tynan kam ihm zuvor. »Da gibt es schon zwei Zusammenhänge, Cassie. Beide Kinder verschwanden auf dem Greenway ...«

»Und ich war jedesmal in der Nähe«, unterbrach sie ihn tonlos, dann wandte sie sich wieder an Mike. »Glauben Sie, ich hätte was damit zu tun?« Die Frage klang ruhig, aber er spürte, daß sie sich nur mühsam beherrschte.

Vorsichtig erwiderte er: »Mrs. Maltham, ich muß jede Möglichkeit untersuchen, und ich kann Ihre Beteiligung nicht außer acht lassen.« Als er aufstand, folgte Tynan seinem Beispiel, Cassie schluckte nervös und erhob sich ebenfalls. »Soviel ich weiß, wollen Sie noch drei Tage hierbleiben, Mrs. Maltham?« Sie nickte, und er fügte hinzu: »Nichts spricht dagegen. Ihre Bewegungsfreiheit soll nicht eingeschränkt werden, aber ich bitte Sie, meine Beamten zu verständigen, bevor Sie das Dorf verlassen, und ihnen mitzuteilen, wo Sie zu erreichen sind.«

Ärgerlich starrte sie ihn an und wollte protestieren, aber da schwang die Tür auf. Mike drehte sich um und fluchte leise, als er die Cassidys mit der jungen Polizistin eintreten sah.

Nach einem vielsagenden Seitenblick auf seinen Vorgesetzten ging Bill Enfield den Neuankömmlingen entgegen. Mike wußte nicht recht, welche Strategie er nun anwenden sollte. Diese Entscheidung nahm ihm

Mrs. Cassidy ab. Sie rannte zu Cassie und packte sie am Arm. »Haben Sie Sara gesehen? Wissen Sie, wer sie entführt hat?«

Hastig trat er vor, um einzugreifen, aber Cassie hob abwehrend eine Hand. Da beschloß er, die Konfrontation zu dulden und abzuwarten, was dabei herauskam.

»Schon gut«, sagte Cassie, und er war sich nicht sicher, ob sie mit ihm sprach oder mit der aufgeregten Frau, die sich nun mit beiden Händen an ihre Arme klammerte.

Hinter ihm standen Fergus Maltham, das Ehepaar Thomas und ein verlegener Mr. Cassidy.

»Glauben Sie mir, wenn ich irgendwas gesehen hätte, würde ich's sagen«, beteuerte Cassie. »Aber ich ging erst um sechs zum Greenway, und da war's zu spät.«

»Damals waren Sie auch dort«, entgegnete Janice Cassidy.

»Vielleicht haben Sie etwas gesehen, das Sie später vergaßen – und womöglich war's derselbe Mann, der meine Sara entführte.« Wie gehetzt schaute sie sich um. »Verstehen Sie denn nicht? Mein kleines Mädchen ist verschwunden! Versteht das denn niemand?«

»O Gott!« Cassie versuchte, sich loszureißen, und Jim Cassidy tat sein Bestes, um seine Frau wegzuzerren. Seine Hände zitterten. Offenbar fühlte er sich genauso elend wie Janice.

Nun hielt Mike eine Intervention für angebracht, und er bedeutete der Polizistin, Cassidy zu helfen. Mit vereinten Kräften befreiten sie Cassie.

»Wenn ich etwas wüßte!« stöhnte sie. »O Gott, ich wünschte es!«

Nun begann die verzweifelte Mutter, hysterisch zu

schluchzen, und Cassie umarmte sie. Auch sie brach in Tränen aus, und beide Frauen gingen zur Tür. Mike hielt sie nicht zurück. Widerstrebend folgten ihnen die Ehemänner und wirkten irgendwie deplaziert.

Ein gefundenes Fressen für die Reporter dachte Croft zynisch und beauftragte ein paar Beamte, die Ehepaare nach Hause zu bringen. Dann kehrte er zu John Tynan zurück, der schweigend in der Ecke stand. Welche Erinnerungen mochten auf den alten Mann einstürmen?

»Dürfte ich kurz mit Ihnen reden, Inspector?«

Mike drehte sich zu dem Journalisten um. Inzwischen waren die Mitarbeiter der meisten großen Tageszeitungen und mindestens zwei TV-Teams eingetroffen. Wie schnell sie auftauchten, wenn irgendwo was passierte! Das verblüffte ihn immer wieder. Verfügten sie über einen Bereitschaftsdienst? Dieser Gedanke amüsierte ihn beinahe. »Im Augenblick kann ich Ihnen nicht viel erzählen. Das werden Sie sicher verstehen. Wir tun, was wir können.« Erstaunlich, wie mühelos ihm diese Platitüden über die Lippen kamen ... Und sie wurden sogar notiert.

»Inspector, bringen Sie das Verschwinden des Kindes mit dem Ashmore-Fall in Verbindung?«

»Eigentlich nicht«, antwortete Mike zögernd. »Aber wir schließen einen Zusammenhang nicht aus.«

»Und Suzanne Ashmore wurde nie gefunden, nicht wahr, Sir?«

»Leider nicht.«

»Bestreiten Sie, daß es gewisse Parallelen zwischen den beiden Fällen gibt, Inspector?«

»Natürlich gibt's die, aber bedenken Sie bitte – Suzanne Ashmore ist vor fast zwanzig Jahren verschwunden.«

Nun meldete sich ein anderer Reporter zu Wort. »Philip Andrews vom *Chronicle,* Inspector.«

Also ein Einheimischer. Mike warf ihm einen kurzen Seitenblick zu. Ein älterer Mann mit einem viel jüngeren Fotografen im Schlepptau. Wie der Detective Inspector sich vage erinnerte, hatte er den Journalisten vorhin in der Halle des Rathauses gesehen. »Ja, Mr. Andrews?«

»Irgendwie habe ich das Gefühl, Sie weichen gewissen Fragen aus, Sir.«

»Welchen?« erkundigte sich Mike höflich, und eine innere Stimme ermahnte ihn zur Vorsicht.

»Was die Zusammenhänge betrifft. Als Mrs. Cassidy und die – andere Frau das Rathaus verließen, glaubte ich, Detective Inspector Tynan zu erkennen.«

In diesen Worten schwang ein unschuldiger Unterton mit, der Mikes Wachsamkeit verschärfte. Natürlich war es sinnlos, Tynans Anwesenheit zu leugnen. »Ja, der ehemalige Detective Inspector Tynan war hier.«

»Und die Frau, die Mrs. Cassidy begleitet hat?«

Mike musterte den Mann mit schmalen Augen, entgegnete kühl und gelassen: »Was soll mit ihr sein, Mr. Andrews?« Schmerzlich wurde ihm bewußt, daß ihnen die ungeteilte Aufmerksamkeit der versammelten Presse galt.

Da Philip Andrews über regionale Kenntnisse verfügte, ließ er sich die Chance nicht entgehen, seine großspurigen Kollegen zu übertrumpfen: »Cassandra Junor, wie sie damals hieß. Inzwischen hat sie geheiratet, und ihr Name lautet Maltham. Es erscheint mir – seltsam, daß sie ausgerechnet jetzt zurückgekommen ist, Sir.«

Jetzt reichte es dem Inspector. Schon den ganzen Tag brodelte die Gerüchteküche, und er hätte sich denken können, daß man Tynan – einen Einheimischen – erkennen würde. Vor allem Leute wie Andrews würden sich an ihn erinnern. Im Umgang mit der Presse war ich nie sonderlich begabt, dachte Mike wehmütig.

»Inspector?« Eine andere unschuldige Stimme ... »Hieß die Kusine, die in den Ashmore-Fall verwickelt war, nicht Junor?«

Wenn er das leugnete, würde er wie ein Narr dastehen. »Ja«, bestätigte er widerstrebend, »ich glaube ...« Dann entschuldigte er sich, ging zu seinem Auto, gab die üblichen Erklärungen ab. Mehr könne er vorerst nicht sagen, man würde die Medien auf dem laufenden halten. Erleichtert überließ er es Bill, dem Klischee des altmodischen »traditionellen« Polizisten, die restlichen Fragen zu beantworten.

Die Hand am Griff des Wagenschlags, hörte er eine Stimme und drehte sich um. Philip Andrews.

Vermutlich ist er in Tynans Alter, dachte Mike. Graues, schütteres Haar, zahlreiche Falten um die Augen, eine schiefe Nase, offenbar gebrochen und schlecht zusammengewachsen.

»Wirklich, ich habe nichts mehr zu sagen.« Mike ärgerte sich über die Irritation, die aus seinen Worten sprach. Warum ließ er sich von diesem Kerl aus der Ruhe bringen?

»Aber das *war* Cassie Junor.« Eine Feststellung und zugleich eine Frage.

Mike machte sich nicht die Mühe, darauf zu antworten, stieg ins Auto, drehte abrupt den Zündschlüssel herum, legte ruckartig den ersten Gang ein. Als er davonfuhr, sah er im Rückspiegel Andrews und seinen Fotografen. Dann hielt er am Straßenrand, um Bill einsteigen zu lassen.

»Allzu schlimm war's gar nicht«, meinte der Sergeant, ohne seine Belustigung über Mikes Ärger zu verbergen.

»Nein?«

Bill schaute ihn kurz an. In solchen Augenblicken spielte der Rangunterschied keine Rolle, nur die Erfahrung. »Natürlich mußten sie Wind davon bekommen, Mike. So was läßt sich nicht verheimlichen.«

Gereizt zuckte Mike die Achseln, und Bill wartete geduldig, bis sein Boß das Schweigen brach. »Kennen Sie diesen Andrews?«

Der Sergeant nickte. »Früher hat er sich oft nützlich gemacht.«

»Wenn Sie's so nennen wollen«, schnaufte Mike verächtlich. Nach einer kurzen Pause gestand er, was ihm auf der Seele brannte. »Flint wird sich wahnsinnig freuen. Und ich werde wie ein Trottel aussehen, wenn ich zu ihm gehe und verkünde: ›Tut mir leid, Sir, aber ein verschwundenes Kind genügt den Zeitungsschreibern nicht. Es ist wohl besser, wenn wir auch das andere suchen ...‹« Darauf antwortete Bill nicht, aber seine blauen Augen funkelten.

Mike seufzte tief auf. »Okay, okay, Flint ist nicht der Typ, der sich über irgendwas freut.« Er grinste, dann wurde er wieder ernst, als er sich erinnerte, was auf dem Spiel stand. »Können Sie sich vorstellen, wie ihren Eltern zumute ist? Ich meine die Ashmores. Jetzt erleben sie das alles noch einmal.«

Die Stirn gerunzelt, starrte er auf die kurvenreiche

Straße und umklammerte das Lenkrad etwas fester. Er wußte, was in ihm vorging, wann immer er hörte, ein Kind sei bei einem Autounfall getötet worden. Und am schlimmsten war es, wenn der Fahrer nicht anhielt, so wie in Stevies Fall. Obwohl die Ärzte versichert hatten, Stevie müsse sofort gestorben sein, fragte sich Mike immer wieder, was geschehen wäre, wenn der Fahrer gehalten und versucht hätte, dem Jungen zu helfen. Würde Stevie dann noch leben? Für Logik war in solchen Überlegungen kein Raum.

Würden die Ashmores Zusammenhänge erkennen? Wenn sie erfuhren, Cassie Maltham sei auch diesmal auf dem Greenway gewesen – würden sie ihr in beiden Fällen die Schuld geben, nur um sich an irgendeine Erklärung zu klammern? Fragte Mike sich nicht jedesmal, wenn er von einer Fahrerflucht hörte, ob derselbe Mann seinen Sohn getötet hatte?

Er bog in die breite Straße, die nach Norwich führte, und beschleunigte das Tempo. Dann erinnerte er sich wieder an den hartnäckigen Journalisten. »Was wissen Sie über diesen Andrews?«

»Viel gibt's da nicht zu erzählen.« Bill lächelte schwach. »Mittlerweile arbeitet er schon so lange beim *Chronicle,* daß er wahrscheinlich im Archiv landen wird, wenn er den Löffel abgegeben hat. Im Grunde ist er ehrlich und geradlinig. Eine große Karriere hat ihn wahrscheinlich nie gereizt.« Gleichmütig zuckte er die Achseln. »Ein Mann, der seine Nische gefunden hat. Vielleicht ist das mehr wert als sonstwas.«

Vielsagend hob Mike die Brauen. Wenn es einen Mann gab, auf den das eindeutig zutraf, dann war es Bill Enfield. Zum Sergeant ernannt, hatte er sich nicht mehr um eine weitere Beförderung bemüht. Er liebte den direkten Kontakt mit den Leuten, und sein Gedächtnis konnte sich vermutlich mit dem Archiv des *Chronicle* messen. »Hat er sich damals für den Ashmore-Fall interessiert?«

»Natürlich, genauso wie wir alle. Nein, eher noch mehr. Wie Tynan entwickelte er ein persönliches Interesse an dem vermißten Kind. Jahrelang, nachdem wir den Fall zu den Akten gelegt hatten, erschienen immer noch Artikel im *Chronicle*, die sich mit Suzie Ashmore befaßten. Vor allem, wenn sich der Tag ihres Verschwindens jährte. Ein paarmal besuchte er die Ashmores, und er überredete Pat, einen Appell an die Öffentlichkeit zu richten – kurz nachdem es passiert war, und dann am ersten Jahrestag.« Bill seufzte bedrückt. »Arme Frau ... sie sah aus, als wäre alles Leben aus ihr gewichen. Und der Vater, o Gott, der stand einfach nur da. Kein Wort konnte man aus ihm rauskriegen. Ich glaube, er versuchte einfach nur, durchzuhalten und stark zu sein, seiner Frau zuliebe.«

»Blieb Andrews auch später in Verbindung mit den Ashmores?«

Bill nickte. »Dazu konnte Tynan sich niemals aufraffen. Er war verzweifelt, als der Fall mangels Beweisen abgeschlossen wurde. Und er fühlte sich verpflichtet, die Ashmores persönlich darüber zu informieren. Sicher fiel ihm das sehr schwer, er sprach nie darüber. Und soviel ich weiß, hat er sie danach nie mehr besucht.«

»Wann wurde der Fall ad acta gelegt?« fragte Mike.

Nachdenklich runzelte Bill die Stirn. »Etwa drei Jahre, nachdem es geschehen war. John Tynan versuchte, die Ermittlungen so lange wie möglich fortzusetzen. Aber damals war unser Revier genauso unterbesetzt wie heute. Wir hatten einfach zuwenig Leute zur Verfügung.«

Eine Zeitlang schwiegen sie. Bill erinnerte sich an jene andere Zeit, an das andere Kind. Und Mike überdachte die Informationen, die er an diesem Tag erhalten hatte. Wenn Andrews mit den Ashmores in Verbindung stand, brauchte er sie nur anzurufen, um etwas mehr über Cassie Junor, jetzt Cassie Maltham, zu erfahren. Würde er ihnen von Sara Jane erzählen? Vielleicht bewog ihn ein seltsames Ehrgefühl, die Ashmores zu verständigen, bevor sie's in überregionalen Zeitungen lasen.

Hatte er schon vorher von Cassies Heirat gewußt und an diesem Tag zwei und zwei zusammengezählt, als ihr Name erwähnt worden war?

Cassandra – Cassie – kein gebräuchlicher Vorname ...

Aber vielleicht wußte er überhaupt nichts, dachte Mike irritiert, bevor meine ausweichenden Antworten sein Mißtrauen weckten. Erbost zog er die Stirn in Falten, dann holte er tief Atem und versuchte sich zu entspannen. Inzwischen hatten sie den Stadtrand von Norwich erreicht. Die Straße verbreiterte sich, und sie durchquerten die ersten Vororte. Wenig später bog er in den äußeren Hof des Bezirkspolizeipräsidiums, trat auf die Bremse, bat den Pförtner per Funk, das Tor zum Innenhof zu öffnen. Dann wappnete er sich für das Gespräch mit Flint.

Wie auch immer, der zusätzliche Faktor mußte berücksichtigt werden.

War Cassie Maltham schuldig? Und wenn ja, welchen Vergehens?

8

Croft durchquerte das Vorzimmer des Präsidiums.

»Guten Abend, Sir.«

Er erwiderte den Gruß des diensthabenden Sergeant und führte Bill Enfield ins Großraumbüro. Inzwischen war Tynan nach Hause gefahren. Mike wollte später auch Bill heimschicken, der sich eine kurze Erholungspause gönnen sollte, bevor sich die drei zu einer inoffiziellen Besprechung treffen würden. Dabei wollten sie unter anderem die näheren Umstände des Ashmore-Falls erörtern. In stillschweigender Übereinkunft hatten sie beschlossen, die Ergebnisse ihrer privaten Diskussion erst einmal für sich zu behalten und Tynans Beteiligung an den Recherchen nicht an die große Glokke zu hängen. Sonst wäre Flint, Crofts Vorgesetzter, alles andere als erfreut, denn er legte größten Wert darauf, daß alles seine Ordnung hatte.

Nachdem Mike den Sergeant ins Großraumbüro begleitet hatte, verabschiedete er sich. Bill kam nur selten ins Präsidium, kannte aber viele Beamte. Blitzschnell räumte er Papiere und Teetassen von einem Schreibtisch, setzte sich und war bereits in ein angeregtes Gespräch mit dem Communications Officer vertieft, ehe Croft den Raum verlassen hatte.

Mike wappnete sich für die Unterredung mit Superintendent Flint, die erste an diesem Tag.

Offenbar war Flint reizbarer denn je. Er schien kaum zuzuhören, als Croft die Ereignisse des Tages schilderte, und ließ ihn nicht einmal ausreden, bevor er ein paar Papiere über den Schreibtisch schob.

»Was ist das?« fragte Mike.

»Die übliche List verrückter Anrufer, sogenannter Zeugen, die zur fraglichen Zeit ganz woanders waren. Und natürlich die Anfragen diverser Zeitungsschreiber. Die sind wild entschlossen, die reine Wahrheit zu enthüllen. Außerdem teilten sie mir mit, Sie würden den Ashmore-Fall wieder aufrollen.«

»Eigentlich wurde er nie richtig abgeschlossen, Sir«, betonte Mike, während Flint Atem schöpfte.

»Seither sind zwanzig Jahre vergangen.«

»Aber wir können die Möglichkeit nicht ausschließen, daß beide Fälle zusammenhängen. Wenn ich diesen Aspekt nicht berücksichtige, wird's wer anderer tun. Darauf können Sie wetten.«

»Also wird die Presse einen Mordsspaß haben.«

»Den hat sie schon jetzt. Leider befassen sich die Reporter bereits mit dem Fall – und mit der Tatsache, daß sich Cassie Junor im Dorf aufhält, heute wie damals.« Mike machte eine Pause und holte tief Luft. »Morgen werden Sie alles in den Zeitungen lesen, lange Artikel, gespickt mit Fotos von Mrs. Maltham und der verzweifelten Mutter, Arm in Arm ...« Er verstummte, ärgerlich über seinen bitteren Unterton, der dem Superintendent nicht entgangen war.

»Diese Mrs. Maltham ...« Flint runzelte die Stirn. »Wollen Sie die Frau festnehmen?«

»Mit welcher Begründung?«

»Hören Sie, Mike, ich bin nicht völlig verblödet. Ich weiß, was für verständliche Emotionen so ein Fall heraufbeschwört. Aber wir müssen behutsam vorgehen. In solchen Situationen wünscht die Öffentlichkeit baldige Resultate, ebenso wie die Polizei.« Flint zögerte kurz. »Gibt es wirklich Hinweise auf Zusammenhänge?«

Mike entspannte sich ein wenig. »Ehrlich gesagt, da bin ich überfragt. Als das Kind verschwand, war Cassie Maltham woanders. Dafür hat sie Zeugen. Natürlich könnte sie zusammen mit einem Komplicen eine Entführung geplant haben ...«

»Aber das glauben Sie nicht?«

»Wenn sie's getan hat, ist sie die kaltblütigste Verbrecherin, die ich je gesehen habe«, erwiderte Mike und erinnerte sich an die Szene in der dörflichen Einsatzzentrale.

Nachdenklich nickte Flint, dann seufzte er. »Es gefällt mir nicht, wie Sie das handhaben, Mike. Spielen Sie die möglichen Zusammenhänge herunter.« Er schaute seinen Untergebenen bedeutsam an. »Und reden Sie mit Tynan, wenn Sie's für nötig halten. Er soll nicht ausgeschlossen werden.«

»Gewiß nicht, Sir.« Mike bemühte sich nicht, ein zynisches Lächeln zu unterdrücken. »Sonst könnte er beschließen, mit jemand anderem zu sprechen. Vielleicht mit der Presse.«

Flint warf ihm einen scharfen Blick zu. »Genau«, bestätigte er kühl und nickte, um den Detective Inspector zu entlassen. Angelegentlich studierte er die Papiere auf seinem Schreibtisch, und Croft stand auf. Als seine Hand die Türklinke ergriff, hörte er einen schroffen Befehl. »Halten Sie sich an die Vorschriften, Mike! In einem solchen Fall wollen wir keine übertriebene Cleverneß demonstrieren, oder?«

Bill erwartete ihn im Großraumbüro. Wie auf ein Stichwort wurde Tee serviert, zu heiß und zu süß, ganz nach Mikes Geschmack. Unter dem Abfall, den der Papierkram dieses Tages hinterlassen hatte, fand er einen Stuhl; sank darauf und schloß die Augen. Hätte er sich »an die Vorschriften gehalten«, wäre er in sein eigenes Büro gegangen, um den Tee dort zu trinken, statt den »unteren Dienstgraden« seine Erschöpfung zu zeigen. Flint würde ein solches Verhalten mißbilligen, und genau deshalb machte es dem Detective Inspector Spaß.

»Irgendwelche Neuigkeiten, Sir?«

Er blickte auf und sah den Mann eintreten, der den diensthabenden Sergeant ablöste. »Bis jetzt nicht. Dafür ist's noch zu früh«, fuhr er mit einem müden Lächeln fort. Die Standardantwort.

Das wußte auch der junge Constable. Er grinste, dann wurde er ernst. »So was erlebe ich zum ersten Mal, Sir. Man fühlt sich irgendwie ...« Unvollendet blieb der Satz in der Luft hängen. »Meine Schwester wohnt da draußen, und sie hat Kinder«, erklärte er besorgt, und Mike nickte ihm mitleidig zu, suchte vergeblich nach passenden Worten.

An seiner Seite erklang Bill Enfields brummige Stimme. »Sagen Sie ihr, was wir allen Eltern sagen. Solange der Fall nicht geklärt ist, sollen sie ihre Kinder im Auge behalten.« Ein sehr schlichter Rat – aber der junge Mann strahlte, als hätte er das Evangelium vernommen. »Danke, Sir.«

Croft wartete, bis der Constable verschwunden war, dann lachte er und spürte Bills Hand auf seiner Schulter. »Jetzt fahre ich nach Hause und esse was«, erklärte der Sergeant, »danach treffen wir uns bei Tynan. Kennen Sie den Weg?«

»Mehr oder weniger.« Mike trank den Rest seines Tees, der schnell abgekühlt war, stemmte sich vom Stuhl hoch und ging mit Bill zum Parkplatz hinaus, wo sie in ihre Autos stiegen. Ein langer Tag. Wie mochte Sara Jane ihn überstanden haben?

Mike traf nach dem Sergeant bei Tynan ein. Er hatte sich nicht die Mühe gemacht, zwischendurch nach Hause zu fahren. In der einsamen Wohnung gab es nichts, was ihn locken konnte. Statt dessen hatte er in einem Touristenlokal an der Küste gegessen und kurzfristig in seiner Anonymität geschwelgt. Das Essen war genießbar, eine doppelte Schwingtür ging zur Terrasse über dem Meer hinaus, und die anschwellende Flut sprühte immer wieder Gischt herein.

Energisch versuchte er, seinen Job zu vergessen, was ihm für zehn Minuten gelang. Dann gab er es auf und ließ seine Gedanken zwischen den bisher gesammelten Informationen umherwandern, um Details aufzuspüren, die ihm zuvor vielleicht entgangen waren.

Oberhalb der Theke stand ein Fernseher, und Mike war froh, daß er das Restaurant zwischen zwei Nachrichtensendungen besuchte. Er saß zu weit entfernt, um die Stimmen zu hören, die aus dem Apparat drangen. Und er hatte das Lokal verlassen, bevor die nächsten Nachrichten begannen.

Tynans Cottage paßt zu ihm, dachte er. Die eingesunkene Tür erweckte den Eindruck, sie hätte sich fester im Erdreich verankern wollen, und die Vertiefung wurde durch zwei schiefe, knarrende Stufen ausgeglichen. Instinktiv duckte sich Mike und war absurderweise erleichtert, weil er eine Diele mit normaler Deckenhöhe betrat.

Bill hatte ihn hereingelassen. Durch eine offene Tür am anderen Ende des Vorraums sah Mike den Hausherrn mit einer Teekanne und Tassen hantieren. Tynan rief ihm zu, er solle sich's bequem machen, und der Sergeant führte ihn nach links ins Wohnzimmer.

Irgendwie hatte Mike das Gefühl, die Einrichtung dieses Raums sei in der Vergangenheit erstarrt. Sessel, Teppiche, Dekorationsgegenstände – alles sah so aus, als würde man es nicht aus praktischen, sondern aus sentimentalen Gründen verwahren. Er setzte sich und erkannte zu spät, daß er in einem Schaukelstuhl gelandet war. Unsicher rutschte er umher.

Tynan servierte den Tee. »Also, kommen wir zur Sache«, schlug er vor und begann in einem geräumigen, hohen Schrank neben dem Kamin zu wühlen. Erstaunt fragte sich Mike, wie dieses riesige Möbelstück in das kleine Zimmer gelangt war.

Dann beobachtete er mit wachsendem Interesse, wie Tynan Akten und dicke Mappen voller Zeitungsausschnitte hervorkramte. »Was um alles in der Welt ...?«

Tynan grinste ihn an. »Mein gesamtes Material über den Casus Ashmore und andere, ähnliche Fälle. Alle ungelöst.«

Skeptisch runzelte Mike die Stirn. »John, ich will Sie nicht kränken. Aber mit unserem aktuellen Fall haben wir schon genug zu tun.«

Tynan legte seine Mappen und Aktenordner auf den

Boden, dann fegte er Mikes Einwand mit einer knappen Geste beiseite. »Das weiß ich, und ich werde nur die relevanten Unterlagen raussuchen. Wirklich, Mike, Sie ahnen nicht, wie viele Kinder verschwunden sind, allein in dieser Gegend. So was macht einen stutzig.«

Schweigend zuckte Mike die Achseln. Er hatte sein Probejahr und dann noch zwei Dienstjahre in London absolviert, in einem Revier, zu dem die Station King's Cross gehört. Dort erkannte man die Neuankömmlinge schon aus weiter Ferne, junge Leute, die in die Stadt zogen in der vagen Hoffnung auf ein besseres Leben. Nein, er staunte nicht. Und Tynan wohl auch nicht.

»Das ist was anderes«, entgegnete er nach einer kleinen Weile. »Soviel wir wissen, hatten weder Suzie Ashmore noch Sara Jane Cassidy einen Grund oder eine Gelegenheit, von daheim wegzulaufen.«

»Sicher, da haben Sie recht«, gab Tynan zu. »Aber Sie kennen das ja – man hört von einem Fall und zieht Parallelen zu anderen ...«

»Und ehe man weiß, wie einem geschieht, glaubt man an eine Verschwörung, die sich das Ziel gesetzt hat, alle Kinder von der Welt zu entführen«, warf Bill Enfield ein – viel bissiger, als es seine Art war – und entschuldigte sich sofort. »Tut mir leid, John. Wahrscheinlich geht mir das alles an die Nieren.«

Tynan nickte und begann in seinen Unterlagen zu blättern. »Gießen Sie den Tee ein. Mal sehen ...« Gewissenhaft sortierte er die Papiere, rangierte einige aus, und schließlich schob er das Teetablett beiseite, um einen geschrumpften, aber immer noch umfangreichen Stapel auf den Tisch zu legen. »Hauptsächlich Zeitungsausschnitte und Berichte, die ich damals schrieb, für mein persönliches Archiv.« Fast verlegen fügte er hinzu: »Auf diese Weise versuche ich, die Dinge in die richtige Perspektive zu rücken.« Er griff nach seiner gefüllten Tasse, setzte sich und wartete, während die beiden anderen Männer die Papiere sichteten.

Nachdenklich studierte Croft mehrere Zeitungsartikel. Jedes Blatt mußte mindestens einen Monat lang regelmäßig Berichte über den Ashmore-Fall veröffentlicht haben. Und Tynan hatte sie methodisch gesammelt. Mike schaute ihn an. Aus Erfahrung wußte er, wie das war. Manche Fälle konnten einen völlig vereinnahmen, so daß alles andere unwichtig wurde – sogar dann, wenn man keine Fortschritte machte. Gelassen hielt der alte Mann seinem Blick stand und lächelte schwach.

»Oh, ich will's nicht leugnen – was ich damals trieb, grenzte an Besessenheit. Es war wie verhext. Wochenlang arbeiteten wir dran. Und jedesmal, wenn wir dachten, nun hätten wir eine Spur, verlor sie sich im Nichts.«

Nur zu gut konnte Mike nachempfinden, was in seinem Gastgeber vorgegangen war. Solche Fälle konnten Karrieren fördern oder ruinieren – wenn er auch bezweifelte, daß Tynan solche Gedanken gehegt hatte. Vielmehr schien er die vergebliche Suche nach Suzie Ashmores Entführer als privaten Fehlschlag zu werten.

Mike beugte sich wieder über die Zeitungsausschnitte. Plötzlich hob er ungläubig die Brauen. »Hexen und Feen. Parallele Dimensionen? Was heißt das, John?«

»Zeigen Sie's mir ...« Tynan griff nach der Mappe. »Ach ja, unsere Freunde von der Boulevardpresse fanden die polizeiliche Routinearbeit zu öde und beschlossen, die Story ein bißchen auszuschmücken. Einen

Monat lang hatten wir eine Nachrichtensperre verhängt, und danach stürzte sich die ganze Bande mit ihren übersinnlich begabten Medien und allerlei spiritistischem Humbug auf uns.« Er schnaubte verächtlich. »Reiner Blödsinn! Diese Narren verwiesen auf die alten Spukgeschichten, die sich um den Tan's Hill ranken, einen Hügel in der Nähe des Greenway.«

»Und was sind das für Geschichten?«

»Irgendwelche Sagen über Feen und Hexen.«

»Oh ...« Mikes Interesse verflog. Von solchen Dingen hielt er nichts. Die Welt wimmelte von gewöhnlichen Menschen, die abscheuliche Verbrechen an anderen gewöhnlichen Menschen begingen. Also war es überflüssig, sich auch noch mit übernatürlichen Wesen herumzuschlagen.

»Ob in diesen Märchen ein Körnchen Wahrheit steckt oder nicht, spielt keine Rolle«, meinte Bill. »Es kommt nur darauf an, daß einen so was von den wichtigen Fakten ablenkt, die sich im Lauf einer Untersuchung ergeben.«

John Tynan nickte. »Was Sie da sagen, erinnert mich an was.«

»Ja?«

»An die Wirkung, die das alles auf die junge Cassie ausübte. Sie wußte nicht, auf welche Weise ihre Kusine verschwunden war. Also brauchte sie irgendwas, woran sie sich klammern konnte – etwas, das ihr half, einen Sinn in den Ereignissen zu erkennen. Ihre Mutter rief mich fuchsteufelswild an und sagte, ich dürfe der Presse nicht erlauben, dieses ›dämonische Zeug‹ zu publizieren, wie sie's nannte. Offenbar nahm das Mädchen alles ernst, was in den Zeitungen stand, und war monatelang völlig verstört. Nicht, daß die Mutter dem Kind geholfen hätte. Schließlich empfahlen wir ihr, Cassie einem Psychotherapeuten anzuvertrauen.«

»Und jetzt? Geben Sie Mrs. Maltham die Schuld an Sara Janes Verschwinden?«

Tynan schaute direkt in Mikes Augen. »Nein. Aber gewisse Zusammenhänge will ich nicht ausschließen. Vielleicht war jemand über ihre Rückkehr informiert ...«

»Dann bliebe noch die Frage nach dem Motiv.«

»Wer weiß? Die Menschen können nicht immer erklären, was sie zu dieser oder jener Tat treibt, oder die Beweggründe geben außerhalb ihrer eigenen Gehirne keinen Sinn.«

Bill runzelte die Stirn. »Falls eine solche Person existiert, muß sie in dieser Gegend leben.«

»Oder es ist jemand, der die Malthams kennt und beschlossen hat, ebenfalls hierherzureisen«, warf Mike ein.

»Möglich, aber das müßte eine Bekanntschaft aus Cassies Kindheit sein. Ich tippe eher auf einen Einheimischen. Sobald ein Fremder in dieser Gegend auftaucht, riecht man ihn zehn Meilen gegen den Wind.«

»Was macht der Ehemann beruflich?« fragte Tynan.

»Er ist Chemielehrer an einer Gesamtschule.«

»Armer Kerl ...«, meinte Tynan, was Mike zum Lachen brachte. »Und die zwei anderen?«

»Beide arbeiten für dieselbe Firma«, erwiderte Bill und erklärte, dies habe er bei seiner zwanglosen Unterhaltung mit dem Ehepaar Thomas und Fergus Maltham erfahren. »Er verkauft Laboreinrichtungen und dergleichen, und sie ist die persönliche Assistentin eines leitenden Angestellten, ein ganz hohes Tier.«

»Soviel ich weiß, studiert Cassie«, bemerkte Tynan.

»Das stimmt. Ihre Ausbildung wurde wegen einer Krankheit unterbrochen. Aber sie ist sehr intelligent, und ihr Mann hat sie überredet, das Studium fortzusetzen.«

Nun versank Bill in Schweigen und betrachtete den Papierstapel, der vor ihm lag, und Mike blätterte wieder in den Zeitungsausschnitten. Es wurde immer später, alle fühlten sich müde. Vielleicht war es an der Zeit zu gehen. Doch er zögerte. Der Gedanke, in die leere Wohnung zurückzukehren, erschien ihm wenig verlokkend. Als Suzie Ashmore ihn auf einem vergilbten Pressefoto anlächelte, hielt er inne.

»Haben Sie Kinder, Mike?« fragte Tynan.

Es dauerte eine Weile, bis Mike antwortete. »Mein Sohn Stevie kam vor zwei Jahren bei einem Autounfall ums Leben.«

Sekundenlang hielt Tynan seinem Blick stand, dann schaute er weg. »Tut mir leid. Vor nicht ganz zwei Jahren starb meine Frau.« Das klang wie ein Friedensangebot. »Aber ich weiß, das ist nicht dasselbe wie der Verlust eines Kindes.«

Dazu äußerte sich Mike nicht. Der Tod schmerzte immer, ganz gleichgültig, wen man verlor. Was gab es noch zu sagen? Auch Mike hatte seine Frau verloren, nicht an den Tod, sondern an ein anderes Leben, einen anderen Mann. Das konnte er ihr nicht verübeln. Stevies Tod hatte ihnen gezeigt, wie wenig sie miteinander verband. Seufzend stand er auf. »Morgen liegt ein langer Tag vor uns.« Wahrscheinlich viele lange Tage.

Auch Bill erhob sich, leicht verlegen, ein wenig schuldbewußt, weil er zu seiner Frau heimkehren würde, der leidgewohnten Gefährtin in einer langjährigen Ehe. Gott segne sie, dachte er.

»John, was diesen Fall betrifft, kann ich Ihnen keinen offiziellen Posten anbieten ...«, begann Mike.

»Schon gut«, fiel Tynan ihm lächelnd ins Wort. »Danke.« Also würde er hinter den Kulissen agieren, in inoffizieller Funktion, stets bestrebt, »den richtigen« Polizisten nicht in die Quere zu kommen. Nun, unter diesen Umständen durfte er nicht mehr erhoffen. Und vielleicht, nur vielleicht, konnte er endlich herausfinden, was mit der kleinen Suzie Ashmore geschehen war. Um dieser Chance willen war er bereit, jede Position anzunehmen, und mochte sie noch so untergeordnet sein.

9

Die Frau trug ein blaues Kleid, und der lange Rock, der bis zur Wadenmitte reichte, flatterte im Wind. Keuchend rannte Cassie hinter ihr her, und als sie den Weg verließ, um den Hang hinaufzuklettern, verlor sie die Frau für wenige lebenswichtige Minuten aus den Augen. Wenn sie den Gipfel erreichte, würde sie die Gestalt in Blau dann wiedersehen? Sie spürte die Sommerhitze, die schwüle Luft schien ein Gewitter anzukündigen – so feucht und schwer und dicht, daß sie kaum in Cassies verkrampfte Lungen drang.

Mühsam rang sie nach Atem, kämpfte gegen Luftschichten, die sich plötzlich verfestigten. Undurchdringlich.

Mit jedem Schritt verdunkelte sich der rote Schleier, der vor ihr schwebte. Jetzt rannte sie nicht mehr. Kurz unterhalb des Gipfels begann sie, wie ein Baby auf allen vieren zu kriechen.

»Bitte ...« Wen sie anflehte, wußte sie nicht mehr, erinnerte sich nur, daß der Traum sie schon dreimal bis hierher geführt hatte und nicht weiter. »Bitte, ich muß sie sehen!« Sie schleppte sich weiter, der Schleier versperrte ihr die Sicht, ihre Hände griffen ins Gras, in die sommerwarme Erde. Mit aller Kraft bemühte sie sich, ihre Finger noch tiefer darin zu vergraben. Ihr Körper, der nach Luft hungerte, suchte einen Halt ...

Langsam und dann immer schneller sank sie zurück, fiel nach unten, fiel und fiel – so hoch war sie doch sicher nicht heraufgestiegen – in endlose Schwärze. Der Atem drang kaum noch in ihre Lungen ein, ehe die Verkrampfung ihn zurückzwang. Jetzt krallten sich die Finger ins Leere. Schwarze Luft. Lebendige Nacht, so dicht, daß sie darüber streichen konnte, wie über einen Pelz.

Vielleicht konnte sie deshalb nicht atmen. Die Atmosphäre war zu dick. So als würde sie versuchen, unter Wasser nach Luft zu schnappen ...

O Gott, warum tat es so weh?

Und die Frau war verschwunden. Das wußte Cassie. Sie weinte, wollte nach ihr rufen. Aber um zu schreien, brauchte man Atem, und die dichte Schwärze preßte ihr die Lungen zusammen, ertränkte sie, zog sie hinab in tödliches, weiches Nichts ...

»Cassie?«

Fergus schüttelte sie wieder, und der leise, unartikulierte Laut, den sie hervorwürgte, erschreckte ihn.

»Cassie! Cassie!« Er mußte sie wecken.

Endlich öffnete sie die Augen, blinzelte ihn verständnislos an, dann ging das halberstickte Stöhnen in ein Wimmern über. Es klang wie die Klage eines hilflosen Tieres, er hielt sie fest, und sie klammerte sich an ihn, voller Sehnsucht nach der Geborgenheit, die er ihr versprach.

Langsam entspannte sie sich. Fergus sank mit ihr ins Bett zurück, streichelte ihren Rücken, tröstete sie mit sinnlosen, halb geflüsterten Worten, das Gesicht in ihrem feuchten Haar vergraben. Schließlich fragte er:

»Wieder der Traum?« Er spürte, wie sie nickte, den Kopf an seiner Schulter.

»Diesmal kam ich etwas weiter«, wisperte sie. Angestrengt mußte er lauschen, um zu verstehen, was sie sagte. »Beinahe hatte ich den Gipfel erreicht. Nur noch wenige Schritte – und ich würde ihr Gesicht sehen und alles wissen ...« Ihre Stimme erstarb, und sie begann zu weinen. Diesmal konnte sie atmen und konnte trauern. Fergus drückte sie noch fester an sich. Ihr schweißgebadeter Körper kühlte ab, und er wickelte sie in die Steppdecke.

»Was hättest du gewußt, Cassie?« Es erschien ihm wichtig, daß sie es in Worte faßte.

Seufzend schüttelte sie den Kopf und rückte von ihm weg.

»Sag es mir doch!« er wartete, gekränkt, weil sie ihm etwas verheimlichte. Aber er versuchte es zu verstehen. »Geht es um Suzie?«

Cassie drehte sich auf den Rücken und starrte zur Zimmerdecke hinauf. Träge wanderte ihr Blick umher, schien den Ritzen im alten Verputz zu folgen. Fergus drängte sie noch einmal: »Sprich mit mir, Cassie. Schließ mich nicht aus!«

Da wandte sie den Kopf zu ihm, die Augen voller Wehmut, umgeben von dunklen Schatten, die ihm zeigten, wie wenig Schlaf sie in den drei Tagen seit Sara Janes Verschwinden gefunden hatte. »Da gibt es nichts zu sagen. Nichts, was irgendeinen Sinn ergeben würde. Ich meine – jenen Sinn, den du suchst, die Erklärung, die du von mir verlangst.«

Fergus neigte sich über sie, als wollte er ein Liebesspiel beginnen. »Aber ich verlange doch gar nichts,

Cassie. Ich will dir nur helfen. Wenn du mir deinen Traum erzählst – glaubst du, ich würde dich verurteilen und behaupten, du seist dumm oder ausgeflippt – oder welche Ausdrücke deine Mutter auch immer verwendet hat? Ich liebe dich und möchte dich von dieser ganzen Last befreien – das ist alles.«

Immer noch traurig schaute sie ihn an. Und er spürte, wie schwer es ihr fiel, die richtigen Worte zu finden. »Ich wußte es. Irgendwie wußte ich es. Wenn ich den Gipfel erreichte, würde ich Suzie sehen und endlich herausfinden, was mit ihr geschehen war.«

»Du meinst, die Frau würde dir alles erzählen?«

»Das weiß ich nicht, Fergus, wirklich nicht.« Sie wandte sich wieder ab, und er lag neben ihr, auf einen Ellbogen gestützt. Zärtlich streichelte er ihren Körper, genoß ihr weiches Fleisch.

Plötzlich runzelte er die Stirn. »Die Frau in Blau. Kennst du sie?«

Das hatte er schon öfter gefragt, und Cassie erwiderte irritiert: »Nein, das weißt du doch.«

»Überleg doch, Cassie! Du siehst sie in deinem Traum, und das muß irgendwie mit Suzie zusammenhängen.« Für ein paar Sekunden verstummte er, versuchte seine Gedanken zu ordnen. »Nimm einmal an, du hättest sie auch damals gesehen. An dem Tag, wo Suzie verschwand. Aber das hast du vergessen – oder du hast es nicht wahrgenommen, nicht mit Bewußtsein. Vielleicht war sie an Suzies Entführung beteiligt. Irgendwas hast du beobachtet, aber nicht verstanden.«

»Nein, glaub mir, Fergus, ich wurde immer wieder von der Polizei verhört. Wenn ich was gesehen hätte, wär's dabei herausgekommen.«

»Wenn du's verdrängt hast, wohl kaum. Viele Menschen vergraben Erinnerungen, die sie nicht verarbeiten können oder wollen, in den Tiefen ihrer Seele. So als wäre alles nicht passiert. Und plötzlich geschieht irgendwas, das die Erinnerungen weckt. Sie erscheinen uns übermächtig und fremdartig, und wir brauchen Zeit, um zu erkennen, woher sie stammen, wozu sie passen.«

Gespannt beobachtete er, wie sie den Sinn seiner Worte zu begreifen suchte. Zwischen ihren Augen entstand eine kleine Falte, konzentriert preßte sie die Lippen zusammen. »Falls das alles stimmt – was könnte die Erinnerung geweckt haben? Ich weiß – Sara Janes Verschwinden ... aber was genau?«

Da konnte er nur Vermutungen anstellen, aber ein Versuch würde sich lohnen. »Vielleicht hast du die Frau vor einigen Tagen gesehen und wiedererkannt, wenn auch unbewußt, und dein Gehirn versucht, die Puzzleteile zusammenzufügen.«

Nun schaute Cassie ihn wieder an und hob verwirrt die Brauen. »Aber sie müßte älter sein. Zwanzig Jahre älter. Würde ich sie trotzdem erkennen?«

»Das weiß ich nicht, aber es wäre möglich. Deshalb müßten wir die Polizei informieren.«

Verächtlich brach sie in Gelächter aus. »Soll ich sie etwa auffordern, eine Frau zu suchen, die mir in meinen Alpträumen erscheint?«

Als sie seine ernste Miene sah, hörte sie zu lachen auf. »Glaubst du, sie würden mir überhaupt zuhören?« fragte sie ungläubig.

»Im jetzigen Stadium wird Mike Croft jedem zuhören, der ihm irgendwas erzählt. Und wenn du deine bösen Träume mit der realen Welt konfrontierst, kannst du sie vielleicht verscheuchen.« Skeptisch schaute sie ihn an, und sie runzelte die Stirn. Dann besann sie sich anders und erwiderte das Lächeln.

»Also gut, unterhalten wir uns mit ihm. Das kann nicht schaden.« Wenn er sie auch nicht restlos überzeugt hatte, sein Bemühen, ihrem Traum einen rationalen Hintergrund zu geben, linderte den Kummer in ihren Augen.

Durch die dünnen Vorhänge drang das erste Tageslicht herein. »Es ist noch früh«, flüsterte er einschmeichelnd, streichelte behutsam ihre Brüste. Als er ihrem erstaunten Blick begegnete, zog er sie an sich, und sie hob das Gesicht, um sich küssen zu lassen. Eine Hand grub sich in ihre wirren Locken, die andere glitt über ihre Taille, über ihre Hüften. Dann drehte er sie auf den Rücken, beobachtete ihre Miene, während er in sie eindrang. Mit beiden Armen umschlang Cassie seinen Nacken, zog seinen Kopf hinab, weich öffnete sich ihr Mund unter dem seinen.

In solchen Momenten konnte er sich einreden, es gebe kein unheilbares Leid. Und er lachte über sich selbst. Reine Arroganz, Fergus Maltham, sagte er sich. Kindische, gesegnete Arroganz ...

Müde rieb sich Mike Croft die Augen und schaute Fergus Maltham wieder an. Als hätte er nicht schon genug zu tun. Der vierte Tag, und sie wußten nicht mehr als am ersten Nachmittag.

Immer noch gingen sie von Haus zu Haus, in immer größerem Umkreis. Straßensperren wurden errichtet, Autofahrer verhört, die das fragliche Gebiet verließen oder ansteuerten. Der einzige vage Anhaltspunkt – der

Hinweis auf eine Landstreicherin, eine Fremde, kurz vor Saras Verschwinden in der Nähe des Greenway gesichtet – hatte in eine Sackgasse geführt. Ebenso wie das kleine Mädchen war die Frau wie vom Erdboden verschluckt. Im Dorf glaubte man, wenn Croft diese Person aufspürte, würde er auch Sara Jane finden.

Und die wilden Gerüchte ... Es kam ihm so vor, als würde er Tynans Zeitungsausschnitte noch einmal lesen. Einfach alles – von weißen Sklaven bis zum Teufelskult und die ganze Skala dazwischen. Für die Presse war der mögliche Zusammenhang zwischen diesem und Suzie Ashmores Fall natürlich eine Sensation. Glücklicherweise befanden sich die Leute immer noch in der Phase, wo sie erklärten: »Nirgendwo sind unsere Kinder sicher, also müssen wir die Polizei unterstützen.« Nur zu gut konnte sich Croft die verbale Lynchjustiz vorstellen, die er ertragen müßte, wenn er das Rätsel nicht bald löste.

Und jetzt das. Mrs. Maltham klagte über Alpträume. Großer Gott! Darüber beschwerte sich das halbe Dorf und sogar ein paar Polizisten. Wie Wasser sickerte die Angst in das Gehirn der Schläfer. Um das zu wissen, brauchte er keine fachkundigen Erläuterungen.

Trotzdem hörte er sich an, was Fergus Maltham über dieses Thema zu sagen hatte. Dann traf er eine schnelle Entscheidung – für langwierige Überlegungen fand er ohnehin keine Zeit – und arrangierte ein Treffen zwischen den Malthams und einem Polizeizeichner, der im Präsidium ein Phantombild von der seltsamen Traumfrau anfertigen sollte.

»Wir fahren selber hin«, erbot sich Fergus. »Wo Sie doch ohnehin alle Hände voll zu tun haben.«

Amüsiert nickte Croft. Beim derzeitigen Stand der Ermittlungen verstand er, warum Fergus nicht den Eindruck erwecken wollte, er sei gemeinsam mit seiner Frau festgenommen worden. »Und Ihre Freunde, die Thomas? Kommen sie am Wochenende zurück?«

»Ja. Simon fährt am Freitag abend direkt nach der Arbeit hierher.«

»Gut – obwohl ich nicht glaube, daß wir sie noch einmal brauchen.«

Mike entschuldigte sich, als man ihm die Notizen der letzten Telefonanrufe brachte, und seufzte. »Also vielen Dank, Mrs. Maltham – Mr. Maltham. Ich bin schon gespannt, was der Zeichner zustande bringen wird.«

Unsicher standen sie auf, wirkten irgendwie fehl am Platz. Croft warf die Zettel auf den Tisch, rieb sich über die Augen, bewegte die Schultern, versuchte die Verkrampfung zu lockern, die harte Klumpen zu bilden schien.

Inzwischen hatte er seine Meinung über Cassie Maltham geändert. Falls sie tatsächlich in den Fall verwickelt war, hielt er sie nur für eine unbedeutende Schachfigur, nicht für eine Protagonistin.

Die Malthams hatten sich freiwillig bereit erklärt, noch eine Woche im Dorf zu bleiben und in einen Wohnwagen auf den Klippen zu ziehen, da das Cottage bereits für die nächsten sieben Tage vermietet war. Und die Thomas hatten nach dem Ende ihrer Ferien wieder zu arbeiten begonnen. Neue Urlauber wohnten im Cottage, ein junges Ehepaar mit Kindern. Mike hatte sie gesehen. Offenbar taten sie ihr Bestes, um die wenigen freien Tage zu genießen, die sie sich leisten konnten. Wenn sie auch in die Krise anderer Leute hineingeplatzt waren.

Wie er beobachtete, verließen sie das Haus schon am frühen Morgen und kamen erst spätabends zurück. Vielleicht fanden sie es peinlich, daß man ihre fröhlichen Gesichter sah, in unmittelbarer Nähe einer Tragödie.

Mike seufzte. Sicher, das Leben mußte weitergehen, wie man so treffend sagte. Sogar Mr. Cassidy war an diesem Morgen geflüchtet, um ein paar Stunden auf der Top Farm zu verbringen. Und Mrs. Cassidy zwang sich, in ihren eigenen normalen Alltag zurückzukehren. Angesichts der trauernden Eltern fühlte sich Croft schrecklich hilflos. Er bemerkte auch die Betroffenheit der anderen. Allen ging Sara Janes Verschwinden nahe, von seinen Polizisten bis hin zu den kaltschnäuzigsten Journalisten, die ihn auf Schritt und Tritt verfolgten.

Immer wieder krampfte sich ihm beim Gedanken an das Kind – falls es wie durch ein Wunder noch lebte, vielleicht verängstigt und unglücklich – das Herz zusammen. Wäre es Stevie gewesen ...

Aber wenn er die Situation realistisch betrachtete, mußte er sich wohl oder übel mit Sara Janes Tod abfinden. So wie mit Stevies Tod. Sein Sohn war sofort gestorben. Übereinstimmend hatten die Ärzte erklärt, wahrscheinlich habe er den Unfall gar nicht mehr registriert. An diese Vermutung klammerte sich Mike wie an einen Talisman.

Und Sara? War sie schluchzend und verzweifelt und schmerzhaft gestorben? Rasch verdrängte er diesen Gedanken. Wie konnte er seine Pflicht erfüllen, wenn ihn solche Visionen heimsuchten?

Energisch konzentrierte er sich auf die Notizen. Die meisten Telefonanrufe stammten von unglaubwürdigen Leuten, die sich einbildeten, sie hätten das Kind gesehen. Trotzdem mußte man allen Hinweisen nachgehen. Nur zu gut verstand er, warum Tynan vom Ashmore-Fall besessen war, vom Zwang, die Nachforschungen niemals aufzugeben. Manchmal fühlte er sich wie ein Ertrinkender, der nicht nur in einer emotionalen Flut dahintrieb, sondern auch in einer Woge von Trivialitäten, die wohl kaum zu irgendwelchen Anhaltspunkten führen würden. Er hatte John Tynan beauftragt, den Ashmore-Fall wieder aufzurollen. Ungehindert und inoffiziell konnte der alte Mann mit Leuten reden, Methoden anwenden, die Mike in seiner Position verwehrt blieben.

Von Tynan hatte er mehr über die kleine Cassie erfahren – und gelernt, sie zu bemitleiden. Das beunruhigte ihn. Wieder einmal fragte er sich, ob sie in beide Fälle verwickelt war. Tynan hatte eine Psychotherapie erwähnt, und Mikes Laiengehirn vollführte unerlaubte Sprünge. Unweigerlich erinnerte er sich an die ärztliche Behandlung seiner Frau, die nach Stevies Geburt unter schweren Depressionen gelitten hatte. Das durfte ihn natürlich nicht veranlassen, Cassie Maltham für eine Psychopathin zu halten, die auf magische Weise Kinder entführte, im Abstand von zwanzig Jahren.

Nein. Es gab keine eindeutigen Hinweise. Zumindest das stand fest.

Zu später Stunde kam Mike in Tynans Cottage an. Ein schwieriges Gespräch mit Superintendent Flint und ein ebenso unangenehmer Pressetermin hatten den Arbeitstag beendet. Crofts bisherige Bemühungen beeindruckten Flint nicht (erwartungsgemäß), aber er machte auch keine nützlichen Vorschläge, wie man die Methoden ändern könnte (ebenso erwartungsgemäß). Wie üblich betonte er nur, die Öffentlichkeit verlange eine rasche Aufklärung des Falls. Nicht zum ersten Mal fragte sich Mike, ob man Unfähigkeit mit Beförderung belohnte, damit die Leute, die tatsächlich arbeiteten, freie Bahn hatten.

Tynan begrüßte ihn an der Haustür und sah so müde aus, wie Mike sich fühlte. Im Hintergrund begann der Wasserkessel zu pfeifen, und Tynan stürmte in die Küche, um den Besucher und sich selbst von dem schrillen Gekreische zu erlösen.

»Vielleicht kommt Bill später auch noch«, erklärte Mike und folgte ihm. »Ich habe ihm gesagt, er soll sich ein bißchen um Rose kümmern. In den letzten drei Tagen war er kaum zu Hause.«

Tynan nickte. »Gibt's was Neues?«

An den Türrahmen gelehnt schaute sich Mike in der winzigen, ordentlichen Küche um. Warum konnte er seine eigene Wohnung nicht auch so sauberhalten? »Nichts Besonderes. Aber ich dachte, das würde Sie interessieren.« Er griff in die Innentasche seines Jacketts und zog eine Kopie des Phantombilds hervor, das der Polizeizeichner angefertigt hatte. Wie üblich waren die Nuancen vom Kopiergerät zu bloßen Echos der ursprünglichen Intentionen abgeschwächt worden. Subtilere Einzelheiten ließen sich nicht mehr erkennen, aber immerhin gewisse Charakteristika. »Kommt Ihnen das bekannt vor?«

Tynan schüttelte den Kopf. »Wer ist sie?«

Seufzend zuckte Mike die Achseln. Die Hoffnung, Tynan würde jemanden erkennen, der mit Suzie Ashmore in Verbindung gestanden hatte, war wohl übertrieben gewesen. »Das könnte jede x-beliebige Frau sein.«

»Warum haben Sie dann Geld und die Zeit des Polizeizeichners verschwendet?« Tynan lächelte. Ermutigend. Vor ein paar Stunden hatte Flint eine ähnliche Frage gestellt, ohne dieses ermutigende Lächeln.

Tynan ergriff das Teetablett. Über der Kanne steckte ein hellgrüner, mit roten Kirschen bestickter Teewärmer. Als der Hausherr seinen Gast grinsen sah, erklärte er halb verlegen, halb belustigt: »So was hat Grace für Wohltätigkeitsbasare gestrickt. Und wir waren immer die einzigen, die's kaufen wollten.« Wieder dieses entschuldigende Lächeln, das Mike schon so gut kannte. »Alte Gewohnheiten ...« Beflissen scheuchte er seinen Besucher ins Wohnzimmer.

Dann hörte er aufmerksam zu, während Mike schilderte, wie das »Porträt einer Unbekannten« zustande gekommen war. Zu Fergus' Interpretation gab er keinen Kommentar ab, musterte nachdenklich das Frauengesicht. Ende Vierzig, runde Wangen, gelocktes Haar, das irgendwie künstlich wirkte. »Sieht nicht nach einer Dauerwelle aus.«

»Neu«, bestätigte Mike lächelnd. »Wissen Sie, woran mich das erinnert? Als meine Schwester noch klein war, hatte sie ganz glattes Haar und wünschte sich Locken. Unsere Mutter meinte, für eine Brennschere oder so was Ähnliches wäre sie noch zu jung. Also zeigte ihr die Großtante eine andere Methode und umwand die Haarsträhnen mit feuchten Bändern. Die technischen Einzelheiten habe ich vergessen. Aber was dabei herauskam, sah so ähnlich aus wie das da – ein altmodischer Krauskopf.«

»Ja, ich weiß, was Sie meinen. Aber ich dachte, diese Prozedur sei aus der Mode gekommen.« Tynan studierte wieder die Zeichnung. »Blaue Augen?«

»Das scheint Cassie Maltham zu glauben. Und sie erwähnte blondes, glanzloses Haar.«

Schlaffe Locken umrahmten das Gesicht und hätten eher zu einem alten Daguerreotyp gepaßt, auf dem die abgelichtete Person in steifer Pose dasaß.

»Nein, Mike, ich kenne sie nicht«, wiederholte Tynan. »Aber ich behalte die Zeichnung. Vielleicht fällt mir noch was ein.«

Erschöpft lehnte sich Mike in seinem Sessel zurück und hätte auf der Stelle einschlafen können. Er hatte mit dem Gedanken gespielt, das Phantombild der Presse zu überlassen. Aber davon wollte Flint nichts wissen. Mike hatte es dabei bewenden lassen und beschlossen, die Idee für einen späteren Zeitpunkt zu reservieren. Bald würde der Superintendent froh sein, wenn er irgendwas vorweisen konnte, das auf Fortschritte hindeutete.

Mike schloß die Augen. Wie aus weiter Ferne hörte er Johns Stimme, die von einem Gästebett im Oberstock erzählte. Es müsse nur bezogen werden. Auch Mikes Antwort schien aus einer anderen Welt heranzudringen, als er die Einladung annahm. Mühsam rappelte er sich auf, hob das Tablett hoch und taumelte zur Küche. »Ich spüle das Geschirr. Irgendwie muß ich mir doch die Übernachtung verdienen.«

Lachend eilte Tynan davon, um Bettwäsche zu holen.

10

Der Traum kehrte zurück. Aber diesmal war er anders. Cassie versuchte nicht mehr zu laufen. Statt dessen ließ sie sich treiben, von einer unsichtbaren, körperlosen Macht zum Tan's Hill tragen. Die Frau erwartete sie in ihrem flatternden blauen Kleid, die Arme erhoben, als wollte sie eine Freundin willkommen heißen.

Nun wandte sich Cassie vom Greenway ab und begann den Hang hinaufzuklettern. Diesmal mußte sie sich den Aufstieg zum Gipfel nicht erkämpfen. Reine Willenskraft schien sie zu befähigen, mühelos nach oben zu eilen. In ihren Ohren dröhnte eine Stimme, die nach ihr rief.

»Cassie! Caa-ssie!«

Ungeduldig beschleunigte sie ihre Schritte, spürte den gewohnten Widerstand und zwang sich, ihr Tempo wieder zu drosseln, der seltsamen Strömung zu gehorchen, die sie langsam dem Ziel entgegenwehte.

Jetzt sah sie die Frau ganz deutlich, obwohl sie ihr den Rücken zuwandte. Cassie streckte eine Hand aus. »Da bin ich.«

Die Frau drehte sich um, breitete beide Arme aus, die Finger zitternd gespreizt, als wäre sie festgewurzelt und könnte sich nicht weit genug vorneigen, um Cassie zu erreichen.

»Cassie ...« Eine sanfte Flüsterstimme.

Wieder versuchte Cassie, nach der Frau zu greifen, sehnte sich nach einer Berührung, aber ihre Füße taumelten rückwärts. Sie blickte nach unten, sah sich hinabrutschen, als würde sie von einem fremden Etwas in die Tiefe gezogen. Doch sie widerstand diesem Sog, und ihr Oberkörper verharrte an Ort und Stelle. Sekundenlang versuchte sie, dieses Phänomen zu erforschen. Ein Teil ihres Ichs wußte, daß sie träumte, und überlegte, aus welchem Märchen dieser lächerliche Effekt stammen mochte. Und ein anderer Teil wehrte sich gegen die Ablenkung, befahl ihr, die sonderbare Frau wieder anzuschauen, das Hindernis zu überwinden, das sie von ihr trennte.

Ein leiser Schrei erklang. Entsetzt beobachtete Cassie, wie die Frau ihre Arme hochwarf, den Mund weit aufgerissen, und vom Hügel verschluckt wurde.

Zunächst fiel Cassie vornüber, als würde auch sie in den Bann dieser magnetischen Kraft geraten. Dann schien das andere Ende ihres Körpers, das den Hang hinabschlitterte, an ihr zu zerren, und sie raste nach unten.

Der Kopf und die Beine fügten sich wieder zusammen, zur ursprünglichen Gestalt. Vergeblich versuchten ihre Finger, die Grasbüschel zu umklammern und sich festzuhalten. Die taufeuchten Halme entglitten ihr, die Nägel gruben sich ins Erdreich, wurden wieder herausgerissen, von der Gewalt, die unaufhaltsam an ihren Fußknöcheln zog ...

Abrupt schreckte Cassie aus ihrem Schlaf hoch und

glaubte, sie wäre in einen Abgrund gestürzt. Sie lag reglos da, weil sie Fergus nicht wecken wollte. Aber dann hielt sie impulsiv ihre Hände vors Gesicht, und als sie winzige, immer noch feuchte Erdkrümel unter ihren Fingernägeln entdeckte, war sie nicht überrascht.

Mike hatte gut geschlafen, vielleicht besser als in den vergangenen Wochen. Ein paar Minuten lang blieb er noch liegen und genoß das Gefühl, ausgeruht zu erwachen, lauschte den kleinen Geräuschen, die John Tynans Aktivitäten verrieten. Nur widerstrebend stand er auf und eilte ins kleine Bad. Als er sich angezogen hatte und nach unten ging, erinnerte er sich an die schmerzhafte Erfahrung der letzten Nacht und zog rechtzeitig den Kopf ein – an der Stelle, wo die Stufen ihre Richtung wechselten und die Decke des Treppenhauses sich unerwartet senkte.

Inzwischen hatte Tynan Tee gekocht, das Frühstück war fast fertig.

Mikes Magen protestierte. Da er nur selten frühstückte, wurde ihm fast übel, wenn er schon am frühen Morgen Küchendünste roch. Er trank einen Schluck Tee, wappnete sich gegen die Tortur und bemerkte Tynans belustigtes Lächeln. Zu seiner Überraschung stellte er schon nach dem ersten Bissen fest, daß es ganz gut schmeckte. Beim zweiten gab er klein bei und gestand sich seinen Hunger ein. Beide Männer aßen in einträchtigem Schweigen, jeder an seine eigene Gesellschaft gewöhnt, und so wirkte die mangelnde Konversation eher normal als störend.

Schließlich goß Tynan noch etwas Tee ein und fragte, ob Mike gut geschlafen habe.

»O ja.«

Nachdenklich nickte John Tynan. »Heute wollte ich die Küstenstraße entlangfahren, nach Eccles.«

»So?«

»Wenn diese sonderbare Traumfrau existiert, muß sie in dieser Gegend wohnen. Wahrscheinlich will sie sich nicht zu nahe an den Schauplatz heranwagen. Sie ist eher in einem großen Touristenzentrum abgestiegen oder in einer dieser Frühstückspensionen. Da gibt's weiß Gott genug Auswahl. Vielleicht erkennt sie irgend jemand, wenn ich ihm das Phantombild zeige.«

Mike nickte, das klang recht vernünftig. »Wie Sie wollen. Aber vielleicht sollten Sie noch etwas warten. Es wäre unangenehm, wenn die Presse Ihnen schon heute oder morgen auf die Schliche käme.«

»Trotzdem tu ich's. Allzu umfangreiche Nachforschungen werde ich nicht anstellen. Nur in einer bestimmten Richtung ...«

»Oh?« Was war nur los mit diesen Einheimischen? Mike fand es schon schlimm genug, daß Bill Enfield alle Informationen auf Raten lieferte. Und jetzt führte sich Tynan genauso auf.

»Viele Hotels und Pensionen befinden sich schon seit Generationen im Familienbesitz. Und zahlreiche Leute quartieren sich Jahr für Jahr im selben Haus ein.«

»Setzen Sie nicht ein bißchen viel voraus, wenn Sie diese Frau für einen Stammgast halten, John? Wo wir doch nicht einmal wissen, ob sie existiert!«

Tynan seufzte. »Was den Fall Sara Jane angeht – nennen Sie mir irgendeinen Aspekt, bei dem wir nicht zuviel voraussetzen. Wenn Sie eine Theorie entwickeln können, die nicht mit Klebeband zusammengekleistert ist, will ich's wissen. Erstens, Cassie Maltham ist wieder da. Zweitens, ein Kind ist am selben Ort verschwunden wie damals Suzie Ashmore. Drittens, es geschah ungefähr zur gleichen Tageszeit, praktisch vor mehreren Zeugen.«

»Mehrere Zeugen? Das ist wohl etwas übertrieben ausgedrückt, was für beide Fälle gilt«, protestierte Mike.

»Ja, vielleicht. Viertens, die Kinder ähneln sich, blondes Haar, blaue Augen, ein bißchen rundlich.«

»Aber da besteht ein großer Altersunterschied.«

»Okay, das stimmt. Fünftens, es gibt keine logische Erklärung, wie beide Kinder den Greenway verlassen haben könnten, wenn sie nicht den Weg zurückgingen, den sie gekommen waren, oder das andere Ende aufsuchten, wo sie ins Blickfeld mehrerer Fenster geraten wären.«

»Die Leute achten nicht auf all die Kinder, die ständig herumlaufen.«

»Wenn was passiert ist, erinnern sie sich daran – vor allem, wenn ein Kind vermißt wird. Nein, Mike, Sie können des Teufels Advokaten spielen, so lange Sie wollen, aber diese Übereinstimmungen nicht bestreiten.«

Stöhnend schüttelte Mike den Kopf. »Das versuche ich doch gar nicht, sie frustrieren mich nur. Okay, zeigen Sie das Bild herum. Vielleicht finden Sie jemanden, der das Gedächtnis eines Elefanten besitzt und sich an eine Frau erinnert, die er vor zwanzig Jahren gesehen und jetzt wiedererkannt hat. Ich bin bereit, jeder Spur nachzugehen. Doch das wissen Sie vermutlich schon«, fügte er grinsend hinzu und stand auf, um seinen Teller und die Tasse zum Spülbecken zu tragen.

»Lassen Sie nur, Mike, ich wasche das Geschirr später ab. Sicher haben Sie jetzt was anderes zu tun.«

Mike nickte. »Danke. Auf bald.«

Eine Zeitlang blieb Tynan noch am Tisch sitzen und hörte, wie sein Besucher das Haus verließ und davonfuhr. Dann zog er das zusammengefaltete Phantombild aus der Innentasche seines Jacketts und studierte es. Ja, diesen Eindruck hatte er schon gestern abend gewonnen, aber geschwiegen, aus Angst, er könnte die Polizei auf eine falsche Fährte locken. Irgend etwas an diesem Gesicht erschien ihm vertraut. Wenn er nur wüßte, wieso ...

Statt die Einsatzzentrale aufzusuchen, fuhr Mike wieder einmal aus dem Dorf zu der Stelle, wo der Greenway von der Hauptstraße abzweigte.

Die rotweiße Polizeisperre war noch immer nicht entfernt worden, ein junger Constable hielt Wache. Nach Mikes Ansicht eine überflüssige Maßnahme. Woanders hätte sich der Beamte nützlicher machen können. Aber Flint bestand auf konstanter polizeilicher Präsenz am Schauplatz des Geschehens ...

Mike stieg aus dem Auto, wechselte ein paar Worte mit dem Officer und wanderte dann den Greenway hinauf. Was für ein seltsamer Weg ... Zu beiden Seiten ragten hohe Hecken empor und versperrten die Sicht auf die angrenzenden Felder. Durch das dichte Gestrüpp konnte sich bestenfalls eine Katze hindurchzwängen. Er ging weiter und erreichte die Gabelung, wo der alte Greenway zum Hügel hinaufführte und der neuere – vor ein paar Jahrhunderten für die Farmer angelegt – abzweigte. Nach etwa hundert Meter mündete er in eine andere Straße, in der Nähe des kleinen

Hauses, wo Suzie Ashmore gewohnt hatte. Er folgte dem alten Pfad, stieg langsam bergauf.

Was zum Teufel machte *sie* hier?

Sein erster Gedanke war Ärger über den jungen Polizisten, der Cassie Maltham nicht erwähnt, geschweige denn zurückgehalten hatte.

Zunächst starrte Mike sie nur an und runzelte verwirrt die Stirn. Sie schien irgend etwas zu suchen, schlenderte innerhalb eines kleinen, klar abgegrenzten Gebiets hin und her, kniete nieder und tastete den Boden ab. Glaubte sie vielleicht, sie würde eine verborgene Falltür finden? Schließlich hämmerte sie mit beiden Fäusten ins Gras und schaute sich um, als wollte sie die Herkunft eines Geräuschs enträtseln, das Mike nicht hörte.

Sie ist verrückt, dachte er. Das alles konnte sie nicht verkraften, und jetzt dreht sie durch ... Bis jetzt hatte sie ihn nicht entdeckt, stand völlig im Bann ihrer mysteriösen Aktivitäten. Er zögerte. Würde sie ihn angreifen, wenn er zu ihr ging? Oder befand sie sich in schlafwandlerischer Trance? War es gefährlich, Schlafwandler zu wecken? Das wußte er nicht.

Vorsichtig pirschte er sich heran und kniete nieder, nur wenige Schritte von ihr entfernt, als er sie leise und verzweifelt schluchzen hörte. Verwundert hob er die Brauen. »Cassie? Was tun Sie denn da?«

Ohne ihn zu beachten, weinte sie weiter.

»Cassie!« Er kroch zu ihr und berührte sie. Da schrie sie auf, als hätte er sie verletzt, und zuckte zurück. Aber sie schaute ihn immerhin an.

»Cassie! Was machen Sie?«

Wieder blickte sie sich um und blinzelte, als würde sie aus einem Traum erwachen und überlegen, wo sie sein mochte. »Hören Sie's denn nicht? Oh, jetzt ist sie weg ...« Erbost warf sie ihm vor: »Sie haben sie verjagt, nicht wahr?«

Mike stand auf und trat instinktiv zurück. Dann fragte er in möglichst normalem Ton: »Haben Sie eine Stimme gehört, Cassie?«

Es dauerte lange, bis sie antwortete. Ihre Mundwinkel bebten. Ziellos bewegten sich ihre Hände. »Ja, ich habe sie gehört.« Die Klage eines verletzten, verwirrten Kindes ...

»Wen, Cassie?«

Ihre Schultern hingen vornüber, und sie wirkte völlig niedergeschlagen, zu müde, um sich zu rühren oder irgend etwas wahrzunehmen. »O Gott!« wisperte sie. »Das muß ein Traum gewesen sein. Ich dachte, ich hätte Suzies Stimme erkannt.«

Jetzt hob sie den Kopf, obwohl es ihr Mühe zu bereiten schien. Mike reichte ihr eine Hand. »Kommen Sie, ich bringe Sie zu Fergus.«

Sie nickte, stützte sich schwerfällig auf seinen Arm, und er führte sie den Hang hinab.

»Was ist mit Ihren Schuhen passiert?« fragte er.

Sie schaute nach unten. »Die muß ich irgendwo vergessen haben.«

»Hat mein Constable nicht versucht, Sie zurückzuhalten?«

Zitternd hielt sie eine Hand vor die Augen. »Daran erinnere ich mich nicht. Ich weiß nicht einmal, wie ich hierhergekommen bin.« Auf dem Weg zur Straße begann sie wieder zu schluchzen, erst leise, dann immer lauter, in wachsender Verzweiflung. »O Gott! Was geschieht mit mir?«

Croft schlang einen Arm um ihre Taille. Halb trug er sie, halb schob er sie voran, an dem sichtlich schockierten jungen Constable vorbei. Behutsam verfrachtete er sie in sein Auto.

Tynan war die Küstenstraße entlanggefahren, in Richtung Mundesley. Am Anfang seiner Tour wußte er noch nicht einmal, wohin er sich wenden oder welche Geschichte er den Leuten erzählen würde, die er befragen wollte. Statt dessen hatte er, wie es seiner alten Gewohnheit entsprach, das Problem einfach zur Kenntnis genommen, als er in seinen Wagen gestiegen war, und es dann aus seinen Gedanken verbannt. Er hörte Radio, suchte einen Sender, der beruhigende klassische Musik brachte. Tschaikowsky. Seine Frau hatte diese Musik geliebt. Wahrscheinlich hätte sie den Titel des Stücks nennen und was darüber erzählen können. Und ganz sicher hätte sie ihre Ansichten über das Tempo des Dirigenten geäußert und überlegt, ob dieses – wie hieß es doch gleich? – *rallentando* den musikalischen Fluß zu abrupt hemmte oder ob man den Holzbläsern so viel Dominanz zugestehen sollte.

Weder heute noch damals hätte Tynan gewußt, ob er zustimmen oder ihr widersprechen sollte. Irgendwie war er stets überzeugt gewesen, sie müßte recht haben. Und er hatte sich so an ihre flammende Polemik wider das Unvollkommene – perverserweise in sanftem Tonfall vorgetragen – gewöhnt, daß er auch jetzt ihre Stimme zu hören glaubte.

Grace hätte Mike Croft sicher gemocht. Dieser Gedanke gefiel Tynan und bestärkte ihn in seinem Entschluß, dem jüngeren Mann zum Erfolg zu verhelfen.

Kann man die Schuld eines anderen, der unverdientermaßen versagt hat, wiedergutmachen? Das wußte Tynan nicht. Jedenfalls existierte dieses Schuldgefühl. Fast zwanzig Jahre lang hatte es ihn begleitet – manchmal von anderen Sorgen überlagert oder so tief begraben, daß er für kurze Zeit den Eindruck gewann, es wäre dahingeschwunden. Doch es kehrte stets zurück, immer dann, wenn er es am wenigsten erwartete.

Beinahe wünschte er, es gäbe keinen Zweifel an Suzies Tod. Das würde ihm helfen. Statt dessen sah er sie vor seinem geistigen Auge, lebendig und erwachsen, vielleicht verheiratet, mit Kindern.

Ärgerlich schüttelte er den Kopf. Was nutzte es ihm zu wissen, daß Grace wirklich und wahrhaftig tot war? Machte die absolute Gewißheit tatsächlich soviel aus?

Er lächelte ironisch. Zwei Jahre waren seither vergangen, und davor hatte er sie zwei Jahre lang gepflegt. Trotzdem sah er in ihr immer noch die Frau, die er geheiratet hatte. Natürlich älter, aber voller Leben. Und sie erklärte ihm so energisch wie eh und je, der Dirigent habe das *rallentando* zu früh begonnen.

Nachts glaubte er, sie vor dem Toilettentisch sitzen zu sehen, wie sie ihr rotes, von grauen Strähnen durchzogenes Haar bürstete, das immer noch glänzte. Dabei erzählte sie, wie ihr Tag verlaufen war, und fragte nach seinen Erlebnissen.

Fast niemals sah er die Frau in ihr, die er zum letztenmal in den Armen gehalten hatte – eine federleichte Grace, nur mehr ein paar graue Haarbüschel auf dem Kopf, die haselnußbraunen Augen trüb, ohne Gelächter.

Ein Wegweiser zeigte die Abfahrt nach Keswick an.

Tynan wußte nicht, ob es sich wirklich lohnen würde, in diesem kleinen Dorf, das nur selten von Touristen besucht wurde, Erkundigungen einzuziehen. Andererseits würde er nicht lange dazu brauchen.

Hier führte die Küstenstraße tatsächlich am Meer entlang, so wie in Bacton, dem nächsten Ort. Während des winterlichen Hochwassers erreichten die schäumenden Wellen die Fußgänger auf dem Gehsteig. Aber heute schien eine heiße Sonne, das Meer wirkte ruhig, fast träge und funkelte im Morgenlicht.

Tynan parkte sein Auto, schloß es ab und schlenderte zum Eisengeländer über den Strand. Blinzelnd schaute er in den grellen Widerschein des Sandes und des Wassers, versuchte darüber hinwegzublicken, bis zum fernen Horizont.

Am Strand tummelten sich viele Leute, Arme und Beine nackt in der Sommerhitze. Leise lachte er vor sich hin. Es war Graces Hobby gewesen, Leute zu beobachten. Eine ihrer Leidenschaften. Sie hatte die Menschen geliebt, mit all ihren Eigenarten und Dummheiten, vor allem solche Szenerien, wo die attraktivsten Schwächen enthüllt wurden. O Gott, er hatte sie geliebt. Er spürte, wie sich seine Gesichtsmuskeln verkrampften, gezwungen vom vertrauten Versuch, keine Gefühle zu zeigen. Nun, daran durfte er jetzt nicht denken, weil er einen Job erledigen mußte.

Langsam wanderte er den Strand entlang und spähte in die Auslagen der Souvenirläden, sah Plastikeimer und Zuckerstangen. Schon jetzt, am frühen Vormittag, waren alle Tische der kleinen Cafés besetzt. Fröhliche Kinderscharen quollen aus offenen Türen.

Er überquerte die Straße, zog die Fotokopie des Phantombilds aus der Tasche und kämpfte sich durch die Auspuffgase der Autoschlange, die nur schleppend vorankam. Wenn er jemanden befragte, würde er seinen Ruhestand nicht erwähnen. Der hatte ohnehin erst vor kurzer Zeit begonnen.

Im ersten Café schob er sich zwischen vollbesetzten Tischen, Plastikeimern und Badetaschen hindurch, blieb vor der Theke stehen und staunte, weil ihm das amtliche Lächeln so leicht fiel.

»Kann ich Ihnen helfen, Sir?«

»Ja. Haben Sie diese Frau schon mal gesehen?«

Ausdruckslose Blicke, negative Antworten, der Ruf nach Kolleginnen, die das Phantombild betrachteten, ehe sie es bedauernd zurückgaben.

Tynan bedankte sich und verließ das Lokal. Wenn er alle Cafés an der Küste abgeklappert hatte, würde er die Pensionen in den Seitengassen aufsuchen.

Innerhalb weniger Minuten war es viel heißer geworden. Er überlegte, ob er zum Auto zurückkehren und seine Jacke hineinlegen sollte. Doch diesen Gedanken verwarf er sofort wieder und ging weiter den Strand entlang. Zwischen den leichtbekleideten Urlaubern fühlte er sich viel zu warm angezogen. Seufzend fragte er sich, ob dieser Ausflug wirklich eine gute Idee gewesen war und betrat das zweite Café.

Am Nachmittag traf er in Cromer ein. Die Nachforschungen in Keswick waren ergebnislos verlaufen, in Bacton ebenso, und er hatte beschlossen, sein Glück in einer größeren Ortschaft zu versuchen. Bisher konnte er diesem Tag nur einen einzigen Reiz abgewinnen, die Fahrt, die ihn durch Mundesley mit der restaurierten

Mühle geführt hatte, durch das winzige, hübsche englische Paston, mit Häusern, die zur Hälfte aus Holz bestanden, und den eigentümlichen gewundenen Straßen.

Am viktorianischen Strand von Cromer nahm er einen späten Lunch ein, Fish and Chips, fühlte sich verschwitzt und müde, und seine Füße schmerzten. Danach wanderte er von einer Fremdenpension zur anderen. Straßen voller eleganter viktorianischer Villen, mit Namen wie »Sea Breeze« und »Blue Horizon«, führten von der Küste ins Zentrum. Die dritte Straße erschien seinem mittlerweile geschulten Auge etwas exklusiver. Vielleicht, weil die Hausschilder ein bißchen diskreter wirkten, die fast unvermeidlichen Spitzengardinen ein bißchen weniger vergilbt oder weil der Verputz an den Fassaden nicht abbröckelte.

Aus welchen Gründen auch immer, in dieser Straße herrschte eine Atmosphäre von Wohlstand, die den beiden anderen fehlte. Das Pflaster war nicht so holprig, die Hitze erträglicher für einen Mann, der allmählich seine Jahre spürte.

Inzwischen hatte sein Kreuzzug von Tür zu Tür Aufmerksamkeit erregt. Das entnahm er dem schwachen Zucken weißer Netzvorhänge, den Köpfen, die diskret aus den Fenstern der oberen Etagen herabspähten. Plötzlich mußten zahlreiche Scheiben geputzt werden.

Tynan fragte sich, ob man ihm mißtraute, ob er einem ehemaligen Kollegen bald erklären mußte, warum er seine Fragen stellte. Wäre das amüsant – oder einfach nur ärgerlich? Wenn man ihm eine Tasse guten, starken Tee anbot, während er seine Aussage machte, würde es sich fast lohnen.

Erschöpft blieb er stehen und schaute sich um. Sanft geschwungen, von beinahe identischen Häusern gesäumt, schien die Straße kein Ende zu nehmen. Er beschloß, noch bis zur letzten Tür durchzuhalten und seine Nachforschungen dann aufzugeben. Vor allem, weil er bereits gezwungen worden war, Erklärungen abzugeben, die er sich lieber erspart hätte. Zwei Frauen – er sprach fast nur mit Frauen – hatten sich ohne Umschweife erkundigt, ob seine Ermittlungen mit dem vermißten Kind zusammenhingen. Und manchmal fühlte er sich verpflichtet, von sich aus darauf hinzuweisen, allerdings nur sehr vorsichtig und vage. Er tröstete sich mit dem Gedanken, daß Mike das Phantombild ohnehin bald veröffentlichen wollte.

Schwerfällig trottete er zum nächsten Eingang. Wieder eins dieser dreistöckigen Häuser mit einem kleinen Vorgarten voller Geranientöpfe und Kletterpflanzen. Nicht einmal die Treppe war der floralen Wucherung entronnen. Zu beiden Seiten rankten sich Efeu und Glyzinien empor, nur das Geländer wurde verschont. Die Stufen waren sauber geschrubbt, ebenso wie die blauweiß gestrichene Tür und die Schiebefenster.

Neben einem Erkerfenster hing ein diskretes Schild mit der Aufschrift »Kein Zimmer frei«, und eine bogenförmige Plakette über dem Eingang verkündete den Namen der Pension – »Ocean View«.

Unwillkürlich drehte sich Tynan um, aber sein Blick suchte das Meer vergeblich. Vielleicht würde man die angekündigte Aussicht genießen, wenn man zum Dachboden hinaufstieg. Hier unten sah man nur eine lange, staubige viktorianische Straße.

Noch bevor Tynan auf den Klingelknopf drücken

konnte, erschien eine Frau auf der Schwelle. »Ich kaufe nichts an der Tür.«

»Und ich verkaufe nichts.«

»Oh?« Indigniert hob sie die Brauen. »Und was machen Sie hier?« Ihr gebleichtes blondes Haar war zu einem adretten Chignon hochgesteckt. Grell leuchtete ein kindlicher rosa Lippenstift in einem kantigen, aber hübschen Gesicht. »Glauben Sie vielleicht, ich hätte Sie nicht an alle Türen klopfen sehen? Was wollen Sie denn?« Sie starrte auf den Boden und erwartete offensichtlich, eine Tasche zu sehen, die seine Waren enthielt. Dann schaute sie wieder in sein Gesicht und runzelte argwöhnisch die Stirn.

»Ich sagte doch, ich verkaufe nichts.« Um einen weiteren Protest abzuwarten, machte er eine Pause, aber er hörte keinen. Und so fuhr er fort: »Ich möchte mich nur nach einer Frau erkundigen, die vielleicht in dieser Gegend gewohnt hat«, erklärte er und reichte ihr die Fotokopie.

»Sind Sie von der Polizei? Wieso kommen Sie allein?« Sie warf einen kurzen Blick zur Straße. »Eigentlich dachte ich, Polizisten würden immer paarweise auftreten.«

Statt einer Antwort lächelte er nur, um ihr nicht die Illusion zu rauben.

»Nein, diese Frau hat nicht hier gewohnt. Ein Phantombild, nicht wahr? Oder wie immer Sie das nennen.«

Tynan nickte. Damit war sein Anliegen erfüllt, aber nun wurde die Frau plötzlich gesprächig.

»Wahrscheinlich geht's um dieses vermißte Kind.«

»Wieso kommen Sie darauf?«

Sie zuckte die Achseln und schaute ihn mitleidig an. Offenbar glaubte sie, er wäre nicht ganz richtig im Kopf.

»Das ist doch klar, oder? Warum sollten Sie sonst von einer Pension zur anderen laufen? Nicht, daß es Ihnen was nützen würde.«

In diesen letzten Worten schwang unverkennbare Genugtuung mit. Sie gab ihm das Phantombild zurück, lehnte sich an den Türrahmen und verschränkte die Arme vor der Brust. Natürlich brauchte er nicht zu fragen, was sie meinte, sondern vielmehr überlegen, wie er ihren Redefluß stoppen sollte. »So was muß ja passieren, wenn man nicht auf seine Kinder aufpaßt.« Beifallheischend starrte sie ihn an. »Und es gibt einige Orte, die man besser meidet. All die Geschichten, die man drüber hört! Dafür muß es doch einen Grund geben, nicht wahr?«

Tynan murmelte etwas, das wie eine Zustimmung klang.

»Und diese anderen zwei ...«

»Die anderen zwei? Sprechen Sie von Suzie Ashmore?«

»Ja, und von der anderen.«

»Welche andere?« Eine schwache Erinnerung erwachte, aber er konnte sie nicht auffrischen.

»Vor vielen Jahren. Meine Mum erzählte mir davon. Ein kleines Mädchen, etwa im gleichen Alter, spielte auf dem Greenway und verschwand, von einer Sekunde zur anderen.« Als sie Atem schöpfen mußte, hielt sie inne, gerade lang genug, um Tynans interessierte Miene zu bemerken. »Der Vater wurde festgenommen, aber natürlich mußte man ihn wieder freilassen. Eine Leiche wurde nie gefunden. Kein Wunder, an einem solchen Ort. Glauben Sie mir, dieser Greenway wird von bösen Mächten heimgesucht.«

Auf dem Rückweg zum Auto schmerzte sein Rücken in der Sonnenhitze, und seine wunden Füße nahmen ihm sehr übel, daß er an diesem Tag mehr gelaufen war als in all den letzten Jahren.

Verdammt! Und er hatte gedacht, er würde den Ashmore-Fall genau kennen.

Und dann erinnerte er sich an ein Gespräch mit Phil Andrews, auf dem Höhepunkt der Ashmore-Ermittlungen. Der Reporter hatte sein ganzes Leben in dieser Gegend verbracht und das erste Kind zwar nicht persönlich gekannt, aber die Erwachsenen davon reden hören, als er ein kleiner Junge gewesen war. Das wußte er noch sehr gut, und er erzählte Tynan davon. Ein oder zwei Jahre vor Andrews' Geburt war das Mädchen verschwunden.

Tynan öffnete die Autotür und wartete, bis die Gluthitze herausquoll. Jetzt konnte er sich sogar auf Phils Worte besinnen.

»Das passiert nicht zum erstenmal.« Es war ein heißer Tag gewesen, und Tynan hatte die Suchtrupps auf den Klippen rings um den Leuchtturm beobachtet.

»Was meinen Sie?«

»Ein anderes Kind verschwand auf die gleiche Weise. Emmie Sowieso. Oh, das ist schon lange her. Fast fünfzig Jahre. Zunächst dachte man, ihr Vater hätte sie getötet. Aber man konnte ihm nichts beweisen. Dann glaubte man, sie wäre vielleicht davongelaufen.« Phil zuckte die Schultern, nahm einen Schluck aus der Flasche, die er in der Hand hielt, und bot sie Tynan an. »Das macht einen schon stutzig, wenn so was auf einem Weg geschieht, der ganz harmlos wirkt.«

Ein paar beiläufige Worte, am Ende eines heißen,

ermüdenden Nachmittags vor fünfzig Jahren. Nur eine Randbemerkung, die er bald vergessen hatte.

An einem Nachmittag wie diesem ...

Tynan stieg ins Auto, das ihm immer noch wie ein Schmelzofen vorkam, und lehnte sich zurück. Eine rein zufällige Übereinstimmung, sagte er sich.

Aber es würde nicht schaden, die Unterlagen noch einmal durchzusehen und Mike auf jenen anderen Fall hinzuweisen – obwohl der arme Kerl schon genug Probleme hatte. Müde startete er den Motor und verließ den Parkplatz.

Plötzlich erschienen ihm die zwanzig Meilen auf der Küstenstraße endlos.

11

Erbost starrte Fergus auf die tosenden Wellen, die seine Stimmung widerspiegelten. In düsterem Grau, das nicht zur Jahreszeit paßte, warfen sie sich gegen die Klippen und kündigten stürmischen Regen an. Auch Mike beobachtete das aufgewühlte Meer.

Fergus hatte seine Frau mit sanfter Gewalt ins Bett verfrachtet. Gerade war ein Arzt hiergewesen, auf Mikes Veranlassung, und nun sahen sie sein Auto zum Dorf zurückfahren. Viel hatte er nicht gesagt, nur nach Cassies Krankengeschichte gefragt und ihr ein Beruhigungsmittel gegeben. Danach war sie eingeschlafen.

Eigentlich hätte Mike was Besseres mit seiner Zeit anfangen können, als auf den Doktor zu warten. Aber er hatte instinktiv geahnt, daß er wichtige Informationen erhalten würde, und recht behalten. »Schizophrenie«, wiederholte er. »Warum haben Sie das nie erwähnt, Mr. Maltham?«

»Ich habe Ihnen von Cassies Depressionen und der Therapie erzählt.« Ärgerlich wandte sich Fergus zu ihm. »Sicher hängt die Krankengeschichte meiner Frau nicht mit diesem Fall zusammen. Und wie ich dem Arzt bereits erklärt habe – im Augenblick braucht sie nicht einmal Medikamente.«

Seufzend trat Mike von einem Fuß auf den anderen. »Das müssen Sie verstehen, Mr. Maltham. Ich kann die frühere mentale Labilität Ihrer Frau nicht ignorieren und auch nicht die Möglichkeit ausschließen ...«

»Daß sie verrückt geworden ist und zwei Kinder entführt hat? Wie denn, Detective Inspector Croft? Ganz zu schweigen vom Zeitpunkt ... Nein! Hören Sie mir zu! Cassie brachte niemanden in Gefahr, nur sich selbst. In den zwei Jahren, seit sie aus der Klinik entlassen wurde, machte sie große Fortschritte. Nun bauen wir uns ein neues Leben auf. Diese Beschuldigungen verdient sie wirklich nicht. Nur wegen ihrer Krankheit, die sie längst überstanden hat, bilden Sie sich ein, sie wäre zu allem fähig.«

»Ich beschuldige sie ja gar nicht, ich ...«

»Ja, Sie tun nichts weiter als Ihre Pflicht. Großer Gott, verschonen Sie mich mit diesen Platitüden!«

»Ich wollte sagen, daß es meine Pflicht ist, alle Möglichkeiten in Betracht zu ziehen, Mr. Maltham. Für ein bißchen intelligenter sollten Sie mich schon halten. Ich mag zwar ein dummer Bulle sein, aber ich kenne den Unterschied zwischen einer Psychose und einem psychopathischen Zustand. Um mich daran zu erinnern, brauche ich Ihre schulmeisterlichen Belehrungen nicht. Und ... wenn Sie mich bitte ausreden lassen würden! Und auf was anderes muß man mich auch nicht hinweisen. Wenn Ihre Frau wie eine Schlafwandlerin herumläuft – was glauben Sie, wie lange es dauern wird, bis die Presse und die Dorfbewohner das merken und unvermeidliche Vermutungen anstellen?« Mike hielt inne, um Atem zu holen, und sah die Unsicherheit in Fergus' Augen. Offenbar stieß er endlich auf Verständnis. »Die Leute haben Angst, Mr. Maltham. Und deshalb ist ihnen egal, daß Cassie vielleicht ein Opfer ist, ebenso wie diese Kinder. Um es unverblümt zu formulieren – sie fürchten, eine wahnsinnige Person könnte frei herumlaufen. Und sie werden sich nicht um subtile Definitionsunterschiede kümmern. Habe ich mich klar genug ausgedrückt?«

Sekundenlang starrten sie sich an, dann schüttelte Fergus den Kopf und ließ die Schultern hängen. Er schaute zu den kreischenden Möwen hinauf, strich geistesabwesend durch sein Haar. »O Gott, was soll ich bloß tun?«

Es war eine rhetorische Frage, aber Mike beantwortete sie trotzdem. »Erzählen Sie, was Cassies Krankheit ausgelöst hat und wie sie verlaufen ist, Fergus.« Zum erstenmal sprach Mike ihn mit dem Vornamen an, und der große Mann warf ihm einen scharfen, ärgerlichen Blick zu. »Sicher, Sie glauben nicht, Cassie könnte in den Fall verwickelt sein. Sie wollen es nicht glauben. Aber andere Leute suchen einen Sündenbock und wären imstande, Dutzend Fälle von Mördern und Entführern anzuführen, die seltsame Stimmen hörten.« Nun spürte er wieder Fergus' wachsenden Zorn.

»Bei Cassie ist das nicht so.«

»Dann erklären Sie mir, wie es ist, und helfen Sie mir, *ihr* zu helfen.« Fergus' Augen verengten sich, und Mike hielt diesem mißtrauischen Blick entschlossen stand. »Das müssen wir wissen, und Sie sollten es verstehen.« Er zögerte, weil es ihm widerstrebte, das Offenkundige noch einmal zu erwähnen. Aber er sah keinen anderen Weg. »Ich muß meine Arbeit erledigen, Mr. Maltham«, fuhr er fort und kehrte zur förmlichen Anrede zurück. Damit distanzierte er sich von Fergus' Kummer und seiner Hoffnung auf Cassies Unschuld.

Fergus nickte. Plötzlich wirkte er erschöpft, die meergrauen Augen verloren allen Glanz, so als wäre er in der letzten Stunde um Jahre gealtert. Doch seine Stimme klang sarkastisch. »Natürlich müssen wir Ihnen gestatten, Ihre Pflicht zu tun, nicht wahr, Detective Inspector?«

»Probleme?« Bill hievte seinen rundlichen Körper etwas ungeschickt auf die Schreibtischkante.

»Was sonst?« Soeben hatte Mike ein Telefonat beendet. Die Hand immer noch am Hörer, saß er da, als hoffte er auf eine göttliche Eingebung.

Da er keine Erklärung abgab, begann Bill: »Nun, während Sie drüber nachdenken, werde ich Sie über die Tagesereignisse informieren. Das dauert fünf Minuten, falls ich's in die Länge ziehe.« Erwartungsvoll schaute er Mike an, der ein schwaches Lächeln zustande brachte und sich zurücklehnte.

»Nur zu.«

»Okay. Wie Sie wissen, haben wir unsere Vernehmungen auf ein größeres Gebiet ausgedehnt. Diese alte Landstreicherin wurde zweimal gesehen.« Bill stand auf und ging zu einer Landkarte in großem Maßstab, die an der Wand hing. »Beide Male am selben Ort, etwa vier Meilen außerhalb des Dorfes und innerhalb einer Stunde. Hier fuhr eine Frau namens Margaret Fresham vorbei, die in Ancaster lebt.« Er zeigte auf die Karte. »Und sie glaubt, es müsse etwa hundert Meter hinter dieser Kreuzung gewesen sein. Beinahe hätte sie die alte Frau überfahren, die gerade einen Wiesenweg verließ. In dieser scharfen Kurve sieht man kaum was, und

Mrs. Fresham bemerkte die Frau erst in letzter Sekunde.« Sein Gesicht verzog sich zu einem ironischen Grinsen. »Natürlich hätte sie das Tempo früher drosseln müssen, und es fiel ihr ziemlich schwer, das zu gestehen. Das zweite Mal wurde die Landstreicherin etwa eine Stunde später beobachtet, ungefähr eine Meile von dieser Stelle entfernt. Offenbar klopfte sie an mehrere Türen, um Wäscheklammern oder so was Ähnliches zu verkaufen. Jemand hatte sich über sie beschwert. Aber damals brachten wir das nicht mit dieser Sache in Verbindung.« Ein kurzer Blick bat Croft um Entschuldigung. »Das war vor zwei Tagen. Wenigstens haben wir jetzt einen Anhaltspunkt.«

Mike seufzte verächtlich. »Reden Sie weiter.«

»Irgendwie finde ich's komisch, daß sie nicht öfter gesehen wurde. Ich meine, Sie wissen ja, wie die Einheimischen sind, wenn fremde Leute auftauchen. Und es sprach sich sehr schnell herum, wie fieberhaft wir nach ihr fahnden. Da treibt sie sich herum, keine zwei Meilen außerhalb des Hauptsuchgebiets, und fällt nur zwei Personen auf. Noch was kommt mir sonderbar vor. Warum ist sie immer noch in dieser Gegend? Vier Meilen in etwa drei Tagen ... Offenbar hat sie's nicht allzu eilig.«

Nun betrachtete Mike die Landkarte etwas interessierter. »Wahrscheinlich hat sie einen warmen, trockenen Schlupfwinkel gefunden, wo sie übernachtet. Von dort aus unternimmt sie ihre täglichen Wanderungen.« Ein Zufluchtsort, wo sie ein Kind verstecken könnte? Ungeduldig stand er auf und studierte die Karte noch einmal.

»Unsere verfügbaren Beamten durchsuchen immer noch abgeschiedene Häuser. In jedem Dorf im Umkreis von zehn Meilen wurden freiwillige Suchtrupps aufgestellt.«

Bill schüttelte den Kopf. »Unglaublich, wieviel die Leute übersehen ...«

Mike seufzte wieder. Neulich hatte er vorgeschlagen, jeder Polizist solle sein eigenes Team hilfsbereiter Einheimischer zusammentrommeln. Die kannten diese ganze Gegend, jedes Wäldchen, jede leerstehende Scheune. Und er hatte angeordnet, jeder Gegenstand – zum Beispiel ein Kleidungsstück, das irgendwie auffällig wirke – müsse fotografiert und zur Untersuchung ins Präsidium geschickt werden, nachdem man den Fundort markiert habe.

In der Umgebung des Dorfes wurden alle verfügbaren Sonderkommandos eingesetzt. Bis jetzt hatten sie nichts aufgestöbert, abgesehen von alten Schuhen und weggeworfenen Unterhosen. Nichts, was sich als Sara Janes Eigentum identifizieren ließ. Mike hatte beschlossen, das ermutigend zu finden. Aber mittlerweile erschien ihm alles, was nicht eindeutig negativ war, wie ein Hoffnungsschimmer.

Nachdenklich schaute Bill ihn an. »Im Dorf wird behauptet, Mrs. Maltham habe sich etwas merkwürdig verhalten.«

Mike warf ihm einen scharfen Blick zu. »Dann sorgen Sie dafür, daß dieses Gerede verstummt ... Okay«, fügte er müde hinzu, weil Bill fragend die Brauen hob. »Ich wartete auf Doc Fordham, und nachdem er Cassie Maltham verarztet hatte, unterhielt ich mich mit ihrem Mann. Offenbar wurde sie eine Zeitlang in einer Klinik behandelt. Sie litt an Schizophrenie.«

»Oh! Klingt vielversprechend.«

Vorwurfsvoll runzelte Mike die Stirn. Von Bill hätte er das nicht erwartet, aber diese Reaktion war wohl normal. »Schizophrenie ist eine Krankheit, kein Verbrechen.«

»Das weiß ich, Mike. Trotzdem würde sich's vielleicht lohnen, in dieser Richtung zu recherchieren.« Ein paar Sekunden lang schwieg er, überdachte – ebenso wie sein Boß ein paar Stunden zuvor – die möglichen Konsequenzen ... »So was kann man nicht geheimhalten. Irgendwie muß sie sich durch unsere Sperre geschlichen haben.«

Mike nickte. »Und das dürfte für den Fall viel relevanter sein als Cassies früherer Gesundheitszustand. Aber wie ist sie an den Constables vorbeigekommen?«

Die Beamten an beiden Enden des Greenway hatten Stein und Bein geschworen, sie seien stets auf ihren Posten geblieben. Und Mike war geneigt, ihnen zu glauben. Natürlich konnten sie sich irren oder lügen. Aber gegen diese Vermutung sprach die ständige Anwesenheit mehrerer Reporter auf beiden Straßen und einiger Einheimischer, die zur Arbeit gegangen waren oder ihre Kinder in die Schule gebracht hatten.

Wiederholt waren die Malthams aufgefordert worden, Erklärungen abzugeben. Und weil man Cassie in Mikes Auto sah, als er sie zum Wohnwagen fuhr, fragte man ihn später, ob sie sich an irgendwas erinnern würde, das zur Aufklärung des Falles beitragen könnte. Doch außer ihm selbst hatte offenbar niemand beobachtet, wie sie barfuß auf dem Tan's Hill umhergewandert war. Wenn es einen anderen Weg zum Greenway gab, konnte man ein Kind unbemerkt von dort entführen.

»Hat sie gesagt, wie sie da hingekommen ist?« erkundigte sich Bill.

»Offen gestanden, sie war nicht in der Verfassung, irgend etwas zu erzählen.« Mike sah die triumphierende Miene des Sergeant und fuhr hastig fort: »Oh, als ich sie zu meinem Auto führte, war sie ganz vernünftig. Sie weiß, was mit ihr passiert. Und allem Anschein nach tut sie ihr Bestes, um die Dinge in den Griff zu kriegen. Nur ihr Verhalten auf dem Hügel kam mir sonderbar vor. Sie wirkte wie eine Schlafwandlerin. Als ich sie ansprach, blinzelte sie verwirrt und schien aus einem Traum zu erwachen. Und sie erschrak sichtlich, sobald ihr bewußt wurde, wo sie war.«

Bill zuckte die Achseln. »Vielleicht hat sie Ihnen was vorgemacht.«

»Das wäre nicht auszuschließen.«

»Warum hat ihr Mann sie nicht vermißt?«

»Er ging ins Dorf, ohne sie vorher zu wecken. Offenbar hatte sie in letzter Zeit schlecht geschlafen, und deshalb gönnte er ihr noch ein bißchen Ruhe. Bei seiner Rückkehr war sie verschwunden. Er wollte sie gerade suchen, als wir auftauchten.«

Konzentriert dachte Bill nach und zog seine Stirn in tiefe Falten. »Wie auch immer, sie hätte einen Komplicen gebraucht, denn sie konnte unmöglich zur gleichen Zeit an zwei verschiedenen Orten sein.« Er lachte unvermittelt. »Nicht einmal mit einer gespaltenen Persönlichkeit.«

Mike starrte ihn an, dann gestattete er sich ein dünnes Lächeln. »Sicher nicht. Also müssen wir den Komplicen suchen oder Cassie Maltham von unserer Liste streichen.« Er ging zu seinem Schreibtisch zurück und ergriff – das Phantombild von Cassies Traumfrau.

»Werden Sie's der Presse übergeben?«

»Ja, auf Flints Wunsch. Er glaubt zwar nicht, daß es irgendwas zu bedeuten hat. Aber er will das Wolfsrudel besänftigen.« Mike bewegte seine verkrampften Schultern und grinste gequält. »Vielleicht sollten wir lieber verschweigen, wie diese Zeichnung entstanden ist«, fügte er hinzu, verließ das Büro, und Bills Gelächter folgte ihm.

Fergus kochte und versuchte, dem antiquierten Calor-Gasherd auf beiden Platten halbwegs gleichmäßige Hitze zu entlocken. Um auch noch den kleinen Wasserkessel darauf unterzubringen, schob er die Töpfe hin und her, zerbrach sich den Kopf über das beste Arrangement und war froh, weil ihn diese bedeutungslosen Aktivitäten von seinen eigentlichen Problemen ablenkten. Cassie stand in der Tür und beobachtete ihn, und so gab er ihr genug Zeit, um sich über diesen hochgewachsenen Mann in der winzigen Küche zu amüsieren.

Schließlich lachte sie laut auf, und er ließ beinahe einen Topf fallen.

»Cassie!« rief er grinsend, stellte den Kochtopf ab und ging zu ihr. Zärtlich nahm er sie in die Arme, genoß ihre Körperwärme, die er durch die dünne Seide des Kimonos spürte. »Wie fühlst du dich?« fragte er sanft, als würde er mit einer Invaliden sprechen.

»Besser. Warte, ich helfe dir ...« Sie eilte zum Herd und inspizierte den Inhalt der Töpfe. Plötzlich wirkte sie ungeduldig.

»Ich habe mir Sorgen um dich gemacht.« Wie unzulänglich diese Worte klangen, wenn er sich an den Aufruhr seiner Emotionen erinnerte ...

»Tut mir leid.«

Er wartete, aber sie sprach nicht weiter. Genausogut hätte sie sich für ein kleines Mißgeschick entschuldigen können. Seine normale Gelassenheit verflog, ungewohnter Zorn schwang in seiner Stimme mit. »Es tut dir leid? Mehr hast du nicht zu sagen?«

Erstaunt drehte sie sich um und schaute ihn an, dann hantierte sie wieder mit den Töpfen und gab vor, das würde ihre ganze Konzentration erfordern. Fergus sah ihre Hände zittern, Mitgefühl erfaßte ihn, aber sein eigener Schmerz war stärker.

»Nun?« fragte er herausfordernd. Doch sie gab keine Antwort und stand reglos da. Schlaff hingen ihre Arme herab. »Verstehst du denn nicht, welche Angst du mir eingejagt hast, als du einfach davongelaufen bist, Cassie? O Gott, ich stellte mir schon vor, ich würde dich am Fuß der Klippen finden.« Zögernd folgte er ihr zum Herd, legte fast zu behutsam die Hände auf ihre Schultern. »Wenn ich dich verloren hätte ...«

Flehend wandte sie sich zu ihm. »Fergus, ich weiß nicht, was geschehen ist. Plötzlich war ich da oben. Ich hatte wieder von der Frau geträumt, im nächsten Augenblick kniete ich auf dem Hügel, und da stand Mike Croft und starrte mich an, als wäre ich völlig verrückt geworden. Wirklich, ich *wollte* nicht da hinaufgehen. Und ich wußte nicht einmal, daß ich's tat.«

Bedrückt blickte er in ihr unglückliches Gesicht, und seine Wut verebbte so schnell, wie sie gekommen war. Während er Cassie umarmte und ihre zerzausten Lokken streichelte, ordnete er seine Gedanken, überdachte die Fragen, die er ihr stellen mußte. »O Cassie, sei mir nicht böse. Ich hatte nur Angst um dich.« Er spürte, wie sie nickte, schob sie ein wenig von sich, schaute ihr eindringlich in die Augen. »Weißt du, was Croft mir erzählte? Du hättest Stimmen gehört – die Stimme Suzies, die nach dir rief.« Verzweifelt wünschte er, sie würde es bestreiten. Akustische Halluzinationen. So hatte Dr. Lucas das genannt. Daran erinnerte sich Fergus. Ein späteres Symptom von Cassies Krankheit.

Müde lächelte sie, schüttelte den Kopf und wandte sich wieder zum Herd, um das Essen zu retten, das zu verbrennen drohte. »So war's nicht, Fergus. Nicht so wie letztes Mal. Ich bin nicht krank.« Angewidert rührte sie in einem der Töpfe. »Hoffentlich magst du matschige Kartoffeln.«

»Mach doch Kartoffelbrei draus.«

»Ich bin nicht krank«, wiederholte sie. »Nur verwirrt. Ich weiß nicht, was in meinem Kopf vorgeht. Aber es ist nicht so wie früher.«

Die Stirn gerunzelt, beobachtete er sie mit schmalen Augen. Wie gern hätte er ihr geglaubt ... Eins stimmte immerhin – dieser Zustand ließ sich nicht mit der Psychose vergleichen, die sie vor einiger Zeit erlitten hatte. Die war langsam und heimtückisch aufgetaucht, so subtil, daß Fergus sich hatte einreden können, alles sei in Ordnung. Bis es ernst geworden war.

Letzten Endes hatte er es nicht mehr gewagt, Cassie allein zu lassen, aus Angst vor den möglichen Folgen ihres Selbsthasses. Nein, diesmal war es anders. Aber entwickelten sich solche Dinge stets nach demselben Schema? Letztes Mal hatte sie, in einem seltsamen religiösen Wahn befangen, alle ihre Aktivitäten in feierliche Zeremonien umgewandelt, in den alltäglichsten Ereignissen himmlische Zeichen erblickt. Würde sich das wiederholen?

Seufzend reichte sie ihm eine Gabel. »So ausgefallene Geräte wie Kartoffelstampfer gibt's hier leider nicht.« Sie warf ihm einen Seitenblick zu, ein schwaches Lächeln umspielte ihre Mundwinkel. »Jetzt hör mal zu, Mr. Fergus Maltham. Deine Frau ist nicht verrückt und wird auch keinen tieferen Sinn in der Abwesenheit gewisser Küchenutensilien sehen. Aber wenn du sie noch lange auf ihr Dinner warten läßt, könnte sie ernsthaft böse werden und deine Portion an die Möwen verfüttern. Nun fang schon an, die Kartoffeln zu zerdrücken!«

Unwillkürlich lachte er und wurde mit einem echten Lächeln belohnt.

»Nun haben wir schon so viel erreicht, Liebster«, fügte sie hinzu. »Das werde ich nicht aufs Spiel setzen. Wenn ich glaubte, ich würde Hilfe brauchen, würden wir längst im Auto sitzen und zu Dr. Lucas fahren.«

Ein paar Sekunden lang zögerte er, bevor er leise fragte: »Und wenn du's nicht merkst? Vielleicht erkennst du die Anzeichen nicht ...«

»Dann sag *du's* mir. Glaubst du, daß ich verrückt bin?«

Wieder zauderte er, dann schüttelte er den Kopf. »Das nicht, aber – ich habe keine Ahnung, was da passiert, und ich weiß nur, wie verstört du bist. Wir sollten Dr. Lucas anrufen und um Rat bitten.«

»Ja, das wäre wohl am besten. Seltsam – ich bewegte mich wie eine Schlafwandlerin, wie im Traum. Während meiner Kindheit geschah das sehr oft. Meine Mum mußte alle Türen und Fenster verschließen, sonst wäre ich verschwunden. Manchmal erwachte ich in der nächsten Straße.«

»Das fing an, als dein Vater euch verließ, nicht wahr?«

Cassie nickte. »So ungewöhnlich ist das gar nicht. Viele Kinder werden wieder zu Bettnässern, wenn so was passiert.« Während sie den Kartoffelbrei auf zwei Teller verteilte, fuhr sie fort: »Und in meinem Fall waren es böse Träume, so real, daß ich aus dem Bett stieg und davonlief, um irgendwo eine Lösung des Problems zu suchen.«

»Sicher, das ergibt einen Sinn«, stimmte er zu und trug die Teller zum Tisch. Doch die Skepsis ließ sich nicht verscheuchen und zog Fergus' Mundwinkel nach unten. Was immer geschehen mag, wir können es überstehen, sagte er sich, erinnerte sich aber an die langwierige Prozedur. Die Medikamente, die Therapie, seine täglichen Besuche im Krankenhaus – am Bett einer Patientin, in der er seine Frau nicht wiedererkannte. Und dann Cassies langer Genesungsweg, die Erinnerung, wer sie war, wer er war, was sie miteinander verband. Er liebte sie so sehr, daß er es nicht in Worte zu fassen wußte. Trotzdem, wenn er an das alles dachte, fragte er sich, ob er ein zweites Mal die Kraft aufbringen würde, ihre Dämonen zu bekämpfen.

Das wird nicht wieder passieren, redete er sich ein. Diesmal ist sie nur im Schlaf gewandelt.

Während er die Teekanne und die Tassen auf den Tisch stellte, lächelte er seine Frau an, versuchte eine tröstliche, normale Aura vorzutäuschen, und spürte, daß sie ihn durchschaute. Sie wich seinem Blick aus, zwang sich zu essen und erstickte beinahe an ihrem ersten Bissen.

»Ich gieße den Tee ein«, sagte Fergus leise.

12

Die Neuigkeit verbreitete sich am frühen Morgen. Wieder war ein Kind verschwunden, das Dorf geriet in hellen Aufruhr, und diesmal versuchte die Polizei vergeblich, die Presse von der Einsatzzentrale fernzuhalten. Mike hatte auch die letzte Nacht bei Tynan verbracht. Von Bill Enfield telefonisch verständigt, war er sofort mit seinem Gastgeber losgefahren. Wenige Minuten nach halb acht. Das Kind, Julie Hart, wurde seit einer knappen Stunde vermißt.

»Wie lange war sie da schon weg?«

Bill zuckte die Achseln. »Das läßt sich nicht feststellen. Die Mutter wollte sie wecken, so wie an jedem Morgen, wenn Julie zur Schule gehen mußte. Aber das Bett war leer, und sie konnte das Kind nirgends finden.«

Nachdenklich runzelte Mike die Stirn. Da gab es wahrscheinlich keinen Zusammenhang. Julie könnte einfach davongerannt sein. »Ist die Mutter da drin?« fragte er und zeigte zur Tür der Einsatzzentrale.

Bill nickte. »Auch die Cassidys.« Dann schnitt er eine Grimasse, als Mike ihm einen scharfen Blick zuwarf. »Bis jetzt konnte ich nicht viel herausfinden, Sir. Die heftigen Emotionen verscheuchen alle logischen Gedanken.«

»Werden hier eigentlich Preise für die Untertreibung des Jahres verliehen, Sergeant?« Seufzend folgte Mike dem Korridor und ignorierte die Fragen, die von allen Seiten auf ihn einstürmten.

Als er die Einsatzzentrale betrat, sah er Janice Cassidy und Mrs. Hart am Ende des Raumes sitzen. Julies Mutter war in Tränen aufgelöst, und die beiden Frauen versuchten, einander zu trösten.

Unterdessen rannte Mr. Cassidy hin und her, wie ein Tiger im Käfig. Erbost wandte er sich zu Mike. »Wie viele Kinder müssen denn noch verschwinden, bevor Sie endlich Ihren fetten Arsch bewegen? Wieso setzen Sie nicht mehr Leute ein? Warum finden Sie den Bastard nicht, der uns das alles antut?«

Mike gab keine Antwort, da der Mann ihm ohnehin nicht zuhören würde, und ging zu den beiden Frauen.

»Mrs. Hart?«

»Ja.«

»Können Sie mir erzählen, was geschehen ist, Mrs. Hart? Bitte, Mr. Cassidy, wenn wir einander beschimpfen, kommen wir nicht weiter ... Also, Mrs. Hart?«

Cassidy schrie immer noch, aber sein Kampfgeist schien zu erlöschen. So wie die beiden Frauen war er den Tränen nahe. In den letzten paar Tagen ist er genauso gealtert wie Janice, dachte Mike. Kummer und Schlafmangel hatten die Augen des Mannes gerötet und dunkel umschattet.

Erschöpft setzte sich Cassidy, als der Detective Inspector ihm einen Stuhl hinschob, und sank kraftlos in sich zusammen.

»Mrs. Hart ...«, begann Mike wieder, doch die Frau

konnte sich zu keiner Antwort aufraffen. An ihrer Stelle sprach Janice Cassidy.

»Wie jeden Morgen wollte sie Julie wecken, aber das Kind lag nicht im Bett. Da rannte sie die Straße rauf und runter, rief nach ihrer Tochter, und schließlich kam sie zu uns, weil sie kein Telefon hat.«

»War das Bett benutzt?«

Verzweifelt nickte die Mutter, dann brach es aus ihr hervor: »Meine Julie ist ein braves Mädchen!«

»Sicher, Mrs. Hart.« Die nächste Frage richtete er an Janice Cassidy. »Haben Sie überprüft, ob das Mädchen bei einer Freundin ist?«

»O ja, wir riefen alle Leute an, die wir kennen.« Janice legte einen Arm um die Schultern der unglücklichen Frau. Indem sie sich um die Bedürfnisse eines anderen Menschen kümmerte, gelang es ihr, die eigenen Tränen zu unterdrücken. »Jim und ich bringen sie am besten in unser Haus, Inspector. Könnten Sie Denny benachrichtigen lassen?«

»Denny?«

»Ihr Sohn. Er hilft Ben Fields, die Milch auszutragen. Nun müßte er jeden Augenblick nach Hause kommen, und er wird sich fragen, was zum Teufel da los ist.«

»Natürlich. Nehmen Sie Mrs. Hart mit. Ich werde den Doktor bitten, ihr ein Beruhigungsmittel zu geben. Es ist Ihnen doch recht, wenn ich Denny zu Ihnen schikke?«

Janice Cassidy nickte, half Mrs. Hart aufzustehen und führte sie aus dem Büro.

Nachdem Mike zwei Polizisten beauftragt hatte, Cassidy und die beiden Frauen nach Hause zu fahren beziehungsweise Denny zu verständigen, wollte auch er den Raum verlassen. Aber Bill rief ihn zurück. »Das sollten Sie sich ansehen«, meinte er und warf die Morgenzeitungen auf den Tisch. Die meisten Titelseiten zeigten das Phantombild mit Unterschriften wie: »Wer ist die mysteriöse Frau? Hier, Mike – das ist wohl am interessantesten.«

Der Detective Inspector überflog den Artikel, den Bill aufgeschlagen hatte, und fluchte lauthals. Gewiß, damit hatte er gerechnet. Aber warum schon jetzt?

»Offenbar haben die Schreiberlinge Cassies Mutter aufgespürt, Mrs. Junor. Und sie erzählte ihnen die ganze verdammte Geschichte.«

Bestürzt las Mike den Bericht ein zweites Mal. Da stand alles. Cassies Krankheit, die Symptome, die Schlußfolgerungen, die Anspielungen – genau das hatten Mike und Fergus befürchtet. »Jemand soll zum Wohnwagen fahren. *Sofort*! Die Malthams müssen bleiben, wo sie sind.«

»Okay.«

Energisch wappnete sich Mike gegen die Fragen, die auf ihn einstürmen würden, sobald er vors Haus trat. Wie lange mochte es dauern, bis das ganze Dorf Mrs. Junors hysterische Story über die Krankheit ihrer Tochter gelesen hatte, über die Stimmen, die Cassie hörte, die sogenannten Visionen?

Der Verfasser dieses »Exklusivberichts« war vorsichtig genug gewesen, um sich jeder Spekulation zu enthalten, Cassie könne gewalttägig werden, eine Gefahr für ihre Umgebung. Statt dessen schlug er einen eher mitleidigen Ton an. Was hatte diese arme Frau alles durchmachen müssen?

Doch die zerstörerische Wirkung wurde von einem

zweiten Artikel auf derselben Seite ausgeübt, einem kurzen Resümee berühmter Fälle. Morde. Kidnappings. Zeremonielle Verstümmelungen. Natürlich von lauter Geisteskranken verübt. Von Leuten, die Stimmen hörten, Visionen erblickten oder an partiellem Gedächtnisschwund litten. Was damit ausgedrückt werden sollte, war klar, und es jagte einen eisigen Schauer über Mikes Rücken.

Das Telefon begann zu läuten. Sofort erriet er, daß sein Vorgesetzter dieselben interessanten »Fakten« gelesen hatte. Kurz entschlossen rannte er zur Tür und rief über die Schulter: »Ich bin schon weg!« Auf der Straße bahnte er sich einen Weg durch die Reporterschar, eilte zu seinem Auto und bedeutete Tynan, ihm zu folgen.

»Fergus, ich muß weg von hier! Bitte! Ich erwarte nicht, daß du mich verstehst. Komm einfach nur mit!«

Besorgt musterte er ihr blasses Gesicht. »Also gut, gehen wir. Aber wahrscheinlich lassen sie uns nicht durch die Polizeisperre. Und wenn du nicht mehr weißt, wie du dich letztes Mal durchlaviert hast ...«

Ärgerlich starrte sie ihn an. »Das wird schon klappen, Fergus. Vertrau mir. Ich habe dieses Gefühl ...« Als sie seine gerunzelte Stirn sah, verstummte sie, schüttelte den Kopf und begann sich anzuziehen. Diesmal vergaß sie ihre Schuhe nicht. Weil ihm nichts anderes übrigblieb, folgte er ihrem Beispiel. Es waren Cassies »Gefühle«, die ihn so beunruhigten. Suchte sie immer noch nach irgendwelchen Zeichen?

Früher hatte sie sehr oft wegen irgendwelcher »Gefühle« die seltsamsten Dinge getan oder gesagt. Dies war symptomatisch für ihre Krankheit gewesen. Und jetzt? Er wußte nicht mehr, was er denken sollte. »Fahren wir mit dem Auto«, schlug er tonlos vor. Wenn er auch bereit war, Cassie zu begleiten, fürchtete er, seine Beine würden ihn nicht tragen.

Er steuerte das Vehikel zur Straße, die vom Dorf aus landeinwärts führte. Fünf Minuten später traf der Streifenwagen ein, den Mike Croft zu den Malthams geschickt und der die andere Straße benutzt hatte.

Vorwurfsvoll starrte Mike das Funkgerät an, als wäre es verantwortlich für die Nachricht, die er soeben erhalten hatte. »Nicht da?«

»Nein, Sir, das Auto ist verschwunden. Gerade sind ein paar Reporter aufgetaucht. Was soll ich ihnen erzählen?«

Mike stöhnte. Hatten diese jungen Polizisten denn überhaupt keine Ahnung? »Einfach nur freundliche Scheiße, Constable, verstanden?«

»Eh – ja, Sir.«

Mike brach den Funkkontakt ab, wendete sein Auto mitten auf der Straße und fuhr den Weg zurück, den er gekommen war. Natürlich gab es nur einen einzigen Ort, den Cassie Maltham aufgesucht haben konnte. Wenigstens hatte sie diesmal Fergus mitgenommen.

Seufzend warf Mike einen Seitenblick auf Tynan, der neben ihm saß. »Was jetzt?« Eine rhetorische Frage.

»Warum wenden Sie sich an mich, mein Junge?« Tynan zuckte die Achseln. »Dieser alte Knabe befindet sich im Ruhestand, oder haben Sie das vergessen?«

Kurz vor dem Dorf bog Mike nach links und sah das

Auto der Malthams am Straßenrand parken. Fergus redete mit dem diensthabenden Constable, und Bill Enfield versuchte, ein Fernsehteam von einem der Vierundzwanzig-Stunden-Nachrichtensender im Zaum zu halten.

Aber Cassie ließ sich nirgends blicken.

Mike stieg aus dem Wagen und ging an den TV-Leuten vorbei, gefolgt von Tynan.

»Eine Live-Sendung, Inspector! Bitte, ein kurzer Kommentar!«

Mühsam bezwang er seine Ungeduld. »Im Augenblick kann ich nicht viel sagen.«

»Was ist mit diesem kleinen Mädchen, Julie Hart? Glauben Sie, ihr Verschwinden hängt mit dem Fall Sara Jane Cassidy zusammen?«

»Vorerst müssen wir alle Möglichkeiten in Betracht ziehen. Vielleicht ist das Kind einfach nur weggelaufen. Und jetzt entschuldigen Sie mich bitte.«

Doch die Fernsehreporterin folge ihm bis zum Greenway. Die Kameras richteten sich auf die kleine Gruppe, die dort beisammenstand. Fergus tat sein Bestes, um in ruhigem Ton zu sprechen, obwohl sein Ärger offensichtlich war.

»Wo ist Cassie?« fragte Tynan. Er hatte erwartet, sie an Fergus' Seite anzutreffen. Dort wäre sie vom Auto aus nicht zu sehen gewesen.

»Cassie?« Abrupt drehten sich Fergus und der Constable um. »Sie war doch hier ...«

Aber Mike hörte ihm nicht zu und eilte durch die Sperre. Im selben Augenblick erwachte Bills Funkgerät zum Leben.

»Mike!« rief er erleichtert, und Croft kehrte widerstrebend zurück, erstaunt über die zwanglose Anrede.

»Was gibt's?« fragte Fergus, und Mike bedeutete ihm, mit Tynan weiterzugehen.

»Die kleine Julie Hart wurde gefunden«, verkündete Bill und strahlte übers ganze runde Gesicht.

»Wo?«

»Kinder!« stöhnte der Sergeant. »Offenbar beschloß die Kleine heute morgen, ihren Bruder im Milchwagen zu begleiten. Da sie wußte, was ihre Mum sagen würde, fragte sie nicht um Erlaubnis und erzählte dem alten Milchmann einfach, sie dürfe mitkommen. Das muß Denny bestätigt haben. Ich wette, Mrs. Hart wird den beiden die Hölle heiß machen.«

Scheinbar beachtete Bill die Fernsehreporterin nicht, die neben ihm stand. Spielte er Theater, um sie von anderen Dingen abzulenken? Mike nickte zufrieden und ging davon.

»Eine Live-Sendung, Inspector Croft!« rief sie ihm nach, dann wandte sie sich zu ihrer Crew, um die kostbare Erstmeldung weiterzuleiten.

Was nun rings um die Sperre geschah, konnte Mike getrost den fähigen Händen des Sergeant überlassen. Mit schnellen Schritten ging er den Greenway hinauf, zum Tan's Hill. Sara Jane wurde nach wie vor vermißt.

Fergus schaute sich um, kaute an seiner Oberlippe und am Schnurrbart, so wie immer, wenn er sich aufregte. Wo zum Teufel steckte sie?

Langsam wanderte Tynan quer über den Hang, blickte zum Greenway hinab, zu den Feldern, obwohl ihm sein Verstand sagte, daß Cassie unmöglich durch die dichte Schwarzdornhecke gekrochen sein konnte. »Gehen wir wieder hinunter, zum anderen Ende des Wegs. Von hier aus sehe ich nur einen Teil des Greenway.«

Fergus zögerte, dann nickte er. Offensichtlich war Cassie nicht hier oben. Sie mußte zwar dem Greenway gefolgt sein, aber nicht dem Pfad, der auf den Tan's Hill führte. Wieso sie unbemerkt verschwunden war, verstand er immer noch nicht. Auf halber Höhe des Hangs trafen sie Mike, der ihnen mitteilte: »Julie Hart wurde gefunden.«

Verwirrt hob Fergus die Brauen. Diese Neuigkeit war nicht zum Wohnwagen auf den Klippen gedrungen, und Mike erklärte, was geschehen war.

»Kleines Biest!« meinte Tynan grinsend. »Wenigstens haben wir nun eine Sorge weniger.« Er blickte sich wieder um. »Hier oben ist Cassie nicht, Mike. Sie muß zwar den Greenway entlanggelaufen sein, aber sie stieg nicht herauf.«

Die drei Männer kletterten den schlüpfrigen Hang hinab. Trotz der warmen Sonne war das taufeuchte Gras noch nicht getrocknet. Mikes Gedanken drehten sich um Probleme, mit denen er konfrontiert wurde. Suzie Ashmore, längst verschwunden, aber immer noch irgendwie präsent. Sara Cassidy, deren Eltern er täglich sah. Jedesmal, wenn er ihnen gestand, es gebe keine Neuigkeiten, vertiefte sich ihr Kummer. Was sollte er ihnen sagen?

Und Cassie. Welche Rolle spielte sie in dieser ganzen Geschichte?

Was er von ihr hielt, änderte sich ständig. Wenn er mit ihr zusammen war, konnte er sie als Opfer identifizieren, unschuldig in einen Mahlstrom verstrickt, den jemand anderer heraufbeschworen hatte. Und in ihrer Abwesenheit gewann das instinktive Gefühl Oberhand, ihre Krankheit müsse zwar nicht der Schlüssel zu den rätselhaften Ereignissen sein, aber zumindest ein Hinweis. Andererseits hegte er starke Zweifel. Er wußte, wie einfach es war, die vorherrschende Meinung der Öffentlichkeit zu akzeptieren.

Dann erinnerte er sich wieder an das Gespräch, das er am Vorabend mit Flint geführt hatte. Mike gab zu, er habe Cassie nicht gedrängt, ihm zu verraten, wie sie unbemerkt auf den Greenway gelangt sei. Natürlich forderte Flint Erklärungen. Nach seiner Ansicht gab es nur eine einzige – Nachlässigkeit der jungen Beamten, die bei den Polizeisperren Wache hielten. Und er hatte die Constables so lange in die Mangel genommen, bis sie nicht mehr genau wußten, was geschehen war. Mittlerweile gaben sie zu, es sei möglich, daß sie im entscheidenden Augenblick weggeschaut hatten.

Sie folgten wieder dem Greenway, und Mike betrachtete die hohen, dichten Hecken. Konnte man hinübersteigen? Versuchsweise griff er ins Gestrüpp, zog seine Hand hastig zurück und steckte blutige Finger in den Mund.

Ausgeschlossen, zumindest an dieser Stelle, keinesfalls ohne dicke Handschuhe und rißfeste Kleidung. Verdammt! Cassie hatte nicht einmal Schuhe getragen!

»Sind die Hecken von Anfang bis Ende so dicht?«

Bill nickte. »Das wissen Sie doch, Mike. Sie haben sich schon oft genug davon überzeugt.«

Seufzend schnitt Mike eine Grimasse. Bill hatte recht.

Vielleicht konnte eine Frau von Cassies Größe hinüberkriechen, indem sie sich an den Zweigen festhielt, und keine Spuren hinterlassen. Doch das erschien ihm unwahrscheinlich, wenn er seine wunden Finger betrachtete. Soviel er wußte, hatte Cassie noch nicht einmal einen Kratzer abbekommen. Also mußte er eine andere Antwort auf die Frage finden.

Jetzt näherten sie sich dem anderen Ende des Pfads, sahen die rotweiße Sperre und den Constable, umringt von Reportern und Schaulustigen – eine mittlerweile wohlbekannte Szenerie.

»Hier ist sie auch nicht vorbeigekommen«, meinte Mike – und musterte Fergus, dessen Sorge mit jeder Minute wuchs.

Hektisch schaute er sich um, als erwartete er, seine Frau würde plötzlich aus einer Lücke in der Hecke springen, wie ein Kind, das sich versteckt hatte. In kurzen, regelmäßigen Abständen rief er ihren Namen und lauschte angespannt. Tiefe Verzweiflung schwang in seiner Stimme mit. »Cassie! Cassie!«

Nichts.

Mike beobachtete ihn voller Mitgefühl und wollte vorschlagen, noch einmal umzukehren. Doch da zerriß die Stille des Weges.

Sekundenlang standen sie wie erstarrt da, dann begann Mike zu laufen, dicht gefolgt von den anderen. Der Lärm war beängstigend, ein hysterisches, fast unmenschliches Geschrei, das vom Tan's Hill herabdrang.

Aber da oben war niemand. Unablässig kreiste dieser Gedanke hinter Mikes Stirn – niemand ist da oben. Unbegreiflich. Das Geschrei schwoll an – wie die Klage eines verwundeten Tieres, das unerträgliche Schmerzen erlitt – und verebbte allmählich zu einem herzzerreißenden Schluchzen.

Ein Kind! Warum Mike diese Überzeugung gewann, wußte er nicht genau. Jedenfalls pflegten Erwachsene nicht so zu brüllen und zu schluchzen.

Er stürmte bergauf, glitt ein paarmal aus, fiel auf ein Knie, und ein stechender Schmerz durchfuhr das Bein von der Hüfte bis zum Fußknöchel. Dann spürte er, wie Tynan seinen Arm ergriff, sah Fergus vorauslaufen, und schließlich erreichten sie alle den Gipfel.

»Oh, mein Gott!«

Da kniete Cassie Maltham, beide Arme um das weinende Kind geschlungen. Nun klang das Schluchzen gedämpft, denn sie drückte das kleine Gesicht an den weichen Stoff ihrer Jacke, als wollte sie das Mädchen vor dem Anblick schützen, der es so maßlos erschreckt hatte.

Allzulange dauerte es nicht, bis sie die Ursache der Tränenflut fanden. Cassie erwiderte Mikes Blick, bewegte den Kopf seitwärts, und er schaute auf die andere Seite des Gipfels.

Eine Frau. Nein, nicht irgendeine Frau. Cassies Traumfrau. Sehr real und eindeutig tot. Verkrümmte Glieder, zerbrochene Knochen, die aus gedunsenem Fleisch ragten.

Hilflos übergab sich Fergus, und Mike schluckte krampfhaft. Er schaute hastig weg und bedeutete Tynan, den schwankenden Ehemann nach unten zu führen. Dann ging er langsam zu Cassie und dem Kind hinüber.

»Wir sollten sie von hier wegbringen«, meinte er leise.

»Das habe ich versucht, aber sie ist wie erstarrt.«

In seiner Verwirrung konnte er zunächst nur nicken. Aber er tat sein Bestes, um seine Gedanken zu ordnen. Schon jetzt drangen aufgeregte Stimmen vom Fuß des Hangs herauf. Natürlich mußten auch andere das Geschrei gehört haben, und nun rannten sie von beiden Enden des Greenway heran.

Aber Tynan schickte sie zurück. Sein Befehl verriet ruhige Autorität. Doch er würde dem Zorn und der Sorge dieser Menschenmenge nicht lange standhalten können, das ahnte Mike. Vorsichtig berührte er eine Hand des Kindes. »Sara, nicht wahr?«

»Ja.« Die Antwort war ein halberstickte Schluchzen, aber das Mädchen sprach wenigstens mit ihm.

»Jetzt bringen wir dich nach Hause, Darling. Zu Mum und Dad.« Er zog Cassie auf die Beine, und das Kind klammerte sich an ihr fest, als wollte es nie mehr von ihr getrennt werden. Langsam stiegen sie den Hügel hinab. »Wo haben Sie Sara gefunden?«

»Das weiß ich nicht«, erwiderte sie zögernd und widerwillig, in schwachem Flüsterton.

»Sie wissen es nicht? Was zum Teufel soll das heißen?« Er verhielt sich nicht gerade professionell, aber das interessierte ihn in diesem Augenblick nicht. »Mrs. Maltham, ich fürchte, Sie verkennen den Ernst der Lage ...«

Weiter kam er nicht, denn Sara Jane hatte sich von Cassie losgerissen, um ihn kreischend mit kleinen, knochigen Fäusten zu attackieren. »Schreien Sie sie nicht an! Sie hat mich gefunden. An diesem dunklen Ort! *Sie* haben mich nicht geholt! Und die anderen sind auch nicht zu mir gekommen. Lassen Sie sie in Ruhe!«

Nun weinte sie wieder, Erschöpfung verdrängte den Zorn. Cassie legte eine Hand auf Saras Schulter und führte sie mit Mikes Hilfe zum Greenway hinab.

Dort hatten sich zahlreiche Leute versammelt, aber sie traten schweigend beiseite, um Cassie und Sara Jane Platz zu machen. Mike hörte, wie leise Stimmen den Namen des Mädchens nannten. Plötzlich fühlte er sich ausgeschlossen, als die Menge den beiden folgte, in dichten Reihen, und ihn zurückdrängte.

»Sir?« Der junge Constable eilte ihm entgegen, der die Polizeisperre in der Nähe des Dorfes bewacht hatte.

»Was ist hier eigentlich los?«

Mike widerstand der Versuchung, ihm zu gestehen, das wisse er verdammt noch mal nicht. Statt dessen erteilte er Befehle, ließ die Sperren an beiden Enden des Greenway verstärken und die Sonderkommandos zusammentrommeln. Und dann überlegte er, wie er Flint beibringen sollte, daß nun ein Mord aufgeklärt werden mußte.

13

Durch Mikes Kopf schwirrten die Fragmente von Bildern und Eindrücken dieses Tages. Die Ereignisse des Morgens hatten die Polizei unvorbereitet getroffen, und der Personalmangel warf ernsthafte Probleme auf. Schließlich hielt er es für die beste Lösung, Tynan weiterhin einzusetzen. Also begleiteten der ehemalige Detective Inspector und eine Beamtin die überglückliche Familie Cassidy ins Krankenhaus, wo Sara Jane untersucht werden sollte. Bill organisierte die einleitenden Aktivitäten am Tatort, Mike brachte die Malthams nach Norwich ins Präsidium, wo man sie verhörte.

Seit diesem Augenblick war der Tag nicht mehr produktiv, sondern die langwierige, frustrierende Tretmühle einer Antiklimax, die nur Zeit kostete und nichts bewirkte. Mike starrte den Telefonhörer an, den er immer noch umklammerte. Dann fiel ihm ein, was er damit machen mußte. Er legte ihn auf die Gabel zurück und bereitete sich auf eine neue Diskussion über Cassie Malthams »Gedächtnisschwund« vor.

Um sich die Wahrheit einzugestehen, er wußte nicht, wie er die Situation beurteilen sollte. Bills Anruf aus dem Krankenhaus, wo er sich zu Tynan gesellt hatte, konnte Mikes Verwirrung nicht lindern.

»Nun?« Flints scharfe Frage holte ihn abrupt in die Gegenwart zurück.

»Sara Jane behauptet ebenso wie Mrs. Maltham, sie könne sich an nichts erinnern und sie habe keinen Grund, uns zu belügen.«

Vorwurfsvoll starrte Flint ihn an. »Und Sie können Mrs. Maltham nicht veranlassen, den Mund aufzumachen? Bleibt sie stur bei ihrer Story vom grandiosen Zauberkunststück?« Er unterbrach sich, um kalten Kaffee zu schlürfen, und ächzte angewidert, als die Milchhaut an seiner Oberlippe klebte. Mühsam unterdrückte Mike ein spöttisches Grinsen, schaute weg und betrachtete angelegentlich die fleckigen Gipskartonplatten an den Bürowänden. »Und unsere sogenannten Experten? Haben sie schon irgendwelche Erkenntnisse gewonnen?«

Croft schüttelte den Kopf. »Weder der Polizeiarzt noch unser Seelenklempner finden irgendwelche Hinweise auf Psychosen oder sonstige geistige Störungen. Wir können Mrs. Maltham nicht vor Gericht stellen, Sir, weil wir nichts gegen sie in der Hand haben – und auch keinen Grund, sie in eine geschlossene Anstalt einliefern zu lassen. Bis jetzt tippen unsere Fachkräfte nur auf ein neurologisches Problem, das Cassies Ärzten vielleicht entgangen ist. Womöglich verbirgt sich irgend etwas in ihrem Unterbewußtsein, und das führt zu Blackouts, zu einer Amnesie an bestimmten Orten oder in gewissen Momenten.«

»Glauben die Ärzte, sie wäre während eines solchen Blackouts zu einem Mord fähig?« Wie ein Ertrinkender tastete Flint nach Strohhalmen, und das wußten sie beide. Selbst wenn Cassie Maltham die Frau umgebracht hatte, blieb immer noch die Frage offen, wie sie es geschafft haben mochte, die Leiche auf den Tan's Hill zu schleppen und das Kind zu holen – in den wenigen Minuten, nachdem sie von Fergus' Seite verschwunden war. Das würde Mikes Begriffsvermögen übersteigen, ganz zu schweigen von den anderen Problemen: Wo hatte sie die Tote vorher versteckt? Die Identität des Opfers? Warum war es so brutal zusammengeschlagen worden? Und damit fingen die Rätsel erst an.

»Keine Ahnung. Übrigens, Mr. Maltham hat seinen eigenen Anwalt hierherbestellt, außerdem die Psychiaterin, die seine Frau behandelt hat, Dr. Maria Lucas. Sie müßte jeden Augenblick eintreffen.«

»So? Und was hofft sie zu erreichen?« Ohne eine Antwort abzuwarten, fuhr Flint fort: »Warum hat Maltham einen ›eigenen‹ Anwalt? Steht ihm der ständig zur Verfügung?«

»Das kann ich nicht sagen«, erwiderte Mike und lächelte flüchtig. »Ich weiß nur, daß er das Haus der Malthams verkauft und das Testament ihrer Großmutter aufgesetzt hat. Offenbar fühlen sich die meisten Leute besser, wenn sie ihren eigenen Anwalt hinzuziehen.«

Flint schnaufte, keineswegs besänftigt. »Wann wird er erwartet?«

»Vorerst gar nicht. Er kommt nur, wenn er gebraucht wird.«

»Oh?«

»Wie ich schon erwähnt habe, wir können Mrs. Maltham nicht vor Gericht bringen, und das weiß ihr Mann. Er will nur, daß sich der Anwalt auf Abruf bereithält.«

»Und in der Zwischenzeit?«

»Ich lege die Malthams erst mal auf Eis, bis ich einen Haftbefehl kriege und der Wohnwagen durchsucht wird. Im Moment sehe ich keine andere Möglichkeit, als die Frau laufenzulassen.«

Die Stirn gefurcht, klemmte Flint seinen Stift zwischen die Finger und klopfte mit beiden Enden abwechselnd auf den Schreibtisch. Zu seinen seltsamen Manierismen zählte die Vorliebe für eine altmodische Löschblattunterlage, obwohl er nur ganz gewöhnliche Kugelschreiber benutzte. Meistens gehörten sie jemand anderem. »Wie wär's mit Hypnose? Falls sie wirklich das Gedächtnis verloren hat und uns nichts vormacht ...«

»Daran habe ich bereits gedacht. Diese Dr. Lucas hat Cassie offenbar hypnotisiert.«

»Cassie?« wiederholte Flint mißbilligend. Er legte großen Wert auf Formalitäten und fand es ungehörig, wenn Personen beim Vornamen genannt wurden.

»Mrs. Maltham«, verbesserte sich Mike. »Ich schlage vor, erst einmal auf die Psychiaterin zu warten und den Fall mit ihr zu erörtern. Möglicherweise wird Mrs. Maltham mit jemandem, den sie kennt und dem sie vertraut, offenherziger sprechen.«

»Darauf möchte ich wetten.« Flint lachte heiser.

»Die Hypnose muß natürlich in Anwesenheit von Zeugen stattfinden.«

»Allerdings.« Flint musterte den Detective Inspector durchdringend. »Vorhin erwähnten Sie, das Kind habe die gleiche Aussage gemacht wie Mrs. Maltham. Besteht die Möglichkeit, daß die beiden ...?«

»Wollen Sie andeuten, Sara Jane könnte sich mit Mrs. Malthams Hilfe versteckt haben?« Die Frage klang etwas zu verächtlich, und Mike schlug einen etwas milderen Ton an. Immerhin versuchte Flint nur, Hypothesen aufzustellen. Hatte er selbst während der letzten Tage etwas anderes getan? »Nein, Sir, das bezweifle ich, aber ich kann die übereinstimmenden Aussagen nicht erklären. Im Krankenhaus werden alle erdenklichen Untersuchungen vorgenommen. Falls das Kind unter dem Einfluß von Drogen stand, werden wir's bald erfahren. Und wenn es zuträfe, hätten wir zumindest einen Anhaltspunkt.«

»Hm. Ist Maltham nicht Chemielehrer?«

»Das wäre ein bißchen zu weit hergeholt.«

»Vielleicht. Ziehen Sie's trotzdem in Betracht.«

»Ja, Sir.«

»Woran genau erinnert sich Sara Jane Cassidy?«

»An nichts Bestimmtes. Sie redet immer nur von einem dunklen Ort und einer Frauenstimme, aber sie verstand kein Wort. Und sie sagt, sie habe sich gefürchtet, was verständlich ist. Dann kam diese Hand aus der Finsternis, Sara Jane griff danach, und plötzlich saß sie zwischen Cassie Maltham und einer Leiche auf dem Tan's Hill.«

Nun ächzte Flint wieder. An diesem Tag gefiel es ihm vermutlich, seltsame Laute von sich zu geben. »Sehr biblisch«, meinte er geringschätzig. »Eine mystische Hand tastet ins Dunkel und zieht das Kind heraus.« Müde schüttelte er den Kopf. »Und Mrs. Maltham hat das auch erzählt? Großer Gott, Mike, bald werden wir Steintafeln und brennende Büsche sehen.«

Mike lächelte ironisch. »Wahrscheinlich akzeptieren die Cassidys jedes Wunder, weil es ihnen das Kind zurückgegeben hat.«

Auf den traurigen Klang seiner eigenen Stimme war er nicht vorbereitet. Er sah den scharfen Blick seines Vorgesetzten, der langsam nickte. »Was das betrifft, akzeptiere auch ich jedes Wunder. Aber ich dachte, mittlerweile suchen wir ... Sicher geht Ihnen dieser Fall gewaltig an die Nieren ...« Als er beobachtete, wie sich Mikes Miene verschloß, verstummte er abrupt. Obwohl er kein besonders feinfühliger Mensch war, erkannte er, daß er etwas zu weit gegangen war, und er versuchte es noch einmal. »Natürlich weiß ich, was mit Ihrem Sohn geschehen ist, und ich wollte ...«

»Ja, Sir, danke«,fiel Mike ihm kühl ins Wort. Er konnte nur mit wenigen Leuten über Stevie reden, und sein Boß stand gewiß nicht auf dieser Liste.

»Nun, dann ...«, begann Flint und blätterte scheinbar konzentriert in seinen Papieren, um wieder einmal auf den Rangunterschied hinzuweisen. »Verständigen Sie mich, wenn diese Dr. Lucas auftaucht und die Berichte der Experten eintreffen.«

»Ja, Sir.«

Flint tat so, als wäre sein Untergebener bereits gegangen, und Mike stand auf. Krachend ließ er die Tür hinter sich zufallen. Dann beschloß er widerstrebend, Cassie Maltham erneut zu verhören. Vielleicht würde er diesmal etwas mehr aus ihr herauslocken.

Von Bill hatte er eine bemerkenswerte Information erhalten, die eine von Cassies sonderbaren Behauptungen bestätigte. Sara Jane hatte nicht ihre eigene Kleidung getragen, sondern blaue Shorts und ein gelbes Hemd – Sachen, die offensichtlich für ein größeres Kind bestimmt waren.

»So war auch Suzie angezogen«, hatte Cassie erklärt.

»Und haben Sie Saras Schuhe gesehen? Die waren fest verschnürt und fielen ihr trotzdem fast von den Füßen.«

»Worauf wollen Sie hinaus?« hatte Mike gefragt.

Zum Zeitpunkt des Verhörs war ihm das alles absurd erschienen. Es wurde zwar ins Protokoll aufgenommen, aber er dachte nicht weiter darüber nach – bis Bill ihn anrief.

»Da kommt mir was sehr komisch vor, Mike. Als Sara gefunden wurde, hatte sie nicht ihre eigenen Sachen an. Zum Beispiel trug sie viel zu große Schuhe.« Unsicher unterbrach er sich und schien nicht zu wissen, ob er weitersprechen sollte. »Tynan sagt, so sei Suzie Ashmore gekleidet gewesen – an dem Tag, an dem sie verschwand. Die Shorts und das Hemd wurden ins Labor gebracht. Aber nun fragen wir uns ...«

Eine genauere Erklärung hatte Bill nicht abgegeben, doch die wäre auch überflüssig gewesen. Der Fall wurde immer komplizierter, basierte auf immer neuen Übereinstimmungen. Manchmal fand Mike dies alles so bizarr, daß Tynans unheimliche Zeitungsausschnitte fast normal wirkten.

14

Fluchend steuerte Simon sein Auto durch das Gedränge. Seit die Thomas' von der Küste abgereist waren, hatten sie alle Nachrichtensendungen gesehen, die sie empfangen konnten, und innerhalb weniger Tage mehr Zeitungen gekauft als normalerweise in einem ganzen Monat. Und Fergus hatte täglich mit ihnen telefoniert, in einer Zelle außerhalb des Dorfes.

Doch sie glaubten, er würde ihnen nicht alles verraten. Offensichtlich sorgte er sich um Cassie. Und es widerstrebte ihm so sehr, Einzelheiten zu verraten, daß Simons und Annas rege Phantasie immer wildere Blüten trieb.

An diesem Morgen hatten sie die Live-Sendung gesehen – Cassie, die mit dem kleinen Mädchen aus dem Greenway kam. Und da konnten sie keinen Tag länger warten. Simon rief in der Firma an und behauptete, sie seien beide krank.

»Wir haben die Sendung auch gesehen«, betonte die Sekretärin, und er spürte ihre lebhafte Neugier.

»Ach, erzählen Sie ihm irgendwas«, erwiderte er und meinte seinen Boß. »Wenn ich zurückkomme, bring' ich's schon wieder in Ordnung.«

Sie waren nonstop gefahren. Bis jetzt. Die Dorfstraßen, ansonsten verlassen bis auf ein paar vereinzelte

Fußgänger, waren hoffnungslos verstopft. Menschenmassen, Reporter, Kamerateams, Polizei.

»Sieht fast so aus, als würde hier ein beschissener Film gedreht«, meinte Simon und zwängte den Wagen mühsam durch das Getümmel. »Schau dir das an! Woher zum Teufel kommen die alle?«

»Versuch mal zu wenden«, schlug Anna vor. »Nehmen wir die andere Straße.« Die Leute umdrängten das Auto, bückten sich und spähten herein. Dann erschien ein uniformierter Polizist und bedeutete Simon zurückzufahren. »Verdammt, was glaubt er denn, was ich vorhabe?« schimpfte Simon, legte den Rückwärtsgang ein und lenkte das Vehikel langsam in die geballte Formation, die ihm folgte. Nur widerstrebend traten die Schaulustigen beiseite.

Der Constable gestikulierte und zeigte auf eine Toreinfahrt, wo man wenden konnte. Immer noch murrend beherzigte Simon diesen Rat. Plötzlich stand der Beamte neben dem Auto. »Mr. und Mrs. Thomas, nicht wahr?«

Verwundert runzelte Simon die Stirn und überlegte, wieso der Mann das wußte. Aber Anna erinnerte sich. »Oh, Sie waren damals bei uns im Cottage.«

»Ja, Ma'am.«

Als Anna die Unterhaltung fortsetzen wollte, kam Simon ihr zuvor. »Was ist hier eigentlich los? Da geht's ja zu wie bei einem Wanderzirkus? Warum bringen Sie diesen Tumult nicht unter Kontrolle?« Er haßte jede Art von Chaos, vor allem, wenn es seinen Tagesablauf störte.

»Glauben Sie mir, Sir, wir tun unser Bestes«, entgegnete der junge Mann gekränkt. »Doch Sie müssen bedenken – das ist eine öffentliche Straße, und wir können kein Ausgehverbot verhängen.«

»Natürlich nicht«, stimmte Anna beschwichtigend zu und bedachte Simon mit einem eisigen Blick. »Wir wollen auf die Klippen fahren, zu den Malthams. Da oben steht ein Wohnwagen ...«

»Ja, Ma'am, ich weiß, aber dort werden Sie die beiden nicht antreffen.«

»Oh?«

»Die Malthams halten sich derzeit in Norwich auf, im Polizeipräsidium.« Zögernd fügte der Constable hinzu: »Wissen Sie, daß das kleine Mädchen inzwischen gefunden wurde?«

»Das haben wir im Fernsehen gesehen. Und deshalb kommen wir schon heute, einen Tag früher als geplant, wir möchten nur ...« Anna verstummte, beobachtete die Menschenmenge und fuhr leicht verlegen fort: »Wahrscheinlich sind alle anderen auch aus diesem Grund hier.«

»Gewiß, das ist anzunehmen.«

»Außerdem haben wir uns Sorgen gemacht. Wir ...«

Ungeduldig fiel Simon ihr ins Wort, nicht gewillt, sich der staatlichen Autorität zu beugen. »Wann sind die Malthams wieder hier?« fragte er in rüdem Ton.

»Simon!«

Der Constable hob die Brauen, sein ganzer Körper versteifte sich in amtlicher Empörung. »Das weiß ich nicht, Sir. Zweifellos, wenn sie Detective Inspector Crofts Fragen beantwortet haben.«

Dann kehrte er zu seinem Posten zurück und bemühte sich erneut, die Menschenmenge einigermaßen im Zaum zu halten.

Irritiert klopfte Simon auf das Lenkrad, und Anna warf ihm vor: »So unhöflich hättest du nun wirklich nicht sein müssen.«

»Ich war nicht unhöflich.«

»Nein?« Da Simon offensichtlich nicht in der Stimmung für eine Diskussion war, schon gar nicht, wenn es um seine Person ging, ließ Anna das Thema fallen. »Und was jetzt?«

»Wir essen irgendwo und denken nach.« Erbost legte er den ersten Gang ein und trat so heftig aufs Gaspedal, daß der Motor kreischend protestierte.

» ... Verhör um vierzehn Uhr sechzehn fortgesetzt. Anwesend: Mrs. Cassandra Maltham, Detective Inspector Michael Croft und Woman Police Constable Saunders.« Prüfend musterte Mike die zusammengesunkene Gestalt der jungen Frau, die am Tisch saß. »Möchten Sie noch eine Tasse Tee, Mrs. Maltham?«

Ohne aufzublicken, schüttelte sie den Kopf. »Ich will meinen Mann sehen.«

»Bald werde ich ihn holen. Er wartet draußen.« Als er zum Tisch schlenderte, schaute er die Polizistin an, die neben der Tür Platz genommen hatte. Ihre Mißbilligung war nicht zu übersehen. Seit einiger Zeit zeigte Cassie Maltham immer weniger Kooperationsbereitschaft, sichtlich ermüdet von den Fragen, die ihr sinnlos erschienen. Er setzte sich wieder. »Hören Sie mir zu, Cassie. Nun werden wir die Ereignisse ein letztes Mal durchgehen, Punkt für Punkt.«

»Aber ich habe doch schon alles gesagt, was ich weiß.« Ihre Stimme klang dumpf und gleichgültig. Nun machte sie sich nicht einmal mehr die Mühe, ihn ärgerlich anzufauchen.

»Tun Sie mir den Gefallen. Erzählen Sie's mir ein letztes Mal.«

Die Tür öffnete sich, und ein Constable gab der Polizistin einen Zettel, den sie Mike übergab. Also war Dr. Lucas eingetroffen. Verdammt, sie mußte noch eine Weile warten.

»Nur noch einmal, Cassie«, bat er leise und einschmeichelnd.

»Ich habe schon alles gesagt«, flüsterte sie, schaute ihn an, und er erschrak über ihre Blässe. Plötzlich stieg Zorn in ihm auf. Was tat er dieser Frau an? Welches Beweismaterial wies darauf hin, daß sie ein Verbrechen verübt hatte?

Andererseits konnte sie eine raffinierte Schauspielerin sein, eine skrupellose Lügnerin. Aber wenn er sie jetzt anschaute, erschien ihm dieser Gedanke so bizarr wie eine schwarze Komödie, und er seufzte tief auf. »Dr. Lucas ist hier. Wollen Sie ihr erzählen, was geschehen ist?« Nun sprach er noch sanfter, wie zu einem verletzten Kind, und begegnete dem vernichtenden Blick der Polizistin. Offenbar fand sie es widerlich, daß er Mrs. Maltham so gönnerhaft behandelte.

Aber Cassie nickte. Tränen glänzten in ihren Augen. »Okay, ich rede mit ihr.«

Croft stand auf, öffnete ungeduldig die Tür und befahl einem Beamten, Mr. Maltham und Dr. Lucas ins Vernehmungszimmer zu führen. Mittlerweile hing ihm der ganze Fall zum Hals heraus. Er wollte nur noch seinen Bericht schreiben – eine komische Lektüre –, irgendwo was Anständiges essen und die Nacht durchschlafen. Schon jetzt, am frühen Nachmittag, gewann er den Eindruck, seit dem Morgen Überstunden zu machen. Und Cassie mußte sich genauso fühlen.

Frustriert trat er beiseite, um Mr. Maltham und die Ärztin einzulassen. Ein wütender Fergus eilte, von Beschützerinstinkten getrieben, zu seiner Frau und nahm sie in die Arme.

Als Mike sich irritiert abwandte, warf er der Psychiaterin einen flüchtigen Blick zu und schaute noch einmal hin. Dann reichte er ihr die Hand. »Ich bin Detective Inspector Croft. Mike Croft.«

Ein etwas spöttisches Lächeln umspielte ihre Lippen, während sie seine Hand schüttelte. Offenbar war sie es gewöhnt, daß man sie ein zweites Mal betrachtete. Hochgewachsen, elegant, mit schwarzem Haar. Sicher genoß sie die Bewunderung vieler Männer. Mike wußte nicht genau, wie er sich Dr. Maria Lucas vorgestellt hatte. So jedenfalls nicht. Sie ließ seine Hand los und ging zu den Malthams hinüber. »Cassie? Hi.«

Nun brachte Cassie sogar ein Lächeln zustande, und Mike hatte das Gefühl, er wäre gleichsam entthront worden. Maria Lucas zog einen Stuhl heran, setzte sich zu ihrer Patientin und umfaßte deren Hände. »Was haben Sie bloß gemacht, meine Liebe? Sie werden mir doch alles erzählen?« Ihre Stimme klang leise, aber glasklar. Gebildet. Kein allzu förmliches Englisch, eher sanft und melodisch. Wie eine Märchenerzählerin, dachte Mike. Einer solchen Stimme hörte man gern zu. Jetzt zeigte die Ärztin auf den Recorder und fragte ihn: »Können wir das Ding abschalten?«

Wortlos schüttelte er den Kopf, und Cassie erklärte: »Ich versprach ihm, die ganze Geschichte noch einmal durchzukauen, wenn Sie hier sind.« Spröde Worte mit klagendem Unterton. »Aber ich habe schon alles gesagt, immer wieder, und ich weiß nicht, was er sonst noch wissen will ...« Weinend verstummte sie, und Fergus strich beruhigend über ihr Haar.

Dr. Lucas musterte Mike kühl und abweisend. »Wohl kaum die übliche Prozedur, was, Inspector?«

»Das ist ja auch kein gewöhnlicher Fall«, konterte er ärgerlich und spürte, wie eine Barriere zwischen ihnen entstand. Diese Frau konnte er wirklich nicht als Feindin gebrauchen. Sicher wäre sie eine formidable Gegnerin. Er holte tief Atem und fügte etwas freundlicher hinzu: »Glauben Sie mir, Dr. Lucas, ich versuche nur, die Wahrheit herauszufinden. Und Sie möchten wissen, was Cassie erlebt hat. Müssen wir deshalb streiten?«

»Meine einzige Sorge gilt der Patientin, Mr. Croft«, erwiderte sie frostig und wandte sich wieder zu Cassie. »Fangen wir mit diesem Morgen an, meine Liebe.«

Mißvergnügt schaute sich Simon in der kleinen, überfüllten Bar um. Auf Umwegen hatten sie das Nachbardorf erreicht und beschlossen, dieser Kneipe eine Chance zu geben, ganz einfach, weil das Türschild einen preiswerten Imbiß versprach. Dieses Etablissement gehörte nicht zu den Touristenlokalen an der Küste. Hier saßen nur Einheimische, die den beiden Fremden schiefe Blicke zuwarfen.

In solchen Situationen war Simon ein hoffnungsloser Fall. Herausfordernd starrte er die Leute an und beantwortete die neugierigen Mienen mit hochgezogenen Brauen. Anna verfrachtete ihn in eine Ecke, wo er möglichst wenig Schaden anrichten konnte, und ging zur Theke. Dabei überlegte sie zum x-tenmal, wie ein Mann, der sein tägliches Brot verdiente, indem er seine Kunden umschmeichelte und ihnen Firmengelder entlockte, im Privatleben so ein grober Klotz sein konnte.

Liebenswürdig lächelte sie den Wirt an. Als er sich erkundigte, woher sie gekommen sei, gab sie bereitwillig Auskunft und bat ihn um Rat, ehe sie ihre Bestellung aufgab. Wenig später ließ sie sich in ein angeregtes Thekengespräch verwickeln. Simon beobachtete sie – halb stolz, halb mißbilligend – und schüttelte den Kopf. Als persönliche Assistentin eines leitenden Angestellten mußte sie sehr oft erregte Gemüter beruhigen und Brücken bauen. Das tat sie fast schon automatisch.

Die Drinks in der Hand, kehrte sie zum Tisch zurück. »In zehn Minuten wird das Essen serviert.« Ihrem Mann schenkte sie ein persönliches Lächeln, nicht ihr offizielles. Sie stellte die Gläser ab und griff nach seiner Hand. Ein paar Minuten lang saßen sie schweigend da, lauschten dem auf- und abschwellenden Stimmengewirr. In der Luft hing Zigarettenrauch, mischte sich mit ebenso kurzlebigen Wörtern und Sätzen. »Die reden über Cassie«, bemerkte Anna.

»Wer?« fragte er in scharfem Ton.

»Die Männer an der Bar. Reg dich nicht auf. Ich sagte,wir seien auf der Durchfahrt nach Norwich.«

»Ich rege mich nicht auf!« protestierte er mißmutig. »Was sagen sie denn?«

»Nun, sie fragen sich, ob sie in den Fall verwickelt ist. Und ob es stimmt, was in der Zeitung steht.« Genauer mußte sie das nicht erklären.

»Klar, ihre Mutter posaunt die Geschichte in alle Welt hinaus«, murmelte Simon. »Als hätte Cassie noch nicht genug durchgemacht!«

»Ich kenne ihre Mutter nicht. Wenn man Fergus glauben darf, ist sie eine Hexe.«

»Längst reif für den Scheiterhaufen.« Erstaunt schaute Anna ihn an, und er begann seine Ansicht zu verteidigen. »Glaub mir, diese Frau ist nicht normal. Arme Cassie! Ständig dreht ihr die Mutter das Wort im Mund herum, und was immer das Kind tat – es wurde falsch interpretiert. Kein Wunder, daß der Vater davongerannt ist. Leider nahm er Cassie nicht mit. Aber trotzdem hätte ich der Mutter nicht zugetraut, sich so aufzuführen. Ich meine, das eigene Kind an die Presse zu verkaufen! Das ist doch unmenschlich.«

Nachdenklich nippte Anna an ihrem Drink. »Also glaubst du nicht, Cassie könnte was mit dieser Sache zu tun haben?« Als er sie entrüstet anstarrte, fügte sie hastig hinzu: »Natürlich wäre sie niemals fähig, jemanden absichtlich zu verletzen, ein Kind schon gar nicht. Aber vielleicht fand sie die Rückkehr an den Ort, wo ihre Kusine verschwunden ist, unerträglich und wollte irgend etwas tun, um alles zu vergessen.«

»Das meinst du doch nicht ernst, Anna.« Vergeblich wartete er auf ihre Zustimmung. »Willst du etwa behaupten, sie hätte die ganze Sache geplant und dann seelenruhig mit uns am Strand gesessen, während der mysteriöse Komplice die kleine Sara schnappte? Dann spielte sie vor aller Welt die Unschuld, ließ Janice Cassidy an ihrer Schulter schluchzen und vereinbarte mit dem geheimnisvollen Komplicen, wann und wo und wie das Kind vor der versammelten Presse auftauchen sollte? Oder glaubst du, Cassie hätte die arme Frau veranlaßt, das Mädchen zu kidnappen, und sie dann erschlagen? Damit sie vorgeben konnte, sie hätte Sara gefunden?« Rasch senkte Anna den Kopf, aber zuvor hatte er Tränen in ihren Augen gesehen. »Tut mir leid, Liebling«, entschuldigte er sich reumütig. »Klar, so hast du's nicht gemeint. Das weiß ich.«

Sie gab keine Antwort, Tränen tropften auf den Tisch, in ihr Glas.

»He, Anna!« Er rückte seinen Stuhl näher zu ihr, tastete in seiner Tasche nach einem Taschentuch, obwohl er wußte, daß er dort keins finden würde. »Hör mal«, versuchte er zu scherzen, »du wirst deinen Drink versalzen. Heb dir das lieber fürs Essen auf. Vielleicht können wir's da gebrauchen.«

»O Simon, ich wollte nicht schlecht über Cassie reden. Ich liebe sie doch!«

»Klar. Verzeih mir. Wir sind beide ein bißchen nervös, nicht wahr?«

Nun wurde das Essen serviert. Während die Wirtin um den Tisch herumschwirrte, bemühte sich Simon, zu lächeln und Anna gegen neugierige Blicke abzuschirmen. Wie sie sich fühlte, wußte er nicht genau. Diese letzten paar Tage, wo sie versucht hatten, ihr normales Leben zu führen, obwohl ihre Gedanken ganz woanders gewesen waren; das Wissen, daß sie beide in den Fall verwickelt und doch ausgeschlossen waren ... Außerdem ging es Anna in dieser Woche nicht besonders gut. Wahrscheinlich ein kleiner Virus – oder eine Reaktion auf den Streß. Forschend musterte er ihr Gesicht, und plötzlich kam ihm ein Gedanke. »Was trinkst du da?«

Verblüfft und schuldbewußt hob sie den Kopf. »Orangensaft. Warum?«

»Nur Orangensaft ... War ich wieder mal ein bißchen schwer von Begriff?«

Sie nickte langsam. »Genau weiß ich's noch nicht, aber ...«

»Dann sollten wir uns Gewißheit verschaffen. Los, iß ein bißchen schneller, dann gehen wir.«

»Wohin?«

»In eine Apotheke. Dort kaufen wir einen Schwangerschaftstest. Dann fahren wir nach Norwich, stürmen das Polizeipräsidium und stellen fest, was sie Cassie antun.« Da mußte sie lachen. Auf einmal war das Leben wieder wundervoll, und ihr angeborener Optimismus gewann die Oberhand. »Wahrscheinlich werden sie ihr nichts antun, aber wir fahren hin. Und vorher gehen wir in die Apotheke.« Sie begann zu essen, plötzlich erleichtert, dann gestand sie schüchtern: »Ich hatte solche Angst.«

»Wovor? Hast du dich nicht getraut, mir's zu sagen? Nein, ich will gar nicht wissen, ob das Kind vom Briefträger ist ...«

Belustigt schüttelte sie den Kopf. »Du Narr! Unsinn, es fiel mir nicht schwer, dir's zu sagen. Nun ja, ein bißchen schon, weil ich so dumm bin ...«

»Allerdings.« Prüfend schaute er sie an und merkte, daß ihr die nächsten Worte nur mühsam über die Lippen kamen.

»Weil das alles gerade jetzt passiert, habe ich irgendwie das Gefühl, das Baby wäre darin verwickelt – und es könnte ihm irgend etwas Schlimmes zustoßen.« Ihr Blick flehte ihn an, ihr zu versichern, das bilde sie sich nur ein, und es sei ganz normal, wenn schwangere Frauen seltsame Ideen hätten.

»Versuch's doch positiv zu sehen.«

»Was meinst du?«

Er zuckte die Achseln, suchte nach Worten. »Vielleicht glaubst du nach diesen schrecklichen Ereignissen, jetzt würden nur noch furchtbare Dinge geschehen. Aber dieses Baby hat nichts mit alldem zu tun. Unser Baby.« Lächelnd wiederholte er: »Unser Baby ... Vermutlich wurde es hier an der Küste gezeugt. Also ist aus dem Unheil auch etwas Gutes entstanden.« Er griff nach ihrer Hand. »He, du weinst ja schon wieder!«

»Entschuldige ...«

»Oh. Du mußt mich nicht um Verzeihung bitten. Iß jetzt. Wir haben viel zu tun. Vor allem müssen wir herausfinden, ob du mir die Wahrheit erzählt hast.«

»Du Narr!« schimpfte sie wieder, aber sie lächelte und fühlte sich viel besser als zuvor.

»Mr. und Mrs. Thomas sind hier, Sir. Sie wollen sich erkundigen, wie's Mrs. Maltham geht.«

Unsicher stand der Constable in der Tür von Flints Büro, und Croft warf ihm einen kurzen Blick zu.

»Dann können sie uns ja die Mühe ersparen, die Malthams zum Wohnwagen zu bringen«, meinte Flint. »Sagen Sie ihnen, Detective Inspector Croft wird bald runterkommen.« Er richtete seine Aufmerksamkeit wieder auf Mike. »Hat die Durchsuchung irgendwas ergeben?«

»Nein, aber das hatten wir auch nicht erwartet. Fergus Maltham erhob keine Einwände, und er wollte auch nicht dabeisein.«

»Wohl kaum«, erwiderte Flint ironisch. »Solange seine Frau hier ist ...«

»Genau.«

»Und der augenblickliche Stand unserer Ermittlungen?«

»Nun, das Kind wurde gefunden ...«

»Nur der Allmächtige weiß, wie und warum. Ganz zu schweigen von dem Mordfall, mit dem wir uns jetzt befassen müssen.«

»Was hat Dr. Lucas zu sagen? Ist sie bereit, ihre Patientin zu hypnotisieren?«

»Ja, und Cassie Maltham hat zugestimmt. Die Ärztin hat ihr erklärt, vielleicht würde sie irgend etwas in ihrem Unterbewußtsein verbergen – ein Erlebnis, das Erinnerungen an das Kindheitstrauma geweckt hat. Und sie verdrängt es, ohne es zu wissen. Möglicherweise wirkt es sich auf alles aus, was irgendwie mit jenem Ereignis zusammenhängt, und es ruft immer wieder eine Amnesie hervor.« Mike zuckte die Schultern. »Für mich ist das alles ein Buch mit sieben Siegeln, aber vielleicht hilft's uns weiter.«

»Hm ...« Flint seufzte skeptisch. »Jedenfalls müssen wir tun, was in unserer Macht steht. Übrigens, was halten Sie von diesen Anrufen?« Damit meinte er die Informationen über die Landstreicherin, die von zwei Frauen gesehen worden war.

»Das klang durchaus glaubwürdig. Die beiden sprachen sogar mit ihr. Und da sie diese Person auf dem Phantombild von Mrs. Malthams Traumfrau wiedererkennen, ist das ein gewisser Anhaltspunkt. Doch wir sollten es der Presse erst nach der Hypnose verraten. Vielleicht ergeben sich mit Dr. Lucas' Hilfe weitere Hinweise.«

»Okay.« Flint warf seinen allgegenwärtigen Kugelschreiber auf die überflüssige Löschblattunterlage, rieb sich das Gesicht und bohrte seine Fäuste in die müden Augen – eine fast kindliche Geste. »Die Berichte aus dem Krankenhaus und von den Experten sind immer noch nicht vollzählig eingetroffen. Das Kind ist gefunden, die Leiche kann nicht verschwinden. Also schlage ich vor, Sie machen heute früher Schluß.«

»Ja, Sir.« Mike stand auf. Früher? Eigentlich glaubte er nicht, daß er Kurzarbeit leistete. Oder vielleicht doch, wenn er an die vergangenen Vierzehn- und Fünfzehn-Stunden-Tage dachte. Trotzdem wollte er sich später noch mit Bill und Tynan treffen.

Er ging in sein Büro, um die Notizen über die letzten Anrufe zu studieren, die mit dem Fall zusammenhingen. Inzwischen hatten sich zwei weitere Personen gemeldet, die Cassies Traumfrau mit der »alten Vagabundin« in Verbindung brachten. »Eine Zigeunerin«, nannte sie einer der Informanten. Beide hatten sie in der Nähe des Dorfes gesehen, im Umkreis von zehn Meilen. Außerdem behaupteten zwei »Medien«, sie hätten Botschaften von der Frau erhalten, die auf dem Phantombild in der Zeitung dargestellt sei. Botschaften aus dem Grab.

»Die ahnen gar nicht, wie recht sie haben«, flüsterte Mike vor sich hin. Andere, etwas harmlosere Mitteilungen stammten von Leuten, die glaubten, sie hätten etwas Wichtiges gesehen. Und einige berichteten von Legenden, Schmugglertunnels, die von den Klippen landeinwärts führten, zum Tan's Hill und zur Dorfkirche.

Erschöpft warf Mike die Zettel auf seinen Schreibtisch zurück und ging ins Großraumbüro hinunter. Zu seiner Verblüffung sah er Maria Lucas auf einer Schreibtischkante sitzen, Kaffee trinken und mit dem diensthabenden Beamten schwatzen.

»Dr. Lucas, ich dachte, Sie wären längst gegangen. Sind die Malthams mit ihren Freunden weggefahren?«

»Ja.« Ihre Stimme klang immer noch etwas irritiert. Dann lächelte sie. »Bevor Sie das Präsidium verlassen, wollte ich kurz mit Ihnen reden. Haben Sie ein paar Minuten Zeit?«

»Gerade wollte ich essen gegen.«

»Dann unterhalten wir uns beim Dinner.«

Mike hob erstaunt die Brauen. Angesichts ihres zielstrebigen, selbstbewußten Verhaltens kam er sich wie ein alberner Schuljunge vor – ein Gefühl, in dem ihn das Grinsen des Sergeant noch bestärkte. Er hielt ihr die Tür auf und beobachtete wohlgefällig, wie sie graziös vom Schreibtisch glitt, ihren Mantel und die Handtasche ergriff.

»Oh, ein echter Gentleman! Vielen Dank.«

Ihr Sarkasmus ließ ihn zusammenzucken, dann runzelte er die Stirn, als der Polizist in lautes Gelächter ausbrach, und schloß geräuschvoll die Tür. »Sind Sie immer so unverblümt?«

In gespielter Verwunderung schaute sie ihn an. »Detective Inspector Croft, ich habe Sie nur gebeten, mit mir zu essen und dabei den Fall zu besprechen – und keineswegs, ein Doppelzimmer im Dorfgasthaus zu nehmen. Gehen wir zu meinem Auto.«

An der Tür, die zum Hof führte, hielt er inne. »Etwas müssen wir noch klären, bevor wir irgendwo hingehen.«

Sie schüttelte den Kopf. »Keine Bange! Cassie hat mir versichert, Sie seien sehr verständnisvoll, sofern es die

Umstände zulassen. Glauben Sie mir, sie ist ebenso bestrebt, das Rätsel zu lösen, wie Sie. Und falls sie sich irgendwie schuldig gemacht hat – je früher wir Bescheid wissen, desto eher können wir ihr helfen.«

»Und wenn ich Ihnen Fragen nach ihr stelle?«

»Dann werde ich antworten, so gut ich kann. Das habe ich mit Cassie vereinbart, Inspector Croft.«

»Mike.«

»Okay – Mike. Es läßt sich schwer erklären, wie sich das alles auf einen Menschen wie Cassie auswirkt. Sie dachte, ihr Zustand würde sich bessern und sie könnte wieder ein sogenanntes normales Leben führen. Dann passiert so was, und der Boden wird ihr unter den Füßen weggezogen. Für sie gibt es zwei Möglichkeiten, darauf zu reagieren. Entweder verkriecht sie sich in ihr Schneckenhaus wie zuvor. Oder sie stellt sich allen Dingen, die auf sie zukommen, und versucht, sie zu bewältigen. Dazu hat sie sich diesmal entschlossen. Und das finde ich sehr mutig. Vor einem Jahr hätte sie die Belastung nicht verkraftet und wäre wieder in irgendeiner Psychose versunken. Inzwischen liegt ein langer Weg hinter ihr, und ich möchte ihr helfen, auch die nächsten Schritte zu meistern. Verstehen Sie das?«

Er nickte. »Im Grunde verfolgen wir beide dasselbe Interesse – wir wollen herausfinden, worunter Cassie so schrecklich leidet.«

»Genau. Gehen wir essen.«

Mike fuhr auf der kurvenreichen Straße zu Tynans Cottage und fühlte sich so entspannt wie seit Monaten nicht mehr. Seltsamerweise hatten sie beim Dinner über alles mögliche geredet, nur nicht über das »Cassie-Dilemma«, wie Maria es nannte. In fast allen Dingen waren sie verschiedener Meinung gewesen, hatten lebhaft diskutiert und viel zu laut gelacht. Nun gewann er den Eindruck, eine lebenslange Trauer würde allmählich verfliegen. Natürlich hatte er nicht sein ganzes Leben lang getrauert. Aber manchmal war es ihm so vorgekommen.

Nach dem Dinner begleitete er Maria zum Gasthaus, und sie erklärte, dieser vergnügliche Abend müsse wiederholt werden.

»Meinen Sie das ernst?« fragte er. »Oder sind Sie nur höflich?«

Da war sie in schallendes Gelächter ausgebrochen. »Ich bin niemals nur höflich.«

Tynan öffnete ihm die Tür des vertrauten Cottage, schickte ihn ins Wohnzimmer und folgte ihm wenig später mit dem Teetablett. Die Augen halb geschlossen, rekelte sich Bill bereits in einem der alten, chintzbezogenen Lehnstühle. »Guten Abend, Mike.«

Vorsichtig sank Croft in den Sessel, den er mittlerweile als seinen Stammplatz betrachtete. Dieser Schaukelstuhl pflegte sich für die geringste falsche Bewegung zu rächen.

»War es ein nettes Dinner?« Bill hob die Lider und warf einen Seitenblick auf Mike, der belustigt stöhnte.

»Wie schnell sich solche Neuigkeiten herumsprechen ... Offensichtlich haben Sie im Büro angerufen.« Mike ergriff die gefüllte Teetasse, die Tynan ihm reichte, und fragte: »Wie geht's Sara?«

»Viel besser als ihrer Mum und ihrem Dad«, erwiderte Tynan. »Über Nacht muß sie noch im Krankenhaus bleiben, aber sie fühlt sich gut genug, um Schokolade zu verlangen. Natürlich ist sie noch ein bißchen geschwächt, doch sie hat alles großartig verkraftet.«

Trotzdem runzelte der alte Mann besorgt die Stirn, und Mike meinte: »Der Schock wird sich wahrscheinlich erst später auswirken, wenn die ganze Aufregung abgeklungen ist.«

Bill nickte. »Genau das haben die Ärzte gesagt. Übrigens würden die Cassidys gerne für ein paar Tage verreisen, und ich erklärte ihnen, dagegen gäbe es nichts einzuwenden. Oder sind Sie anderer Ansicht, Mike?«

»Nein. Wenn Sara uns alles erzählt hat, muß sie nicht hierbleiben. Haben Sie die Cassidys gefragt, wo sie zu erreichen sind?«

»Klar. Sie fahren zu Janices Mum, und ich habe mir die Adresse und die Telefonnummer notiert.«

Langsam trank Mike seinen Tee. »Hat sich Sara noch an irgendwas erinnert?«

Bill schüttelte den Kopf. »In meinem Bericht steht so ungefähr alles, was sie weiß. Sie hat keine Ahnung, was in den letzten fünf Tagen passiert ist. Leider besinnt sie sich nur auf wenige Einzelheiten. Irgend jemand rief ihren Namen, sie rannte zum Ende des Greenway und stieg den Hang hinauf. Was danach geschah, ist und bleibt ein Rätsel. Sie hörte eine Frauenstimme, kann aber nicht sagen, wann und wie oft, und sie verstand kein einziges Wort. Offenbar befand sie sich in einer Art Halbschlaf.«

»Die ganze Zeit?« fragte Mike. »Nein, das ergibt keinen Sinn. In diesen fünf Tagen muß sie was gegessen und getrunken und zwischendurch gepinkelt haben. Erinnert sie sich an nichts dergleichen?«

»An nichts Konkretes«, entgegnete Tynan. »Bei der ärztlichen Untersuchung wurden Spurenelemente von irgendeinem Narkotikum gefunden. Auf so was ist die Klinik nicht spezialisiert, und deshalb haben die Ärzte einige Proben ans Drogendezernat geschickt. Mal sehen, was dabei herauskommt. Das könnte ein bis zwei Tage dauern.«

»Und wann kriegen wir den pathologischen Befund über die Leiche?«

»Morgen, wenn wir Glück haben. Immerhin wird unserem Fall Priorität eingeräumt.« Bill seufzte nachdenklich. »Noch nie habe ich soviel Blut auf einmal gesehen. Offenbar hat's der Mörder darauf angelegt, der armen Frau alle Knochen zu brechen.«

Aber ihr Gesicht war fast unverletzt. Das war Mike sofort aufgefallen. Nur ein blauer Fleck an der Schläfe. Sonst nichts – im Gegensatz zum übel zugerichteten Körper. Vielleicht hatte der Täter sicherstellen wollen, daß sein Opfer identifiziert werden konnte.

»Weiß man schon, wann sie gestorben ist?« fragte Tynan.

Mike zuckte die Achseln. »Dazu werden sich die Pathologen erst äußern, wenn die Autopsie abgeschlossen ist. Aber allzulange kann sie noch nicht tot gewesen sein, als wir sie fanden. Sie war noch warm.« Ärgerlich runzelte er die Stirn. »Verdammt, wir waren keine hundert Meter entfernt, während es geschah.«

»Trotzdem konnten Sie nichts hören? Hat sie denn nicht geschrien?«

»Da es auf der anderen Seite des Gipfels passiert ist, muß ihre Stimme gedämpft worden sein. Oder der Mörder schlug sie bewußtlos, bevor er sie umbrachte.

Ich sah einen blauen Fleck an ihrer Schläfe.« Nach einer kurzen Pause wechselte Mike das Thema. »Also hat Sara inzwischen was gegessen?«

»O ja«, bestätigte Bill, »und sie entwickelte sogar einen wahren Heißhunger. Die Ärzte meinen, allzuviel dürfte sie in diesen letzten Tagen nicht bekommen haben, höchstens ein bißchen Milch.« Grinsend fügte er hinzu: »Nachdem sie Unmengen in sich hineingeschlungen hatte, kotzte sie einen Doktor an. Falls sie unter Drogen stand, müßte ihr der Appetit vergangen sein, und es war sicher auch schwierig, sie zu füttern. Aber wahrscheinlich wurde die Dosis hin und wieder gesenkt, damit sie schlucken konnte.«

»Irgendwelche Drogen verdarben ihr den Appetit?«

»Offensichtlich, aber sie konnte die Blase nicht entleeren.«

»Dann hat sie in die Hose gepinkelt.«

»Wenn das stimmt, wurde sie kurz vor ihrer Begegnung mit Cassie Maltham umgezogen.«

»Oh.«

»Saras Kleidung war trocken und sauber. Die Sachen wurden im Labor untersucht, aber da ließ sich nichts feststellen.«

»Nicht einmal irgendwelche Gerüche, die auf Drogen hingewiesen hätten«, ergänzte Tynan nachdenklich. »Also war ihr schon seit einiger Zeit nichts verabreicht worden. Sonst wäre sie ziemlich apathisch gewesen, als Cassie sie fand.«

Mike nickte. Daran hatte er auch schon gedacht. »Gibt's schon irgendwelche Hinweise auf ihr Versteck?«

»Nein«, erwiderte Bill. »An ihrem Hemd klebten welke Blätter, an den Shorts fand man feuchte Schlammflecken, aber das alles könnte auch vom Tan's Hill stammen. Warten wir erst mal die Berichte ab.«

»Wissen Sie schon, daß diese Landstreicherin gesehen wurde?«

Bill nickte. »Vorhin rief ich im Präsidium an. Nachdem Sie gegangen waren, meldeten sich noch zwei Personen. Das klang vielversprechend. Da fällt mir ein – wie sind Sie denn mit der Seelenklempnerin zurechtgekommen?«

»Nun, sie war sehr hilfsbereit«, antwortete Mike kurz angebunden und runzelte die Stirn, als er den vielsagenden Blick sah, den Tynan und Bill wechselten. Seufzend stellte er seine Tasse auf den Tisch, stand auf und streckte sich. Es wäre sinnlos gewesen, die Diskussion fortzusetzen.

»Wollen Sie hier übernachten?« fragte Tynan.

»Nein, danke. Morgen möchte ich zeitig aufstehen.«

Bill warf ihm einen fragenden Blick zu, der ignoriert wurde.

»Jetzt sollten wir uns alle ein paar Stunden Schlaf gönnen«, meinte Mike. »Übrigens, ich weiß nicht einmal, ob ich den Fall morgen noch bearbeiten werde.«

Langsam nickte Bill. Mike hatte die bisherigen Ermittlungen mehr oder weniger per Zufall geleitet. Weil er zur rechten Zeit am rechten Ort gewesen war. Aber nun mußte ein Mord aufgeklärt werden. Und deshalb würden sich die Spezialisten bald einmischen.

Als er aufstand, spürte er plötzlich sein Alter. Er folgte Mike zur Haustür, wo sie sich von Tynan verabschiedeten. Am nächsten Tag würde sich einiges ändern.

15

Mike unterdrückte ein Gähnen. In der letzten Nacht hatte er kaum geschlafen. Zu viele Gedanken und Spekulationen waren ihm durch den Kopf gegangen.

Als es ihm endlich gelang, seinen Körper einzuschläfern, spielte ihm sein Gehirn einen Streich. Er träumte vom Tan's Hill und vom Greenway, stieg den Hang hinauf, der ihm mit jedem Schritt steiler und schlüpfriger erschien. Wie es in Träumen üblich ist, wurde die Realität maßlos übertrieben. Mühsam kämpfte er sich zum Gipfel empor. Dort begegnete er dem Nachtmahr eines Wahnsinnigen. Seltsame Gestalten vollführten einen obszönen Tanz, ihre nackten Körper schimmerten im Mondlicht, Blut tropfte aus tiefen Schnittwunden, die sie sich mit langen Messern beibrachten.

In seinem Traum versuchte er wegzulaufen. Aber die Gestalten entdeckten ihn, zerfetzten seine Kleidung und rissen ihn zu Boden. Er öffnete den Mund, wollte schreien, doch sie überwältigten ihn so mühelos wie ein wehrloses Kind. Immer bedrohlicher attackierten ihn die Messerklingen, zitternd spürte er das kalte Metall auf seiner Haut – und ein absurdes Bedauern, weil seine Ermordung dem armen Bill eine Menge Papierkram aufhalsen würde.

Langsam senkte sich eine lange, schimmernde Klinge zu seinem Gesicht herab, und er blickte auf. In namenlosem Entsetzen erkannte er John Tynan, dessen Hand das Messer umklammerte. Die Stahlspitze näherte sich, streichelte Mikes Wange, zerschnitt blitzschnell sein Fleisch und entfernte sich bluttriefend. Von eisiger Todesangst erfaßt, sah er das Metall im sanften Mondschein glänzen. Eine Inschrift war eingraviert, und er kniff die Augen zusammen, versuchte sie zu entziffern. Plötzlich gewann er die Überzeugung, die verrückten Tänzer würden ihn freilassen, wenn er diese Worte lesen könnte. Dann würde seine Magie die ihre übertrumpfen. Verzweifelt bemühte er sich, die sonderbaren Symbole zu enträtseln.

»Oh, mein Gott! So was Dummes ...« Mike begann zu grinsen, und seine Angst verflog, sobald er die »magische« Inschrift entschlüsselt hatte. »Immer scharf. Zehn Jahre Garantie.« Und daneben prangte stolz das Markenzeichen. Schweißgebadet, in zerwühlte Laken gewickelt, erwachte er und lachte sich selbst aus. Aber dann knipste er die Nachttischlampe an – unfähig, das kalte Grauen vollends zu verscheuchen, das ihm in seinem Traum nach dem Leben getrachtet hatte.

Danach konnte er nicht mehr einschlafen. Er wechselte das schweißgetränkte Bettzeug und trank mehrere Tassen starken Kaffee.

Schon am frühen Morgen war er zur Arbeit gegangen und hatte auf den pathologischen Bericht gewartet.

Eine interessante Lektüre. Als er sie beendete, kam Bill in die Einsatzzentrale. »Was steht denn drin?«

»Einiges, was ich gar nicht wissen wollte«, entgegnete Croft ironisch.

»Oh.« Bill setzte sich. »Erzählen Sie mir alles in gekürzter Fassung, oder muß ich's selber lesen?«

Mike lächelte und meinte, er schaffe es vermutlich, ein Resümee zu ziehen. »In der Kleidung, die das Kind trug, fand man die Etiketten eines großen Warenhauses. Und sie könnte ungefähr zwanzig Jahre alt sein.«

»Suzanne Ashmores Sachen?«

»Das ist wohl etwas weit hergeholt, Bill. Wir wissen nur, daß dieses Hemd und die Shorts damals gekauft wurden. Suzies Mutter hat beides begutachtet und erklärt, so ähnlich sei ihre Tochter angezogen gewesen.« Zögernd fügte Mike hinzu: »Die Schuhe – das ist ein anderer Fall. Offenbar mußte Suzie in der Schule Hausschuhe tragen, nichts Besonderes, einfach Turn- oder Segeltuchschuhe. Mrs. Ashmore schrieb den Namen des Mädchens drauf. Aber das wissen Sie ja. Sie haben's mit eigenen Augen gesehen.«

Langsam nickte Bill. »Suzies Name steht auf den Schuhen.«

»Mit der Zeit ist die Schrift verblaßt, aber Mrs. Ashmore glaubt sie wiederzuerkennen. Und Suzie selber schrieb ihre Klassenzahl mit Rotstift auf die Schuhe. Das ist Ihnen wahrscheinlich entgangen. Sara zog die Schuhe nicht aus, sonst hätten Sie's sicher entdeckt.«

»Jemand anderer könnte das auch gewußt haben.«

»Bill, die Rolle des Teufelsadvokaten steht Ihnen nicht. Nein, alles weist darauf hin, daß diese Schuhe die ganze Zeit verwahrt wurden, vermutlich von Suzies Entführer.«

»Aber warum hebt er ein so belastendes Beweismaterial auf und begeht zwanzig Jahre später ein weiteres Verbrechen?« Bill runzelte die Stirn. »Irgendwie muß ich wieder an Cassie Maltham denken.«

»Wollen Sie sie jetzt aus dem Kreis der Verdächtigen ausschließen?«

»Nein. Ich wäre allerdings glücklicher, wenn sie ein hieb- und stichfestes Alibi hätte. Aber dieser Gedächtnisschwund – viel zu zweckdienlich, wenn Sie mich fragen.«

Eine Zeitlang schwiegen sie, versuchten einen Sinn in den bisherigen Informationen zu finden, dann schlug Mike vor: »Okay, gehen wir mal vom Extremfall aus. Cassie ist verrückt und hat ihre Kusine vor zwanzig Jahren verschwinden lassen.«

»Aus welchem Grund?«

»Wie soll ich das wissen? Vielleicht war sie neidisch. Suzie hatte alles, was Cassie sich wünschte – Geborgenheit, die Liebe beider Eltern, Freiheit. Möglicherweise dachte sie, das alles könnte sie selber kriegen, wenn ihre Kusine nicht mehr da wäre.«

»Ziemlich an den Haaren herbeigezogen ...«

»Ich sagte doch, wir setzen den Extremfall voraus. Eins steht fest – sie wird von Schuldgefühlen verfolgt, die sie zwingen, die tatsächlichen Ereignisse zu vergessen. Zunächst erfindet sie eine Erklärung, dann erscheint ihr die Geschichte so real, daß sie Wahrheit und Lüge nicht mehr unterscheiden kann.« Lächelnd fragte Mike: »Nun, was halten Sie davon?«

Aber Bill verweigerte einen Kommentar und drückte auf den Knopf der Sprechanlage, um Kaffee zu bestellen.

»Die Rückkehr in dieses Dorf beschwor Cassies ursprüngliche Erinnerungen wieder herauf«, fuhr Mike fort, »und es fiel ihr noch schwerer, sich hinter ihren Lügen zu verschanzen ...«

»Also kidnappt sie ein anderes Kind, verabreicht ihm Drogen und versteckt es – Gott weiß, wo. Dann zieht sie dem kleinen Mädchen Suzies Sachen an und bringt es wieder zum Vorschein, vor einem Dutzend erstaunter Zeugen? Gerade rechtzeitig, damit die Sensation um acht Uhr fünfzehn live gesendet werden kann? Kommen Sie schon, Mike! Vielleicht hat Cassie Maltham nicht alle Tassen im Schrank, aber so was kann ich nicht ernst nehmen, nicht einmal als wilde Theorie. Bedenken Sie doch, wie kompliziert es wäre, das alles zu planen und zu organisieren. Zum Beispiel müßte sie schon vor ihrem Urlaub mit Fergus und den Thomas' hiergewesen sein, um ein geeignetes Versteck zu finden, und sich außerdem Drogen beschafft haben ... Weiß man übrigens schon, womit Sara in diesen Halbschlaf versetzt wurde?«

»Nicht mit Sicherheit. Aber die Experten glauben, daß es sich um eine Droge auf Pflanzenbasis handelt, verwandt mit Digitoxin. Außerdem wurden Spuren von Alkaloiden gefunden, und Sara leidet an einer leichten Nierenentzündung. Nichts Ernstes – eine normale Nebenwirkung von Alkaloiden.«

»Ich dachte, die wären giftig.«

»Das sind sie auch, in einer gewissen Dosierung. Die Jungs im Labor glauben, die Person, von der Sara die Drogen bekam, habe genau gewußt, was sie tat.«

»Von solchen Dingen verstehe ich nicht viel, aber irgendwo habe ich gelesen – oder im Fernsehen gesehen –, viele gewöhnliche Pflanzen würden eine narkotische Wirkung ausüben.«

Mike nickte. »Zum Beispiel enthält Salat ein bißchen Digitalis, ebenso wie der Fingerhut, Tollkirschen, Winden und der Gewöhnliche Stechapfel.«

»Von dem habe ich noch nie gehört.«

»Bei uns ist dieses Gewächs nicht heimisch. Ein Ableger aus botanischen Gärten. Ein häßliches, stachliges Ding. Mein Ex-Schwiegervater hat's mal in seinem Garten gefunden. Ich glaube, es ist nicht ganz legal, so was zu züchten.«

»Und mehr können uns die Leute vom Labor nicht erzählen?«

Mike schüttelte den Kopf. »Noch nicht. Die Autopsie wird uns auch nicht weiterhelfen.«

»Klar, die Frau wurde erschlagen. Viel mehr wird dabei nicht rauskommen.«

»Wohl kaum.« Mike lehnte sich in seinem Sessel zurück, als der Kaffee serviert wurde. Vor kurzem hatte er ein neues Büromöbel bekommen, einen verflixten Drehstuhl auf drei Rädern, der allen Versuchen, sich es ein bißchen bequem zu machen, beharrlich widerstand. Aus irgendwelchen Gründen empfindet man eine alberne Genugtuung, dachte er, wenn man ausprobiert, wie lange man auf zwei Stuhlbeinen balancieren und wie weit man sich zurücklehnen kann, bevor es gefährlich wird. Die Bürotür fiel ins Schloß, und er griff nach seiner Tasse. »Der Schlag, der die Frau tötete, war nicht der erste und sicher nicht der letzte. Offenbar wurde sie hart genug an der Schläfe getroffen, um die Besinnung zu verlieren. Aber sie starb erst, als der Angreifer ihren

Hinterkopf zertrümmerte und die Wirbelsäule schwer beschädigte.«

»Aus welcher Richtung?« Bill nippte an seinem Kaffee.

»Von hinten, von unten, nach oben. Das klingt kompliziert. Wahrscheinlich kauerte er am Boden, als sein Opfer aufzustehen versuchte.«

»*Er*? Man nimmt also an, daß es ein Mann war?«

»Nun, die Wucht der Schläge weist auf beträchtliche Körperkräfte hin. Aber es könnte auch eine Frau gewesen sein. Das will ich nicht ausschließen. Aber die Pathologen meinen, alle Frakturen in den Gliedmaßen würden jeweils von einem einzigen Schlag herrühren. Wenn sie betäubt war, konnte sie sich nicht wehren ...«

»Aber wenn der tödliche Schlag erfolgte, während sie aufzustehen versuchte, muß der Mörder ihre Beine post mortem gebrochen haben.«

»Das glauben die Jungs im Labor auch.«

»Hm ... Also ein starker Mann oder eine zornige Frau. Wen können wir demzufolge aussortieren? Alle Kinder unter sechzehn und etwa zehn Prozent der übrigen Bevölkerung?«

»So ähnlich, aber die Altersgrenze würde ich nicht berücksichtigen.« Nachdenklich runzelte Mike die Stirn. »Was mir komisch vorkommt, Bill – allem Anschein nach hat sie sich kaum gewehrt. Unter den Fingernägeln wurde überhaupt nichts gefunden.«

»Mit gebrochenen Armen kann man niemanden kratzen.« Mike blinzelte erschrocken, weil er nicht daran gedacht hatte. Und es bedrückte ihn noch mehr, daß sie so gleichmütig über eine so grausige Szene sprachen. »Von irgendwo muß sie gekommen sein«, meinte er leise. Aber wenn die Tote und die gesuchte Landstreicherin ein und dieselbe Person waren, wurde sie vermutlich von niemandem vermißt. Nur eine lästige alte Frau, die Wäscheklammern verkaufen wollte, wäre verschwunden. Irgendwie bekümmerte ihn dieser Gedanke.

»Und der zahnärztliche Befund?« Von Bills ruhiger Stimme genötigt, kam Mike wieder zur Sache.

»Allem Anschein nach war sie nie beim Zahnarzt. Blutgruppe A, das gilt etwa für ein Drittel der Bevölkerung. Ihr Alter wurde auf Ende Fünfzig oder Anfang Sechzig geschätzt. Ach ja, und sie hatte niemals Kinder.«

»Wie sieht's mit dem Tatmotiv aus? Ein Sexualverbrechen?«

»Wahrscheinlich nicht. Zumindest wurde sie nicht vergewaltigt. Andererseits frage ich mich, was sich der Täter gedacht hat. Vielleicht ein Racheakt. Aber das paßt nicht zu den anderen Faktoren, zum Beispiel, daß sie zur gleichen Zeit wie Sara Jane gefunden wurde.«

»Rache? Sie meinen, weil wir nach ihr suchten und weil das allgemein bekannt war?«

Mike nickte. »Möglicherweise hielt der Mörder sie für schuldig, und weil wir sie nicht fanden, beschloß er, auf eigene Faust zu handeln.«

»Das bezweifle ich. Selbstjustiz – mitten im ländlichen Norfolk? Sie sehen zuviel fern.«

»Mag sein. Wie gesagt, diese Theorie stimmt nicht mit den anderen Faktoren überein.«

»Und Saras Versteck wurde noch immer nicht aufgespürt?«

Seufzend schüttelte Mike den Kopf. »Mit den welken Blättern am Hemd und den Schlammflecken läßt sich nicht viel anfangen. Das alles könnte auch vom Tan's Hill stammen. Als sie gefunden wurde, saß sie auf dem Boden, und an jenem Morgen war es ziemlich feucht.«

»Übrigens, wann soll dieses Hypnose-Theater stattfinden?«

»Um elf.«

»Glauben Sie, daß sich dabei irgendwas herausstellen wird?«

Mike zuckte die Achseln. »Wer weiß? Wir müssen es eben versuchen.«

Cassie stocherte im Essen herum, das Fergus ihr serviert hatte. Nach einer fast schlaflosen Nacht fühlte sie sich erschöpft und angespannt und ihr graute vor dem Termin mit Dr. Lucas. Sie ergriff das Messer, schabte irritiert an einem imaginären Schmutzfleck auf dem Tischtuch und versuchte zu essen, nur um ihrem Mann einen Gefallen zu tun.

Am vergangenen Abend war ihr die Rückkehr in den Wohnwagen wie die Fortsetzung ihres Alptraums erschienen. Fremde hatten alles durchsucht und Cassies Sachen angefaßt – eine unfaire Verletzung ihrer Privatsphäre.

Schlimmer noch – sie hatte mit Fergus gestritten, die nervliche Belastung einfach nicht mehr ertragen und ihm vorgeworfen, er habe »alles verdorben«, weil er so darauf versessen gewesen sei, hierher zurückzukehren. Zunächst versuchten Anna und Simon, sie zu besänftigen, dann saßen sie verlegen da, wie unbeteiligte Beobachter einer Tragödie.

Schließlich beruhigte sie sich und begann zu weinen, vergoß selbstsüchtige Tränen, die ihr halfen, den Zorn zu bezwingen. Daß sie sich so unmöglich benommen hatte, war ihr furchtbar peinlich gewesen. Und jetzt fühlte sie sich immer noch unbehaglich.

Fergus sagte nicht viel. Eigentlich redeten nur Simon und Anna, meistens miteinander, und dabei strahlten sie eine so entschlossene Fröhlichkeit aus, daß Cassie sie am liebsten wieder angefaucht hätte. Nach einer Weile gab sie es auf, Appetit zu heucheln, legte die Gabel beiseite und starrte die kalten Rühreier wie ein rebellisches Kind an.

Fergus machte sich nicht einmal die Mühe, sie zum Essen aufzufordern, obwohl sie es wünschte und wie ein gekränktes kleines Mädchen Aufmerksamkeit erregen wollte. Klirrend stieß sie mit der Gabel gegen den Teller. Niemand nahm Notiz davon, also tat sie es noch einmal. Dann seufzte sie und fragte sich, was für ein albernes Spiel sie da trieb. »Tut mir leid«, entschuldigte sie sich leise, als würde sie hoffen, daß man es nicht hörte. Aber die Konversation verstummte, alle drei wandten sich zu ihr.

»Was denn?« entgegnete Anna freundlich. »Wirklich, Cassie, es ist dein gutes Recht, dich zu ärgern.«

»Ich hab' mich nicht geärgert.« Noch war Cassie nicht bereit, ihr Selbstmitleid zu bekämpfen.

»Das spielt keine Rolle«, versicherte Simon. »Am besten vergessen wir's«, fügte er großzügig hinzu und erzürnte Cassie mehr denn je.

In diesem Augenblick brauchte sie keine netten, rücksichtsvollen Antworten. Was sie wollte, wußte sie nicht genau – das jedenfalls nicht.

Ihre Gedanken verdüsterten sich, peinigten ihre Seele und wurden von Simon unterbrochen.

»Hört mal zu, wir müssen euch beiden was sagen. Am liebsten hätten wir's schon gestern abend verraten, aber irgendwie war der Zeitpunkt ungünstig.«

Interessiert blickte Cassie auf und entnahm seiner freudigen Erregung, daß er jetzt nicht an sie dachte.

»Also, wir sind schwanger.«

Diese Neuigkeit verkündete er so stolz und glücklich, daß sogar Cassie aus ihrer selbstzerstörerischen Stimmung gerissen wurde. Fergus schien sich genauso zu freuen wie Simon. Grinsend gratulierte er den beiden, dann redeten alle drei gleichzeitig. Ein Durcheinander voller Entzückung und Hoffnung.

Cassie beobachtete sie und fühlte sich plötzlich ausgeschlossen aus dieser normalen Welt, in der Menschen Babys bekamen und Zukunftspläne schmiedeten. Nun wurde ihr Selbstmitleid von einem intensiveren Gefühl verdrängt – von der grausigen Angst, der Alptraum, in dem sie lebte, würde niemals ein Ende finden, die Seelenqualen könnten sie bis zum letzten Atemzug verfolgen. Nur selten hatte sie mit Fergus die Frage erörtert, ob sie eine Familie gründen sollten. In stillschweigendem Einvernehmen hatten sie beschlossen, alle Hindernisse zu beseitigen, ehe sie diesen entscheidenden Schritt taten.

Erwartungsvoll schauten die anderen sie an, wollten sie in ihren fröhlichen Kreis einbeziehen.

»Was sagst du denn dazu, Cassie?« fragte Fergus.

»Wundervoll«, erwiderte sie und zwang sich zu einem Lächeln. »Einfach wundervoll.« Dann brach sie in Tränen aus und rannte davon.

Mike staunte, weil die ganze Prozedur scheinbar so

simpel und gewöhnlich gewesen war. Eine Zeitlang hatte Dr. Lucas allein mit Cassie gesprochen und ihr den Vorgang erklärt. Dann durften der Detective Inspector und Fergus ins Zimmer zurückkehren und beobachten, wie die Patientin zu immer tieferen Bewußtseinsebenen geführt wurde, bis sie den Eindruck erweckte, sie würde schlafen.

Zu Maria Lucas' Belustigung hatte Mike eine Liste von Fragen vorbereitet, die sie Cassie stellen sollte. »So funktioniert das nicht«, erklärte sie ihm. »Sie ist kein Medium, das Botschaften von Ihrer Großtante Maud empfängt. Während der Hypnose versuche ich, Erinnerungen in Cassies Unterbewußtsein wachzurufen, aber ich beschwöre kein mystisches Orakel herauf.«

»Versuchen Sie's trotzdem.« Er lächelte sie an und bemühte sich, die zwanglose Vertrautheit des letzten Abends wiederherzustellen. Doch davon wollte Maria Lucas nichts wissen. Jetzt ging es um ein rein professionelles Thema.

Cassie befolgte die Anweisungen der Ärztin und schilderte die Ereignisse auf dem Greenway an jenem Morgen, wo sie Sara Jane gefunden hatte. Ruhig und leise, beinahe im Konversationston, erzählte sie, wie sie Fergus, der mit dem Constable gesprochen habe, entwischt sei. Beide waren zu beschäftigt gewesen – der eine hatte Forderungen gestellt, der andere auf Vorschriften hingewiesen –, um Cassies Verschwinden zu bemerken.

»Warum war es Ihnen so wichtig, auf den Tan's Hill zu steigen?« fragte Maria Lucas.

»Ich hörte, wie sie nach mir rief.«

»Wer, Cassie?«

»Suzie. Sie stand auf dem Hügel und rief meinen Namen.«

Nun wechselte Dr. Lucas einen raschen Blick mit Mike. Er hatte ihr von jenem anderen Morgen berichtet, von der Begegnung mit Cassie, die auf dem Tan's Hill umhergewandert war, in der festen Überzeugung, Suzie hätte nach ihr gerufen.

Aufmerksam beobachtete Fergus seine Frau. Er wirkte angespannt, um Jahre gealtert.

»Als ich den Hang hinaufkletterte, war sie nicht da. Ich rief ihren Namen, aber sie antwortete nicht. Und dann hörte ich jemanden weinen ...«

»Suzie?« fiel Dr. Lucas ihr ins Wort.

»Nein. Ein Kind weinte. Nicht besonders laut. Ich dachte, vielleicht ist es verletzt, und so rannte ich hin.«

»Wohin?«

»Ich schaute in dieses Versteck.«

»Was?« Die Ärztin hatte Mike gebeten, während der Hypnose zu schweigen, doch er konnte sich nicht zurückhalten. Vorwurfsvoll starrte sie ihn an. »Tut mir leid«, flüsterte er. »Fragen Sie danach!«

Sie runzelte ungeduldig die Stirn. »Welches Versteck, Cassie?«

»In der Hecke, am Fuß des Hangs. Anfangs dachte ich, das Gestrüpp sei undurchdringlich. Aber die Zweige ließen sich leicht auseinanderschieben. Ich griff dazwischen, und da packte sie meine Finger. Mit der anderen Hand schob ich das Gebüsch noch weiter auseinander. Ich erklärte ihr, alles sei in Ordnung, und zog sie heraus. Dann stiegen wir den Hang hinauf, und das war sehr mühsam. Ich glaubte, jemand habe wieder nach mir gerufen. Doch das spielte keine Rolle mehr. Ich hatte Sara gefunden. Deshalb rief Suzie immer wieder nach mir. Damit ich Sara fand.«

»Also sind Sie wieder auf den Tan's Hill geklettert? Können Sie antworten, Cassie?« Die Ärztin wartete eine Weile, umfaßte die Hand ihrer Patientin und schaute Mike an. »Vorerst werden wir nicht mehr erfahren. Ich hypnotisierte sie schon öfter, und wir kamen immer nur bis zu einem gewissen Punkt. Danach scheint sie sich zu verschließen.«

»Oh. Wir machen sehr gute Fortschritte!« protestierte Mike ärgerlich. »Fragen Sie Cassie, wo genau dieses Versteck liegt.«

Maria Lucas schüttelt entschieden den Kopf. »Jetzt nicht«, entgegnete sie sanft, als wollte sie ihn beschwichtigen. »Fragen Sie danach, wenn sie aus der Hypnose erwacht. Vielleicht wird sie sich bewußt an einzelne Fragmente erinnern, wie an einen Traum.«

Seufzend gab er sich geschlagen. »Okay. Aber ich will sofort mit ihr reden.« Als er merkte, daß Fergus Einwände erheben wollte, versprach er: »Sie dürfen hierbleiben, Mr. Maltham. Das ist kein offizielles Verhör.«

Darüber war Fergus keineswegs glücklich, aber Mike ignorierte ihn und beobachtete, wie Dr. Lucas ihre Patientin behutsam aus der Hypnose in die Wirklichkeit zurückholte. Cassies Atemzüge vertieften sich, und sie bewegte sich langsam, mit entspannter Miene, wie eine Schläferin, die allmählich erwachte.

»Wie fühlen Sie sich?« fragte Maria Lucas.

Cassie schien sekundenlang nachzudenken, dann nickte sie. »Besser. Irgendwie ist mir leichter ums Herz.«

»Sehr gut. Wissen Sie noch, was Sie mir erzählt haben?«

Nun runzelte Cassie die Stirn, und Mike widerstand der Versuchung, ihr Gedächtnis in die Richtung zu steuern, die ihn interessierte. »Ja, aber ich erinnere mich nur undeutlich. Da war ein Gestrüpp voller Dornen ...« Plötzlich lachte sie. »Oder will mir mein Unterbewußtsein erzählen, ich sei in letzter Zeit so kratzbürstig, daß sich keiner an mich heranwagt?«

Bei diesen Worten schaute sie Fergus an und bat ihn stumm, er möge ihr verzeihen, daß sie sich an diesem Morgen so schrecklich benommen hatte. Zärtlich erwiderte er ihren Blick, die Lachfältchen um seine Augen vermehrten sich, und seine Mundwinkel zuckten.

Da Mike seine Ungeduld nicht länger bezähmen konnte, sprach er in schärferem Ton als beabsichtigt. »Dieses Gestrüpp, Cassie. Was wissen Sie sonst noch?«

Der harte Klang seiner Stimme verwirrte sie, dann wurden ihre Augen etwas klarer. Offenbar kehrte ihr Erinnerungsvermögen zurück. »Unser Versteck!« wisperte sie, runzelte die Stirn, schüttelte den Kopf. »Aber das war vor vielen Jahren.«

»Vielleicht ist es immer noch da«, bemerkte Maria Lucas.

Mike sprang auf. Es gab nur eine einzige Möglichkeit, das herauszufinden. »Würden Sie's jetzt finden?« Sein Ärger und sein Sarkasmus ließen sich kaum verbergen. Wieder einmal bekämpfte er die seltsamen zwiespältigen Gefühle, die ihn in Cassie Malthams Gesellschaft stets erfaßten. Einerseits wollte er glauben, die Hypnose habe etwas enthüllt, das sie in ihrem Unterbewußtsein vergraben hatte. Und andererseits – es war zu einfach gewesen. Nur eine kurze Sitzung, und schon kam alles ans Licht? Nein, irgendwas stimmte da nicht. Und wenn das Versteck am Fluß des Tan's Hill lag, warum zum Teufel hatten die Suchtrupps es nicht längst entdeckt? Wieso stand nichts davon in Tynans schriftlichen Unterlagen?

Zu seiner Verblüffung las er in Dr. Lucas' Miene ein Echo seiner eigenen Zweifel. Fast unmerklich bewegte sie den Kopf zur Seite, um ihm zu bedeuten, sie würde gern draußen mit ihm reden.

Warum war das Versteck nie aufgespürt worden?

Er führte Maria Lucas ins Großraumbüro, rief Tynan an, und sie vereinbarten, sich in einer Stunde beim Tan's Hill zu treffen. Dort sollte ihm der ehemalige Detective Inspector zeigen, wo man damals nach Suzie Ashmore gesucht hatte.

Was mochte ihnen beiden entgangen sein?

Erbost wandte er sich zu Maria Lucas. »Sie hat mich belogen«, begann er ohne Umschweife und erwartete einen Protest. Statt dessen nickte sie – kühl und sachlich.

»Irgendwie ging das alles zu glatt«, fügte er hinzu. »Ich habe einiges über Hypnose gelesen. Meistens sind verdrängte Erinnerungen so tief verschüttet, daß es mehrerer Sitzungen bedarf, um die vergessenen Dinge auszugraben.«

Herausfordernd starrte er die Psychiaterin an, und sie nickte wieder. »Das will ich nicht bestreiten. Ich glaube, bis jetzt konnte sich Cassie nicht an alles erinnern. Aber einiges muß ihr schon früher eingefallen sein – kurz nach ihrer Rückkehr in dieses Dorf.«

»Zum Beispiel die Traumfrau?«

»Zum Beispiel die Traumfrau ...« Unsicher unterbrach sie sich und schien nach Worten zu suchen. »Jahrelang hat man ihr erzählt, sie solle Suzie vergessen und ein normales Leben führen. Andererseits wurde sie beschuldigt, und man gestattete ihr nicht, die schlimmen Ereignisse aus ihren Gedanken zu verbannen. Deshalb fühlte sie sich hin und her gerissen. Sicher können Sie sich vorstellen, wie sich das ausgewirkt hat.«

Doch er wußte nicht, ob er sich das überhaupt vorstellen wollte, und er war wütend, weil Cassie Maltham die Polizei an der Nase herumgeführt hatte. »Glauben Sie, daß sie damals auch gelogen hat?«

Maria Lucas schüttelte den Kopf. »Auch jetzt lügt sie nicht – nicht wirklich. Manchmal fällt es ihr schwer, die Tatsachen richtig einzuschätzen. Was einem Außenseiter wie eine Lüge erscheint, könnte ihre Interpretation der Wahrheit sein.«

Ärgerlich winkte er ab. »Lügen sind Lügen. Wenn sie sich an dieses Versteck und andere Dinge erinnert, hätte sie's mir sagen müssen. Überlegen Sie doch, was Sara und ihre Familie durchmachen mußten. Und falls Cassie irgend etwas wußte, das dieses Leid auch nur um eine Stunde verkürzt hätte, ist sie in meinen Augen schuldig ...« Abrupt verstummte er, kehrte der Psychiaterin den Rücken, und seine heftigen Gefühle überraschten ihn selbst.

»Wie ich bereits sagte – ich bezweifle, daß sie sich erst jetzt an alles erinnert«, entgegnete sie und legte beruhigend eine Hand auf seinen Arm. »Irgendwie brauchte sie die Erlaubnis, alles zu erzählen, die Hypnose, in der sie keine Verantwortung für ihr Geständnis übernehmen mußte. Was immer sonst noch in ihrem Kopf vorgeht, es war lange Zeit verschüttet. Also müssen Sie sich in Geduld fassen, Mike. Sie dürfen nicht erwarten, Cassie werde Ihnen eine lückenlose Geschichte auf dem Präsentierteller servieren. So klappt das nicht in der realen Welt.«

»Was glauben Sie denn, wem sie erklären, wie es in der realen Welt aussieht?« fauchte er. »Versuchen Sie doch, Ihre Theorien Suzie Ashmores Eltern zu erläutern. Oder den Cassidys. Irgend jemandem, der ein Kind verloren hat. Sagen Sie diesen Leuten, sie müssen Geduld haben!«

»Nun, *ich* war jedenfalls geduldig«, erwiderte sie leise.

Da fuhr er herum und zuckte zusammen, als hätte sie ihn geschlagen. »Wieso ...?« Und dann erinnerte er sich. Am vergangenen Abend hatte er von Stevie erzählt. Stevie im Fußballteam, Stevie, der im Kino gewesen war, um sich die »Munsters« anzuschauen, Stevie, der über die albernen Scherze seines Vaters gelacht hatte. Sekundenlang fühlte er sich verraten und gekränkt, weil sie jene Enthüllungen nun gegen ihn verwendete. Dann seufzte er und sank auf den nächstbesten Stuhl. »Ja, Sie haben recht. Tut mir leid.« Er lächelte. »Allmählich verstehe ich, wie Tynan zumute war. Die Ermittlungen im Ashmore-Fall zogen sich monatelang hin, und schließlich war er ganz besessen davon.«

»Diesmal wurde das Kind gefunden.«

»Und ich habe einen Mordfall am Hals.«

Beinahe wäre sie in Gelächter ausgebrochen, das sah er ihr an. »Nun, niemand behauptet, diese Welt sei vollkommen.«

16

Tynan kauerte neben Cassie auf halber Höhe des Tan's Hill und spähte ins dichte Dornengestrüpp am Fuß des Hangs, während Mike ihren bruchstückhaften Erklärungen zu entnehmen suchte, wo genau das Versteck lag.

Seit sie das Polizeipräsidium verlassen hatten, war Cassie in sich gekehrt und schweigsam gewesen. Erst jetzt, beim Tan's Hill, wurde sie etwas gesprächiger.

Vor sich sahen sie zwei Felder, die in einem so spitzen Winkel aneinandergrenzten, daß keine landwirtschaftlichen Vehikel um die Ecken biegen konnten. Deshalb hatten an dieser Stelle hohe Sträucher, Gemeiner Kerbel und Nesseln gewuchert, bis sie von den polizeilichen Suchtrupps niedergemäht worden waren. Dahinter markierte eine Reihe von Büschen den Feldrand, in der Nähe eines Dickichts, das sich mit den gekreuzten Hecken beider Felder mischte.

»Und Sie glauben, daß es da drin ist?« fragte Mike.

Cassie nickte. »Damals war das Gestrüpp noch nicht so dicht. Wir konnten mühelos hindurchkriechen. Wo die zwei Hecken zusammentreffen, gab's ein viel kompakteres Gebüsch. Da schien nicht einmal die Sonne hinein, und in der Mitte klaffte ein Loch, wie eine grüne Höhle.« Skeptisch hob Mike die Brauen. Damals vielleicht – jetzt mit Sicherheit nicht. Wenn diese »Höhle« immer noch existierte, wäre sie unzugänglich. Nun verstand er, warum man diese Stelle nicht gründlicher abgesucht hatte. Von den Feldern aus betrachtet, mußte das Gestrüpp den Eindruck erwecken, es würde bis zum Hang reichen. Um es vom Tan's Hill aus zu sehen, mußte man sich beinahe flach auf den Boden legen oder hinunterrutschen, mitten hinein in die Dornen und Nesseln. Der Hügel war zwar nicht hoch, aber an dieser Stelle sehr steil.

»Falls man da reinkommt, könnte man durch das Gatter am anderen Ende des Felds gehen«, meinte Tynan, »direkt an der Hecke entlang, vielleicht unbemerkt durch das Dickicht kriechen und auf den Tan's Hill steigen.«

Mike schüttelte den Kopf. »Dann müßte man einen Panzer tragen, um sich vor den Dornen zu schützen, und so klein wie ein Wiesel sein.« Frustriert seufzte er, nachdem er zuviel erhofft hatte und erneut in einer Sackgasse gelandet war. »Trotzdem sollten wir uns mal genauer umschauen.«

»Okay. Vorher hole ich mein Fernglas aus dem Auto, weil ich sehen möchte, wie man vom Wohnwagen am schnellsten zu dem Gestrüpp kommt.« Er stand auf und ging zur anderen Seite des Hügels.

»Klettern Sie da runter, Mike?« fragte Maria Lucas.

»Ja. Begleiten Sie mich?«

»In diesen hochhackigen Schuhen? Nein, danke.«

Er grinste und winkte die beiden Constables zu sich, die er mitgenommen hatte. Dann stieg er den steilen Hang hinab, wobei er eher rutschte als ging. Widerstrebend folgten sie ihm – ungeschickte, würdelose Gestalten in blauer Serge und grünen Gummistiefeln. In der Nacht hatte es stark geregnet. Trotzdem schien der Matsch jedes vernünftige Maß zu überschreiten.

Mühevoll glitt Mike seitwärts hinunter und zog fluchend seine Hand aus dem dunklen, klebrigen Schlamm, nachdem er sich notgedrungen abgestützt hatte. Schon jetzt ahnte er, daß ihm der Aufstieg noch schwerer fallen würde, in leichten Halbschuhen ohne Profilsohlen.

In welchen Schuhen war Cassie hier herumgelaufen? Das erste Mal hatte sie bloßfüßig nach der Frau in Blau gesucht. Und ihren schmutzigen, wunden Füßen zufolge war sie einen weiten Weg gegangen. Das letzte Mal, als sie mit Sara Jane und einer Leiche aus dem Nichts aufgetaucht war ... Genau konnte er sich nicht daran erinnern, aber er glaubte, sie habe Turnschuhe getragen. Auch ihre Klettertour dürfte nicht einfach gewesen sein, schon gar nicht mit einem Kind in zu großen Segeltuchschuhen. Und die Leiche?

Schmutzflecken auf den Kindershorts, ebenso auf Cassies Jeans. Natürlich, sie hatte auf dem Hügel gekniet, im taufeuchten Gras.

Nun erreichten Mike und die beiden Constables das Dornengestrüpp. Vorsichtig probierten sie aus, ob sich die dichten Zweige auseinanderbiegen ließen. Er dachte an Cassies Erklärung. Die hatte sich angehört, als wäre es ein Kinderspiel. Mit den Tatsachen konfrontiert, ohne schützende Handschuhe, überlegte er, daß er genausogut versuchen könnte, das Rote Meer zu teilen.

Wieder fluchte er, verärgert über seine Ungeduld und Dummheit. Warum war er so mangelhaft ausgerüstet hierhergekommen? Offenbar hegten die Constables ähnliche Gedanken. Einer schimpfte lauthals, als spitze Dornen in seine Finger stachen. »Wir sollten's lieber ein andermal versuchen, Sir, in geeigneter Kleidung.«

Aber Mike wollte sich nicht kampflos geschlagen geben. Frustriert und wütend stöhnte er. Ein erfahrener Polizist hätte es eigentlich besser wissen und sich entsprechend vorbereiten müssen. Er schaute zum Himmel hinauf. Über dem Meer ballten sich graue Wolken. Mittlerweile lebte er schon lange genug an der Küste, um solche Anzeichen richtig zu deuten.

Noch mehr Regen, und dieses ganze Gebiet würde sich in einen Sumpf verwandeln. Schon jetzt fand er den Schlamm unerträglich. Deshalb sollten sie das schwierige Unterfangen vorerst vergessen und zurückkehren, wenn der Erdboden halbwegs getrocknet war. Doch er fuhr hartnäckig fort, an den widerspenstigen Dornenzweigen zu zerren, und ignorierte die stechenden Schmerzen in seinen Händen. Um seine Handlungsweise zu rechtfertigen, redete er sich ein, sein Instinkt würde ihm verraten, daß irgendwo am Fuß dieses Hangs die Lösung des Rätsels zu finden war – selbst wenn ihm der gesunde Menschenverstand sagte, die Mühe sei reine Zeitverschwendung. Nur zu gut konnte er sich vorstellen, wie Flint reagieren würde, wenn er von dieser Aktion erfuhr.

Die ersten schweren Tropfen fielen herab. In wachsendem Zorn mußte er sich seine Niederlage eingestehen. Sogar die Elemente hatten sich verschworen, ihm klarzumachen, was für ein Narr er war.

Hinter sich hörte er Tynans Stimme und schaute über die Schulter. Der alte Mann schwenkte sein Fernglas durch die Luft, bedeutete ihm, sie würden zu den Autos zurückgehen, und Mike nickte. Dann starrte er wieder das scheinbar unüberwindliche Hindernis an. Vielleicht konnte man es im Winter eher durchdringen, wenn sich das Dickicht verdünnte. Jetzt würde man nur mit einem Buschmesser vorankommen. Doch er hätte schwören können, daß Cassie keins bei sich getragen hatte, als er ihr auf dem Hügel begegnet war – weder beim ersten noch beim zweiten Mal.

»Sir? Sollen wir Schluß machen?« Der junge Officer zu seiner Rechten betrachtete den düsteren Himmel und versuchte, sich darauf zu besinnen, daß Detective Inspector Croft sein Vorgesetzter war.

»Okay«, seufzte Mike. »Hier würden wir ohnehin nichts finden.«

Erleichtert lächelte der junge Mann. »Einen Versuch war's trotzdem wert«, meinte er versöhnlich.

Mike nickte, griff ein letztes Mal ins Gestrüpp und zerkratzte sich wieder die Hand. Gerade wollte er den anderen Constable zu sich rufen, als der junge Mann erstaunt aufschrie. »Sir! Sehen Sie sich das mal an!« Triumphierend umklammerte er mehrere weiße Blütenzweige mit einer blutbefleckten Hand. »Diese Zweige konnte ich ganz leicht beiseite schieben. Und hier, Sir ...« Aufgeregt zeigte er ins Gebüsch, wie ein enthusiastischer Jagdhund, der zum Sprung auf seine Beute ansetzt. Mike eilte zu ihm und spähte in die Lücke, die soeben entstanden war.

»Großer Gott, sie hat recht!« In diesem Augenblick hätte er ein Monatsgehalt für eine Taschenlampe geopfert. Der finstere Himmel und der Regen, der heftiger herabprasselte, löschten das bißchen Licht, das normalerweise ins Gebüsch gefallen wäre. Die Augen zusammengekniffen, duckte sich Mike und versuchte, durch die Öffnung zu kriechen. Dann streckte er eine Hand aus, um den Boden zu berühren. Trockene, nackte Erde. Hier konnte kaum etwas wachsen, da kein Sonnenschein hereindrang. Vorsichtig kämpfte er sich weiter, bis unter die Hecke. Zweige verfingen sich in seinem Haar, schwarze Schatten zwangen ihn zur Umkehr. Aber er hatte genug gesehen. Cassies Versteck.

War Sara Jane hier festgehalten worden, fünf Tage lang? Nein. Irgendwie fand er das unwahrscheinlich. Doch sie könnte hergebracht worden sein, kurz bevor Cassie sie gefunden hatte. Von wem? Von Cassie selbst?

Halb ärgerlich, halb erfreut schüttelte er den Kopf und befahl den beiden wartenden Constables: »Ruft im Präsidium an! Ein Sonderkommando muß herkommen.«

»Jetzt, Sir? Der Regen ...«

»Ja, ich weiß. Die Leute sollen sich Ölplanen besorgen. So was können ihnen die Farmer sicher leihen. Die ganze Umgebung muß abgedeckt werden, bevor alles völlig durchweicht ist.« Während Mike wieder über den Boden tastete, hörte er den Regen auf die Blätter trommeln. Manchmal spürte er einen Tropfen, den der Wind durch die Öffnung in das Versteck peitschte, aber die Erde blieb fast trocken. So schnell wie möglich mußte die Spurensuche beginnen, ehe sich das Gebiet in einen Sumpf verwandeln würde. Oder war es bereits zu spät?

Schon wollte er sich umdrehen und den Kampf mit den Dornenzweigen aufnehmen, als ihm etwas auffiel – ein fremdartiger Gegenstand inmitten der grünbraunen Masse. Behutsam hob er den Zweig mit der sonderbaren Dekoration in Augenhöhe, strich über ein blaues Band, an dem eine lange blonde Locke hing.

»Sir!« Ein triefnasser Kopf schob sich durch die Lükke. »Sir, die anderen haben was gefunden, drüben bei den Autos.«

»Was denn?«

»Das haben sie nicht gesagt. Aber Mr. Tynan rief uns zu, Sie müßten sich's anschauen.«

Widerstrebend kroch Mike aus seinem trockenen Schlupfwinkel in den Gewittersturm, der inzwischen seinen Höhepunkt erreicht hatte. Wie ihm ein kurzer Blick verriet, brauchten sie sich nicht mehr um Ölplanen zu kümmern. Wasser strömte den Hang herab und floß in eine Rinne zu seinen Füßen. Sorgsam half er dem Constable, die Zweige vor der Öffnung zu arrangieren. Dann kletterten sie den Hang hinauf. Unter ihren Füßen und Händen schien der Schlamm davonzurutschen.

Endlich erreichten sie den Gipfel. Aus ihren Haaren und der Kleidung rann kaltes Regenwasser. So schnell es der matschige Boden ermöglichte, stiegen sie zum Greenway hinab.

Offenbar ist dieser Ort fest entschlossen, sein Geheimnis zu hüten, dachte Mike in unvernünftiger Wut. Gerade in dem Moment, wo er sich der Aufklärung des Falls näherte, mußte ein Unwetter losbrechen.

Tynan wartete neben dem Streifenwagen, den die beiden jungen Polizisten benutzten. Aus seinen Brauen und vom Ende der Knollennase tropfte Regen herab, doch das schien er kaum wahrzunehmen. Statt dessen zeigte er auf den Rücksitz des immer noch verschlossenen Autos. »Da liegt was, und das war vorhin nicht da.«

Verwundert bedeutete Mike einem Constable, die Tür aufzusperren, öffnete sie und starrte fasziniert die ordentlich zusammengelegten Kleidungsstücke an. Plötzlich wurde sein Mund trocken, und er fragte mit halberstickter Stimme: »Welche Sachen trug Sara Jane an dem Tag, als sie verschwand?« Daran erinnerte er sich sehr gut, aber in diesem Augenblick brauchte er eine Bestätigung, irgend jemanden, der ihm versicherte, seine Augen würden ihm keinen Streich spielen.

»Einen roten Rock, eine weiße Bluse, Socken mit winzigen Rüschen am Rand«, erwiderte Tynan leise.

»Das dachte ich mir.« Mike trat beiseite, damit Tynan die Kleider genauer inspizieren konnte. Da lagen sie säuberlich aufeinander, als wären sie in einem Laden eingepackt worden. Ein roter Faltenrock, eine weiße Baumwollbluse. Und obenauf ein weißes Unterhöschen, mit kleinen blauen Blumen gemustert, daneben weiße Socken mit Spitzenrüschen.

17

Irgend jemand will uns zum Narren halten.«

Ausnahmsweise saß Flint nicht an seinem Schreibtisch, sondern wanderte im Büro umher, so aufgeregt, wie Mike ihn noch nie gesehen hatte.

»Nun drängt man mich, Ihnen den Fall zu entziehen und alles weitere der Mordkommission zu überlassen. Einzig und allein die Tatsache, daß Sie sich von Anfang an mit der Entführung befaßt haben ...«

»Und daß keine wichtige Persönlichkeit ermordet wurde«, warf Mike bitter ein, »nur eine alte Landstreicherin, die niemand vermißt ...«

»Das stimmt nicht, Mike. Und ich werde dieses Gerede nicht dulden.« Flint blieb stehen, um feierlich zu verkünden. »Detective Inspector Croft, Ihr Verhalten gefällt mir immer weniger. Wie ich noch einmal betonen muß, man übt starken Druck auf uns aus. Dieser Fall muß endlich geklärt werden.«

Ärgerlich winkte Mike ab. Die Entwicklung der Dinge mißfiel ihm genauso wie seinem Vorgesetzten, aber wenn der Mann glaubte, er wisse alles besser ...

Doch er unterbrach Flint nicht mehr, der seine Schimpfkanonade fortsetzte, und sank in seinem Sessel zusammen. Mit müden Augen starrte er die Resopalplatte des Schreibtischs an, die sich als Holz ausgab, studierte alle Einzelheiten der künstlichen Maserung.

Draußen regnete es immer noch, und wahrscheinlich würde es auch während der Nacht nicht aufhören. Ehe sie das Versteck im Dornengestrüpp untersuchen konnten, mußte erst einmal ein paar Stunden lang die Sonne scheinen.

Nur vage wurde ihm bewußt, daß sich Flints Tonfall verändert hatte. Die Strafpredigt war offenbar beendet, und Mike beschloß, dem Superintendent wieder etwas mehr Aufmerksamkeit zu schenken. Nach seinen Plänen befragt, antwortete er: »Das hängt vom Wetter ab. Wir haben die Kinderkleidung ins Labor geschickt. Nach der Untersuchung lassen wir die Sachen von den Cassidys identifizieren. Aber ich bezweifle nicht, daß sie Sara Jane gehören.«

»Hat Ihnen diese Seelenklempnerin geholfen?« erkundigte sich Flint unvermittelt, und es dauerte eine Weile, bis Mike erkannte, wen sein Vorgesetzter meinte.

»Ja, Dr. Lucas war sehr kooperativ«, entgegnete er, und Flint runzelte argwöhnisch die Stirn.

»Vergessen Sie nicht, Mike – das ist eine rein berufliche Bekanntschaft. Was meine Leute nach Dienstschluß tun, interessiert mich nicht. Aber diese Frau ist sehr wichtig für unsere Ermittlungen.«

Mike warf ihm einen kühlen Blick zu. Also war die Neuigkeit von seinem Dinner mit Maria Lucas bereits bis zu Flint gedrungen. Angeblich konnte im Präsidium nicht einmal ein Floh furzen, ohne daß es alle erfuhren. »Unsere Ermittlungen befassen sich mit Dr.

Lucas' Patientin«, entgegnete er ruhig. »Nicht mit Dr. Lucas.«

»Unsinn, Mike!« schnaubte Flint. »Die berühmten Beziehungen zwischen Arzt und Patient – das kennen Sie doch! Und wenn Sie glauben, diese Dr. Lucas würde ihre eigenen und Mrs. Malthams Interessen nicht schützen, sind Sie noch dümmer, als ich dachte.«

Am Samstag morgen schien die Sonne von einem klaren Himmel herab. Vielleicht glaubt der Wettergott, nun habe er mich lange genug gequält, dachte Mike, und er will mir eine kleine Freude machen.

Wenn alles gutging, müßte der Boden am Fuß des Tan's Hill bald trocknen, und das Sonderkommando konnte mit der Spurensuche beginnen.

Um neun fing das Team zu arbeiten an, und kurz nach elf fuhr Mike hinaus, weil er glaubte, mittlerweile könnten Resultate vorliegen. Eine Zeitlang stand er auf dem Gipfel und beobachtete die Experten. Der Leiter des Sonderkommandos nickte ihm zu. Aber Mike ging nicht hinunter. Er war realistisch und erfahren genug, um zu wissen, daß er den Leuten während dieser Anfangsphase nur im Weg stehen würde.

Statt dessen schaute er ihnen zu, verspürte wie immer ein seltsames Gefühl der Unwirklichkeit, als sie in den Tragödien anderer Menschen wühlten, fotografierten, einzelne Punkte markierten, sorgfältig die Zweige entfernten, nachdem die Position jedes einzelnen festgehalten worden war.

Einmal hatte Mike Archäologen bei der Arbeit beobachtet und einen ähnlichen Eindruck gewonnen. So wie die Spurensicherungsexperten gingen sie langsam, gründlich und gewissenhaft vor, scheinbar völlig isoliert vom Rest der Welt. Mike seufzte ungeduldig, breitete seinen Regenmantel am Boden aus – diesmal war er besser gerüstet – und setzte sich, um Kaffee aus seiner Thermosflasche zu trinken und zu warten, bis irgendwas passieren würde.

Das dauerte noch drei Stunden.

Drei Stunden lang verfolgte er, wie das Gestrüpp auseinandergenommen wurde, wie die Leute unentwegt knipsten und das fast freigelegte Gebiet mit Markierungen versahen. Allen leicht verfärbten Stellen wurden Bodenproben entnommen.

Natürlich fand man auch das blaue Band mit der rührenden blonden Haarsträhne. Beides wurde an Ort und Stelle fotografiert, dann wanderte es mitsamt dem Zweig in einen Plastikbeutel für die Untersuchung im Labor.

Inzwischen war ein ganzer Dornenbusch verschwunden, und Mike sah den Eingang zum Versteck. Er kletterte etwas weiter den Hang hinab und beobachtete fasziniert, wie eine Expertin hineinkroch. Eine grüne Höhle, hatte Cassie zutreffend bemerkt. Und nach zwanzig Jahren existierte sie immer noch.

Er bückte sich, versuchte hineinzuspähen, sah die undeutlichen Umrisse einer Gestalt auf Händen und Knien, aber keine Einzelheiten. Obwohl das Loch unter der Hecke mittlerweile fast freigelegt war, wurde es immer noch von Halbdunkel erfüllt, düstere Schatten lagen über dem nackten Erdreich. Kein Wunder, daß es die Jahre überdauert hatte. Ohne Sonnenschein konnte nichts wachsen, und da die Zweige des Dornengestrüpps nach außen strebten, dem Licht entgegen, hatten in seiner Mitte keine Schößlinge Wurzeln geschlagen.

»Reiner Zufall«, murmelte Mike. Dann fragte er sich, ob jemand anderer diese Höhle kannte und stets saubergehalten hatte. Vielleicht die Frau, deren Leiche auf dem Tan's Hill gefunden worden war? Oder andere Vagabunden, die einen solchen Schlupfwinkel zu schätzen wußten?

Nun sah er, wie die Frau Bodenproben entnahm und mit Hilfe eines Rasters die Stellen markierte. Auch das erinnerte ihn an das archäologische Team.

Sie übergab die Proben einem Kollegen und nahm etwas entgegen, das wie eine dünne Sonde aussah. Vorsichtig schob sie dieses Instrument in das Erdreich. Ein bestimmter Punkt schien ihre besondere Aufmerksamkeit zu erregen. Sie entnahm weitere Proben, dann ergriff sie ein anderes Gerät – einen gebogenen Löffel – und schabte Erdkrümel zur Seite.

Neugierig stieg Mike noch tiefer hinab. Da alle anderen zu arbeiten aufhörten und sich am Eingang der Höhle versammelten, mußte die Frau etwas gefunden haben. Mit der Präzision eines Chirurgen löste sie ihre Entdeckung aus den harten, verkrusteten Erdbrocken heraus – einen winzigen Knochen.

Das erschien Mike zunächst uninteressant, und er setzte sich wieder. Wahrscheinlich war irgendein kleines Tier da drinnen gestorben. Die Frau markierte die Fundstelle, kroch aus der Höhle und steckte den Knochen behutsam in einen markierten Beutel.

Dann wandte sich der Leiter des Sonderkommandos zu Mike und winkte ihn zu sich. »Der Finger eines Kindes. Vermutlich liegt da unten eine Leiche.«

18

Reißerische Schlagzeilen schrien am nächsten Morgen die Neuigkeit vom Kinderskelett in Mikes Gesicht. Nachdem er die Titelseiten überflogen hatte, warf er die Zeitungen beiseite und sank ermattet in seinem Sessel zusammen. Fast den ganzen Vortag hatte er die Spurensicherungsexperten bei der Arbeit beobachtet und Berichte studiert. Inzwischen lagen auch alle Informationen über die obduzierte Frauenleiche vor. Und danach hatte er bei seiner Rückkehr ins Präsidium erfahren, daß er nicht mehr mit dem Fall betraut war.

»Das Kind ist gefunden«, erklärte Flint. »Alles weitere sollen wir der Mordkommission überlassen.« Seine Stimme klang ärgerlich, aber er fügte sich in sein Schicksal.

Eine volle Stunde lang diskutierte Mike mit ihm, ohne Erfolg. Die Weisung war von oben gekommen, und Flint konnte bestenfalls Crofts Beteiligung an den Ermittlungen im Mordfall billigen.

»Man wird Ihre Dienste gern beanspruchen, Mike, dafür habe ich gesorgt«, beteuerte er, und der Detective Inspector warf ihm einen schiefen Blick zu. »Alle verfügbaren Leute werden eingesetzt. Eine offizielle Entscheidung.«

Erbost starrte Mike die Bürowand an. Bis jetzt hatte er nicht gemerkt, welch lebhaftes persönliches Interesse er an diesem Fall nahm – an *seinem* Fall.

»Noch etwas, Mike. Die esoterischen Elemente sollen heruntergespielt werden. Natürlich würde es einen schlechten Eindruck machen, wenn wir sozusagen auf Geisterjagd gingen.«

Darüber mußte Mike lachen. »Aber das tun wir doch, nicht wahr, Sir?«

Flint musterte ihn besorgt. »Vielleicht sind Sie etwas überarbeitet.« Nach einer kurzen Pause schlug er vor, beinahe sanft: »Spannen Sie ein bißchen aus. Ihr Urlaub ist ohnehin fällig.«

Mikes Augen verengten sich. »Könnte das auch eine offizielle Entscheidung sein?«

»Nein, Mike, ich gebe Ihnen nur einen guten Rat – niemand zwingt sie dazu, ihn zu befolgen ...« Ein unausgesprochenes »Aber« hing in der Luft. »Jedenfalls glaube ich, daß Sie sich zu sehr für den Fall engagieren.« Fast beiläufig fügte Flint hinzu: »So wie Tynan damals. Eine große Karriere lag vor ihm. Leider wurde sie durch den Ashmore-Fall ruiniert. Davon kam er nicht los und setzte die Ermittlungen auf eigene Faust fort, obwohl man den Fall ad acta gelegt hatte. Allmählich entwickelte er – nun, nennen wir's seltsame Ideen ...« Er hob vielsagend die Brauen, aber Mike schwieg und studierte die rissige Wand. »Es wäre bedauerlich, wenn Ihnen auch so was passierte. Also gönnen Sie sich ein paar Ferientage.«

Die fleckige, abbröckelnde Tünche schien Mike noch einige Sekunden lang zu faszinieren. Dann schüttelte er den Kopf. »Ich bin nicht John Tynan, Sir. Wenn ich auch gelernt habe, seine Beweggründe zu respektieren.« Zögernd gestand er: »Es ist schwierig, das Schicksal eines Kindes ad acta zu legen.«

»Gewiß, aber man darf seine Objektivität nicht verlieren.« In etwas versöhnlicherem Ton fuhr Flint fort: »Das Team setzt sich aus Beamten von mehreren Revieren zusammen. Am Montag wird die erste große Besprechung stattfinden.«

»Am Montag?« wiederholte Mike erstaunt, denn in Mordfällen bemühte man sich normalerweise, etwas schneller zu ermitteln.

Flint zuckte die Achseln. »Nach ersten Einschätzungen wurde das Kind vor ziemlich langer Zeit vergraben. Und was die Frauenleiche betrifft – solange sie nicht identifiziert wird, kann man kaum was machen. Wenn Sie schon keinen Urlaub nehmen wollen, ruhen Sie sich wenigstens am Sonntag aus.«

Nun lag also ein freier Tag vor ihm, mit dem er anfangen konnte, was er wollte. Und er langweilte sich schon jetzt fast zu Tode.

Das Telefon schrillte, unterbrach Mikes Gedanken, und seine Laune besserte sich, sobald er Bill Enfields Stimme erkannte. »Guten Morgen! Na, genießen Sie Ihre Atempause, Sie Glückspilz?«

»Sie Glückspilz, *Sir!*«

»Wenn der Detective Inspector dienstfrei hat, darf man sich diese Anrede ersparen.«

Mike lachte. »Und was kann ich für Sie tun?«

»Nehmen Sie Roses Einladung zum Lunch an.«

»Arbeiten Sie nicht?«

»Ich wohne nicht im Büro – noch nicht. Und das

Expertenteam, dem ich ebenso wie Sie zugeteilt wurde, braucht meinesgleichen erst morgen. Nicht, daß ich mich beschweren will. An meinen letzten drei freien Sonntagen bin ich auf dem Revier gelandet. Also werde ich aus diesem das Beste machen.«

»Würde ich Sie nicht stören?«

»Reden Sie keinen Unsinn, Mike. Rose möchte Sie kennenlernen, und John ist schon unterwegs. Um halb zwei essen wir.«

Mike hörte ein Klicken in der Leitung und lächelte. Nun, das war besser als ein öder, ereignisloser Sonntag, und wenn John Tynan auch aufkreuzen würde ... Dann erinnerte er sich, daß er ausspannen, den Ashmore-Fall, Cassie Maltham, die unbekannte Tote und das Kinderskelett vergessen sollte. Das gelang ihm etwa zehn Minuten lang, während er sich rasierte – eine Tätigkeit, die stets seine ungeteilte Konzentration erforderte.

Danach vergaß er das Vergessen, und auf der kurzen Fahrt zu Bills Haus ließ er seiner Phantasie freien Lauf. Tynans Auto parkte bereits am Straßenrand, und sein Gelächter drang aus einem offenen Fenster, vermischt mit einer leisen Frauenstimme, die im gutturalen Dialekt der Norfolk-Küste sprach.

Nachdem Mike auf den Klingelknopf gedrückt hatte, öffnete Rose die Tür, und Bill machte sie miteinander bekannt.

»Freut mich, Sie kennenzulernen«, sagte sie. »Bill meint, Sie seien ein viel angenehmerer Boß als Ihr Vorgänger. Treten Sie doch näher!«

Ihre offenherzige Art überraschte ihn. Als er über ihrer Schulter Bills Blick begegnete, grinste er. »Danke.

Und ich möchte mich auch für die freundliche Einladung bedanken.«

»Keine Ursache«, erwiderte Rose lächelnd. »Wir haben gern Gesellschaft. Seit die Kinder erwachsen sind und woanders leben, fühlen wir uns oft einsam. So, und jetzt machen Sie sich's bequem.«

Sie verschwand in der Küche, und er wandte sich zu Bill. Wie gut sie zusammenpassen, dachte Mike, wie zwei Buchstützen. Rose ist zwar nicht so rundlich wie ihr Mann, scheint aber das gleiche Temperament zu besitzen ... Zufrieden ließ er sich ins Wohnzimmer führen.

Dort saß John in einem komfortablen Lehnstuhl, von Sonntagszeitungen umgeben. »Zwei Wochen hintereinander haben wir die Titelblätter erobert«, triumphierte er und warf den ganzen Stapel in Mikes Schoß.

»Das weiß ich. Einen Teil habe ich schon gelesen.«

»Wir wurden angewiesen, behutsam vorzugehen«, bemerkte Bill. »Und wir müssen die unheimlichen Aspekte runterspielen. Aber wie wir das schaffen sollen, weiß nur Gott allein.«

»Gibt's neue Informationen über das Skelett?« fragte Mike.

»Nein«, erwiderte Bill. »Wenn Sie die Zeitungen lesen, wissen Sie alles, was man bisher rausgefunden hat. Das Alter und die Größe würden auf Suzie Ashmore hinweisen, aber die zahnärztlichen Befunde stimmen nicht überein. Nein, das muß ein anderes Kind gewesen sein.«

»Ein anderes?« rief Mike verwirrt. Er hatte nie bezweifelt, daß es sich um Suzie Ashmores Skelett handelte.

»Man vermutet sogar, die Gebeine könnten länger

als zwanzig Jahre unter der Erde gelegen haben. Morgen fangen wir an, die Akten über vermißte Personen durchzusehen, die vor dem Ashmore-Fall verschwunden sind.«

Ungläubig schüttelte Mike den Kopf. »Und da hat man behauptet, wir würden unbegründete Parallelen ziehen ...«

»Vielleicht stöbern wir irgendwann einen vergreisten Mörder auf, wenn wir in diesem Tempo weitermachen. Oder es bestehen tatsächlich keine Relationen. Manche Morde werden unabhängig voneinander verübt.«

»Ja, natürlich«, stimmte Mike zu. »Möglicherweise müssen wir Flint recht geben. Mit diesem Fall habe ich mich so intensiv beschäftigt, daß ich vor lauter Bäumen den Wald nicht mehr sehe.«

»Oder vor lauter Dornenbüschen ...«, warf Tynan belustigt ein. »Wie geht's Ihren Händen?«

Seufzend betrachtete Mike seine zerstochenen Finger. »Die tun immer noch weh.«

»Nun, Sie sind eher glimpflich davongekommen. Vorhin hat Bill mir erzählt, Ihre zwei Constables seien gegen Tetanus geimpft worden.«

»Ja«, bestätigte Bill, »die liefen mit wunden Hinterbacken rum.«

Mike lachte, dann fragte er: »Weiß man schon, wer die Ermittlungen leiten soll? Flint konnte mir's nicht sagen.«

»Offenbar steht das noch nicht fest. Cunningham oder Peters. So oder so, Ihre Position bleibt unangetastet, Mike«, fuhr Bill fort und grinste vielsagend. »Weder der eine noch der andere wühlt gern im Schlamm herum. Das sind typische Büromenschen.«

Diese Einschätzung wurde stillschweigend akzeptiert. Immerhin arbeitete Bill schon lange genug in diesem Bezirk, um Bescheid zu wissen. Und Mike war immer noch ein Neuling.

Tynan bückte sich und griff nach Aktenmappen, die neben seinem Sessel lagen und den anderen bestens vertraut waren. »Wie Bill mir bereits am Telefon erklärt hat, stammt das Skelett wahrscheinlich nicht von Suzie Ashmore. Und das gab mir zu denken.« Er blätterte in seinen Unterlagen und zog einige Papiere hervor. »Damals fungierte ein gewisser Embury als Dorfpfarrer. Er befindet sich inzwischen im Ruhestand, lebt aber immer noch in dieser Gegend. Das habe ich überprüft. Nach Suzies Verschwinden lernte ich ihn recht gut kennen ...« Er unterbrach sich, um Mike ein paar Notizen zu reichen. »Zu jenem Zeitpunkt war Embury noch ein Fremder – was bedeutet, daß er nur ein knappes Jahrzehnt an unserer Küste verbracht hatte«, ergänzte er grinsend. »Aber die hiesige Geschichte und die Legenden faszinierten ihn auf Anhieb.«

»Und davon gibt's jede Menge«, warf Mike ein.

»Allerdings, doch wir brauchen uns nur für ein einziges Ereignis zu interessieren, das etwa zwanzig Jahre vor Emburys Ankunft stattfand. Ein elfjähriges Mädchen namens Emma Cooper verschwand spurlos. Raten Sie mal, von wo.« Nachdenklich beobachtete er, wie Mike die kaum leserlichen handgeschriebenen Notizen entzifferte. »Zunächst tat ich's als Zufall ab. Angeblich war die kleine Cooper völlig verzweifelt. Der Vater hing an der Flasche und schlug die Kinder. Nun, Sie wissen ja, wie's in solchen Familien zugeht. Und als Emma vermißt wurde, dachten alle Leute, sie sei davongelaufen.«

»Jedenfalls würde sich's lohnen, den Fall genauer zu erforschen. Aber seither sind fünfzig Jahre vergangen, also wird's schwierig sein, irgendwas zu beweisen.« Mike studierte wieder die Notizen und die Fotokopien von Zeitungsartikeln, die aus jener Zeit stammten, verglich das Material mit dem Ashmore-Fall und Sara Jane Cassidys Verschwinden. Wie er den Berichten entnahm, hatte Emma mit einer gleichaltrigen Freundin auf dem Greenway gespielt und war dann ihrem Hund nachgelaufen. Später sagte das andere Mädchen aus, Emma sei um die Ecke gebogen, zum Tan's Hill. Sie selbst war ihr nachgerannt, gestolpert und hingefallen. Als sie aufgestanden war, hatte sie ihre Freundin nirgends gefunden.

»Da steht nicht, wieviel Zeit zwischen dem Sturz des Kindes und der Suche nach Emma verstrichen ist«, bemerkte Mike.

»Nein«, stimmte John zu, »aber irgendwie ist es sonderbar ...«

»Daran erinnere ich mich«, verkündete Bill unerwartet, »obwohl ich damals noch ein Kind war. Der Vater wurde verhaftet, nicht wahr?«

Tynan nickte. »Aber man konnte ihm nichts beweisen, weil keine Leiche gefunden wurde. Viele Leute erklärten, er habe Emma oft bedroht, doch das besagte nicht viel. Wenn er betrunken war, attackierte er jeden, der ihm in die Quere kam.« Seufzend zuckte er die Achseln. »Auch dieser Fall wurde niemals richtig abgeschlossen. So wie der Ashmore-Fall.«

»Oh, ich sehe schon Flints freudestrahlendes Gesicht vor mir, wenn wir ihm eröffnen, wir würden die Ermittlungen in einem fünfzig Jahre alten ungelösten Fall wieder aufnehmen«, bemerkte Mike ironisch.

»Eins steht fest«, betonte Bill, »damals war Cassie Maltham noch nicht einmal geboren. Also besteht zumindest zwischen diesen beiden Fällen kein Zusammenhang.«

»Ja, da kann man wirklich froh drüber sein«, meinte Tynan. »Vermutlich glauben Sie immer noch, sie habe was mit Sara Janes Verschwinden zu tun, Mike?«

Seufzend schüttelte Mike den Kopf. »Das kann ich wirklich nicht sagen. Möglich wär's schon. Ich glaube, ihr Unterbewußtsein verriet ihr, wo das Kind steckte. Und dann diese Traumfrau – welche Rolle spielte sie in der ganzen Geschichte?«

»Als Suzie verschwand, wurde ebenfalls eine Landstreicherin in der Nähe der Kinder gesehen«, erinnerte ihn Tynan.

»Ja, aber könnte es dieselbe gewesen sein? Immerhin liegen zwanzig Jahre dazwischen. Die Frau auf dem Phantombild würde ich auf Ende Zwanzig, Anfang Dreißig schätzen. Wenn Cassie die Frau sah – wenn's dieselbe war –, wäre sie imstande, sie wiederzuerkennen, trotz eines Altersunterschieds von zwanzig Jahren?«

»Wer weiß?« Vielsagend hob Tynan die Brauen. »Der menschliche Geist vermag die seltsamsten Leistungen zu vollbringen. Wie irgendein Wissenschaftler mal herausfand, erkennen wir Gesichter wieder, indem wir nur ein halbes Dutzend Faktoren berücksichtigen. Und die könnten im Lauf der Zeit unverändert geblieben sein.«

Ein paar Sekunden lang überlegte Mike, dann schüttelte er den Kopf. »Nein, das klingt mir zu spekulativ. Wir müssen uns an die Fakten halten.«

Nun wurde die Diskussion von Rose unterbrochen,

die Kaffee servierte. Sie stellte eine große Kanne auf den Tisch, füllte die Tassen und erklärte, in etwa einer halben Stunde würde das Essen fertig sein. Höflich lächelte Mike ihr zu, und als sie Platz nahm, fragte er sich, ob er nun das Thema wechseln müsse. Solche Bedenken hegte Bill nicht. »Gerade haben wir über das Cooper-Mädchen gesprochen. Du erinnerst dich doch? Die kleine Emma, die vor fünfzig Jahren verschwand. Damals waren wir beide noch Kinder.«

Konzentriert runzelte Rose die Stirn, dann hellte sich ihre Miene auf, und sie nickte. »Natürlich erinnere ich mich. Sie war etwa zehn oder elf Jahre alt. Glauben Sie, es könnte ihr Skelett sein, das Sie am Freitag gefunden haben, Mike?«

Mike erwiderte, das wisse er nicht. Es sei jedoch möglich.

»Ja, dieser Fall erregte damals großes Aufsehen«, fuhr Rose fort. »Emma wurde nie gefunden.« Traurig schüttelte sie den Kopf. »Danach ließ meine Mum uns Kinder wochenlang nicht aus dem Haus, weil sie furchtbar abergläubisch war.« Fröhlich stieß sie ihren Mann an, als wollte sie ihn auf einen wohlbekannten Scherz hinweisen. »Immer wieder sagte sie, kein Kind dürfe in der Nähe des Hexenhügels spielen.« Zu Mike gewandt, fragte sie: »Sie wissen doch, wieviel Unsinn man sich über den Tan's Hill erzählt? Er sei eine Schwelle, die man überqueren müsse, um in ein Märchenland zu gelangen.«

Während sie aufstand, um Kaffee nachzuschenken, bemerkte Mike: »Viele Jahre später, als Suzie Ashmore verschwand, war diese Version immer noch sehr populär.«

Rose nickte. »So ein Aberglaube ist kaum auszurotten – obwohl wir jetzt Fernsehen und Satelliten haben und in Sekundenschnelle über alles informiert werden, was auf der Welt geschieht. Aber manche Dinge sind eben zäh und klammern sich überall hartnäckig fest ...« Sie unterbrach sich, um nach einem passenden Vergleich zu suchen. »Wie Disteln.«

»Disteln?« wiederholte Mike verständnislos.

»Die haben sehr lange Wurzeln. Versuchen Sie doch mal, welche auszureißen – ohne Handschuhe. Dann werden Sie wissen, was ich meine. Und wenn man all diese Gewächse entfernt und nur ein winziges Wurzelstück in der Erde zurückläßt, wachsen sie bald alle nach.«

Mike nickte. Was die botanische Richtigkeit dieser Behauptung betraf, wollte er keinen Kommentar abgeben. Jedenfalls erkannte er, was Rose damit sagen wollte. Sonderbare Ideen und irrtümliche Annahmen spielten eine immer größere Rolle in diesem Fall. Vielleicht hatten sie alle viel zu eifrig nach Zusammenhängen gefahndet und darüber vergessen, geradeaus zu schauen. Er holte tief Atem. »Setzen wir einmal voraus, es gäbe keine Zusammenhänge«, begann er zögernd, »Cassie Maltham wäre nur zufällig hiergewesen, und wir müßten einen ganz neuen Fall klären.« Alle drei starrten ihn an, als hätte er plötzlich den Verstand verloren. »Keine Bange«, seufzte er, »ich glaub's ja gar nicht. Aber ich begreife das alles nicht, verdammt noch mal.« Nun beugte er sich wieder über Tynans Notizen und Zeitungsartikel. »Sie sagen, dieser Pfarrer namens Embury wohne immer noch hier in der Gegend?«

»Ja«, bestätigte Tynan, »und wir sind in loser Verbindung geblieben. Weihnachtskarten und so weiter.«

»Gehen Sie doch mal zu ihm, vielleicht entdecken Sie irgendwelche Anhaltspunkte, die Emma Cooper und die anderen Fälle betreffen.« Als Tynan verwundert die Stirn runzelte, gestand Mike: »Genau weiß ich nicht, was ich suche. Jedenfalls haben wir drei Fälle, die möglicherweise zusammenhängen – oder auch nicht. Es könnte sich lohnen.«

»Wären Polizeiakten nicht interessanter?« fragte Tynan, und Mike schnitt eine Grimasse.

»Nein. Erstens hat man uns befohlen, die unheimlichen Aspekte runterzuspielen. Und zweitens – was ich suche, reicht vielleicht in eine noch fernere Vergangenheit zurück.«

»Oh?«

Fast verlegen fuhr Mike fort: »Um ehrlich zu sein, John, wahrscheinlich schweife ich vom Thema ab und fordere Sie auf, einem Hirngespinst nachzujagen. Aber vielleicht gibt's einen ganz bestimmten Grund, warum sich so viele Legenden um den Tan's Hill ranken – wie Roses Distel. Die ursprünglichen Pflanzen sind längst verwelkt, und trotzdem ist die Saat immer noch da.«

»Glauben Sie etwa an diese albernen Hexengeschichten?« rief Rose verblüfft.

»Nein«, erwiderte er grinsend. »Aber was ich glaube, hat nichts zu bedeuten. Was die anderen Leute glauben – nur darauf kommt's an. Solche Ideen könnten irgendwas auslösen, das normalerweise in den Seelentiefen verborgen und unter Kontrolle gehalten wird. Wie gesagt, vermutlich ist es nur ein Hirngespinst. Aber es wäre einen Versuch wert.«

John schwieg, und Mike spürte seinen nachdenklichen Blick. Was er niemals zugegeben hätte – der böse Traum, der ihn vor einigen Nächten heimgesucht hatte, verfolgte und beunruhigte ihn immer noch. Seither ließ er die Nachttischlampe brennen, wenn er schlief, und wann immer er den Tan's Hill aufsuchte, fühlte er sich unbehaglich, sogar am hellichten Tag. Nachts würden ihn keine zehn Pferde da hinaufbringen. Idiotisch, dachte er. Die drei Kinder waren tagsüber verschwunden. Trotzdem konnte er diese vage Angst nicht abschütteln. Vielleicht würde er so wie Cassie Maltham lernen müssen, seine Geister zu begraben, wenn das alles überstanden war. Dieser Gedanke störte ihn und beschwor eine wachsende Selbstverachtung herauf.

Erst gegen Abend verließ er die Enfields. Nach dem Essen hatten sie sich über andere Dinge unterhalten. Er blätterte in Fotoalben, lauschte den Lebenserinnerungen des Ehepaars und fühlte sich rundum zufrieden. An diesem Nachmittag wurde ihm bewußt, wie sehr er sich nach angenehmer Gesellschaft sehnte, nach einer familiären Atmosphäre. Entspannt und frohen Mutes kehrte er in seine Wohnung zurück, doch die Räume erschienen ihm öder und leerer denn je. Er hatte ein teilweise möbliertes Appartement gemietet, mit einiger Mühe, denn abgesehen von Ferienwohnungen war die Auswahl nicht groß. Die Möbel, die er unbedingt brauchte, hatte er dazugekauft und es dabei bewenden lassen. Wenn er sich jetzt umschaute, die beiden Lehnstühle, den Fernseher und die wenigen zweckmäßigen Gegenstände betrachtete, erschien ihm die kleine Wohnung wie eine ungemütliche Übergangsstation.

Bald verflog die heitere Stimmung des Nachmittags. Er beschloß, den Anrufbeantworter abzuhören, dann vielleicht spazierenzugehen, sogar im Gasthaus anzurufen, um herauszufinden, ob Dr. Lucas schon zurückgekehrt war. Dieser Gedanke munterte ihn ein wenig auf. Am Freitag hatte sie ihm mitgeteilt, sie würde das Wochenende daheim verbringen und am Sonntag wiederkommen.

Lustlos schlenderte er zum Anrufbeantworter und drückte auf die Rücklauftaste. Der erste Anruf stammte von seiner Ex-Frau, die ihn an den bevorstehenden Verkauf des gemeinsamen Hauses erinnerte, an die Formulare, die er unterschreiben mußte. Ihr fröhlicher, geschäftsmäßiger Ton erinnerte ihn kein bißchen an die Frau, die er geheiratet hatte.

Als er den zweiten Anruf abhörte, starrte er das Gerät bestürzt an. »Hier ist Sergeant Holmwood, Sir. Tut mir leid, daß ich Ihren Sonntagsfrieden störe. Aber eine Dr. Maria Lucas läßt Sie bitten, Verbindung mit ihr aufzunehmen.« Mike verfluchte seine eigene Dummheit. Warum hatte er vergessen, Maria seine Privatnummer zu geben. Andererseits hätte es sich kaum gelohnt. Er war ohnehin fast nie daheim. »Offenbar ist Mrs. Maltham krank, Sir. Rufen Sie bitte die folgende Nummer an.«

Hastig ergriff Mike einen Kugelschreiber und notierte die Nummer, die der Sergeant diktierte. Verdammt, warum war er nicht früher nach Hause gekommen?

Danach hatte der Anrufbeantworter nichts mehr aufgezeichnet. Ungeduldig wählte er die Nummer und lauschte dem Freizeichen. »Komm schon, komm schon ... Ja, ich möchte Dr. Maria Lucas sprechen. Hier ist Mike Croft. Ich habe ihre Nachricht eben erst erhalten.«

»Einen Augenblick bitte, Mr. Croft, ich lasse Dr. Lucas ausrufen.«

Blecherne Berieselungsmusik dröhnte in seinem Ohr, und eine halbe Ewigkeit schien zu verstreichen, bis er endlich Maria Lucas' melodische Stimme vernahm. Wortreich entschuldigte er sich, weil er so lange unerreichbar gewesen war, und setzte zu einer Erklärung an, die sie charakteristischerweise unterbrach. »Seien Sie jetzt vernünftig, Mike, und hören Sie zu.«

Grinsend gehorchte er.

»Cassie ist hier bei mir, im Oaklands.«

Wie er sich entsann, war das die psychiatrische Klinik, in der Mrs. Maltham schon einmal behandelt worden war.

»In der geschlossenen Abteilung?«

»Nein, das war nicht nötig. Sie ist freiwillig hier. Morgen wird sie gründlich untersucht. Sie hat schreckliche Angst, und hier fühlt sie sich einigermaßen sicher.«

»Ist Fergus auch bei Ihnen?«

»Ja, er war hier, aber er übernachtet bei sich daheim. Die Thomas' sind immer noch im Wohnwagen, aber sie müssen bald wieder arbeiten. Wenn Sie die beiden also nicht brauchen ... Hören Sie, Mike, ich bin sehr beschäftigt. Morgen früh sehen wir uns ... Nein, treffen wir uns zum Lunch. Bitte benachrichtigen Sie inzwischen die Thomas'. Morgen kann ich Ihnen sicher mehr erzählen.«

Irgendwie gewann er den Eindruck, sie verberge ihm etwas. Doch vorerst mußte er sich mit den wenigen Informationen begnügen.

Er verabschiedete sich und schaute auf seine Uhr. Kurz nach acht. Die Fahrt zum Wohnwagen würde etwa vierzig Minuten dauern.

Seufzend ging er zu seinem Auto hinaus. Was jagte Cassie solche Angst ein, verdammt noch mal? Nun ärgerte er sich, weil er am Telefon keine genaueren Erklärungen verlangt hatte. Andererseits wußte er, daß er keine bekommen hätte.

So schnell wie möglich folgte er den kurvenreichen Straßen.

Anna musterte ihn mit müden Augen, dann starrte sie wieder in ihre Teetasse, drehte sie langsam auf der Untertasse herum, wie eine Wahrsagerin, die in der erkalteten Flüssigkeit trostlose Zukunftsprognosen las. »Es war einfach schrecklich. So habe ich sie noch nie gesehen. Allerdings – wenn sie krank war, bekam ich sie kaum zu Gesicht.« Krampfhaft schluckte sie. »Ach, die arme Cassie!« Nun schaute sie Mike wieder an, flehend und eindringlich, als wollte sie ihn um Verständnis bitten. »Unentwegt erzählte sie von der Frau auf dem Hügel – Sie wissen doch, die Tote!«

»Und was sagte sie?« fragte Mike sanft.

Verlegen wechselte sie einen Blick mit Simon, der nur widerstrebend antwortete. Offenbar glaubte er, seine Freundschaft mit den Malthams zu verraten. »Nun, sie behauptete, sie habe Suzie gesehen. Natürlich erklärten wir ihr, sie müsse sich täuschen, dafür sei die Tote zu alt gewesen. Aber Cassie wollte nicht auf uns hören.«

Er sah Anna an, um sich seine Aussage bestätigen zu lassen, und sie nickte unglücklich. »Schließlich drehte sie durch, und Fergus fuhr ins Dorf, um Dr. Lucas anzurufen. Als die Ärztin hier ankam, redete Cassie mal so und mal so ...« Sie zögerte und schien nicht zu wissen, wie sie erklären sollte, was mit ihrer Freundin geschehen war. »Vielleicht versuchte sie, ihre Gedanken zu ordnen, und hatte keine Ahnung, wo sie anfangen sollte.«

»Und was sagte sie dann?« erkundigte sich Mike.

Anna runzelte verwirrt die Stirn. »Daß sie einen großen Stock gefunden und auf die Frau eingeschlagen habe, bis sie sich nicht mehr rührte. Und während Cassie das erzählte, schwang sie immer wieder die Arme hoch – so ...« Anschaulich demonstrierte sie die Bewegung, dann schüttelte sie langsam den Kopf. »So was traue ich Cassie nicht zu. Sie ist nicht gefährlich, nur tief verletzt. Weil sie sich selber verletzen will. Aber so etwas Schreckliches würde sie niemandem antun.«

Ein verzweifelter Blick bat Mike um Zustimmung. Doch er brachte kein Wort hervor. Wie er aus Erfahrung wußte, nahmen viele Geistesgestörte eine fremde Schuld auf sich. Traf das auch in diesem Fall zu? Andererseits hätte Cassie auf ihren einsamen Morgenspaziergängen eine Gelegenheit zu der Tat gefunden. Und das Motiv? Würde man es ihrem verworrenen Gehirn jemals entlocken?

Simon ergriff die Hand seiner Frau. »Aber bei dieser Version blieb Cassie nicht lange. Wie Anna bereits sagte, Cassie redete mal so und mal so. Als wollte sie versuchen, ihre chaotischen Erinnerungen zu ordnen. Sie wußte wohl, daß sie sich auf irgendwas besinnen mußte, was mit der toten Frau und mit Suzie zusammenhing. Aber das konnte sie nicht in die richtige Perspektive rücken.«

»Also erzählte sie ständig was anderes?« fragte Mike.

»Ja«, bestätigte Simon. »Unentwegt behauptete sie, ihre Kusine sei tot. Plötzlich schien sie sich an alles zu erinnern. Und sie sagte, diese Frau habe Suzie getötet.«

»Die Frau, deren Leiche wir fanden?« fragte Mike rasch.

»Ja, vermutlich.«

»Erzählte sie, wie Suzie ums Leben gekommen war?« fragte Mike rasch.

»Nehmen Sie das etwa ernst?« Verblüfft starrte Simon ihn an.

Mike dachte kurz nach, dann erwiderte er vorsichtig: »Zumindest muß man's in Betracht ziehen. Die Traumfrau entpuppte sich als sehr real, wenn Cassie auch einen etwas wirren Eindruck von ihr gewonnen hatte. Vielleicht hilft uns das alles irgendwie weiter.«

»Ich glaube nicht, daß Cassie was Schlimmes getan hat«, mischte Anna sich ein und verstummte hilflos. Offenbar wußte sie nicht, was sie denken sollte. Seufzend stand sie auf und trug die Tassen zur Spüle. »Ich mache noch mal Tee.«

Während Simon gedankenverloren schwieg, beobachtete Mike, wie Anna den Kessel füllte und auf den Calor-Herd stellte. Ein Pfeifkessel, wie ihn auch Tynan besaß. Rennt sie auch wie verrückt zum Herd, wenn es zu quietschen anfängt, fragte sich Mike. Nein, das ist nicht ihr Stil.

Er schaute sich um, und es widerstrebte ihm, das tiefe

Schweigen zu brechen. Nur das Knistern der Gasflammen war zu hören.

Reglos saß Simon da, den Kopf gesenkt, starrte auf die Tischplatte, und Anna stand neben dem winzigen Spülbecken, die Arme vor der Brust verschränkt, die Stirn verwirrt gerunzelt. Ihr schönes, kunstvoll geschnittenes Haar war ausnahmsweise nicht so ordentlich frisiert, und ihr Make-up sah so aus, als habe sie es seit dem Morgen nicht erneuert.

Schließlich begann Mike wieder zu sprechen. »Cassie behauptet also, ihre Kusine sei damals gestorben?«

Simon nickte.

»Also muß sie den Mord mit angesehen haben.«

Wieder nickte Simon.

»Sagte sie, wo die Leiche liegt?«

Unsicher schaute Simon seine Frau an. »Nicht direkt. Ungefähr da, wo Sie das Skelett gefunden haben.«

»Okay.« Kein Problem. Das Versteck konnte noch einmal durchsucht werden.

»Seltsam«, fuhr Simon fort, »nachdem sie von dem Skelett erfahren hatte, betonte sie immer wieder, es sei nicht Suzie.«

»Das weiß sie?«

»Jedenfalls behauptet sie's steif und fest.«

Mikes Gedanken überschlugen sich. Damals hatten Cassie und ihre Kusine oft auf dem Greenway gespielt und das Versteck gekannt. Wenn sie nun das Skelett gefunden hatten? Laut Aussage der Experten war die Leiche nicht allzu tief vergraben gewesen, sondern hastig verscharrt worden.

Aber wenn zehn- oder zwölfjährige Kinder so etwas aufstöbern, fragte sich Mike, wären sie nicht entsetzt und verängstigt? Würden sie nicht nach Hause laufen und sich bei ihrer Mutter ausweinen? Andererseits – vielleicht war ihnen etwas anderes noch grausiger erschienen. Oder Cassie hatte erst nach der Entdeckung des Skeletts erkannt, was diese Gebeine darstellten. Nein, es ergab keinen Sinn. Selbst wenn sie als Kind nicht gewußt hatte, daß es menschliche Überreste waren – wenn sie sich später daran erinnerte, wäre ihr das sicher klargeworden. Und sie hätte das Bedürfnis empfinden müssen, jemanden einzuweihen.

Wieder schüttelte er den Kopf. Nein, Dr. Lucas' Diagnose zufolge hatte Cassie alle Erinnerungen an das Versteck verdrängt. Bisher.

Und jetzt?

Anna kehrte zum Tisch zurück und schenkte Tee ein. »Nachdem Cassie und Fergus gegangen waren, sprachen wir darüber. Wir glauben, daß sie was gesehen hat – vielleicht sogar den Mord an Suzie. Doch das erschreckte sie so sehr, daß sie's verdrängen mußte.«

»Ja«, bestätigte Simon. »Und wahrscheinlich wußten Cassie und ihre Kusine auch von dem Skelett. Sie müssen's gefunden haben, als sie auf dem Greenway spielten.« Schweigend nippte Mike an seinem Tee. Er ahnte instinktiv, daß er endlich der richtigen Spur folgte. Irgendwie hing Suzanne Ashmores Tod (falls sie tot ist, sagte er sich, das muß noch bewiesen werden) mit dem Skelett zusammen, das die Kinder entdeckt hatten. Könnte irgend jemand herausgefunden haben, was sie wußten, fragte er sich. Bedrohte er sie, damit sie den Mund hielten – und tötete er Suzie, um ganz sicherzugehen? Aber warum verschonte er Cassie? Abrupt erinnerte er sich, daß seine Gedanken dem Ashmore-Fall galten. Er durfte Sara Jane Cassidys Entführung und die Frauenleiche nicht außer acht lassen.

Wo gab es einen Zusammenhang? Sagte Sara Jane die Wahrheit, wenn sie behauptete, sie wisse nichts?

Und die Frau – die grausigen Verletzungen ließen auf vorsätzliche Brutalität schließen. Wie paßte das alles zusammen?

Mike trank seine Tasse leer. Plötzlich bemerkte er, wie fasziniert die Thomas' ihn beobachteten, und stand auf. »Morgen treffe ich mich mit Dr. Lucas. Vielleicht wissen wir dann mehr.« Die müden Gesichter der beiden erinnerten ihn an seine eigene Erschöpfung. »Nun sollten wir alle ein paar Stunden schlafen.« Als Simon freudlos lachte, fügte Mike hinzu: »Versuchen Sie's wenigstens.« Dann verließ er den Wohnwagen. Die beiden blieben am Tisch sitzen, starrten bedrückt in ihren kalten Tee.

Inzwischen hatte der Wind aufgefrischt, Wolkenfetzen rasten an einem bleichen Halbmond vorbei. Hinter den Klippen sah Mike das Meer, ein dichteres Schwarz unter dem dunklen Nachthimmel.

Es war schon nach zehn, aber trotzdem zu finster für diese Jahreszeit. In den Wolken müßte noch ein schwaches Grau schimmern, am Horizont ein rosiger Hauch. Mike zuckte die Achseln. Wahrscheinlich hatte sich niemand die Mühe gemacht, der Nacht zu erklären, sie sei zu früh hereingebrochen.

19

Auf der Fahrt zu Emburys Cottage fand Tynan genug Zeit, um zu überlegen, ob er tatsächlich einem Hirngespinst nachjagte. Mike, den er mochte und für einen guten Polizisten hielt, bereitete ihm wachsende Sorgen, denn er fürchtete, der Mann würde sich genauso hoffnungslos in die Ermittlungen verbeißen wie er damals in den Ashmore-Fall.

Vor Suzies Verschwinden hatte man ihn für eine Beförderung vorgesehen. Und danach war er froh gewesen, weil man ihn als Verkehrspolizist eingesetzt hatte. Es wäre bedauerlich, wenn Mike den gleichen Weg gehen müßte – obwohl Sara Jane gefunden worden war.

In der Luft hing bereits der Geruch des Herbstes, etwas zu früh für die Jahreszeit. Tynan öffnete die Autofenster, genoß das Gefühl, im kalten Fahrtwind ein bißchen zu frieren. Um so angenehmer würde ihm die Sonnenwärme erscheinen, wenn er aus dem Wagen stieg.

Emburys Häuschen lag ziemlich abgeschieden, nur über eine schmale, holprige Sandstraße zu erreichen. Ächzend und klagend polterte das Auto dahin, wie der Fahrer ziemlich bejahrt, mühsam kämpfte die schadhafte Federung mit Schlaglöchern und den tiefen, von

Traktoren verursachten Furchen. Tynan atmete erleichtert auf, als das Cottage ins Blickfeld rückte.

Offenbar hatte Embury die kreischenden Reifen gehört, denn er wartete auf der Schwelle – kaum verändert, das Haar am Oberkopf schütterer, von grauen Strähnen durchzogen, etwas mehr Falten um die Augen. Als Tynan ausstieg, trat der Geistliche vor und reichte ihm eine schmalgliedrige Hand. »John! Was für eine Freude! Als Sie mich anriefen, konnte ich's kaum glauben.«

Bei dieser herzlichen Begrüßung meldete sich Tynans Gewissen, weil er den Mann nicht schon früher besucht hatte. Lächelnd schüttelte er ihm die Hand. »Sie wohnen ja in einer richtigen Einöde.«

»Buchstäblich im Nirgendwo«, erwiderte Embury höflich.

»Leben Sie allein?«

»Nein, der Farmer, dem das Cottage gehört, hat zwei unverheiratete Feldarbeiter hier einquartiert. Die teilen sich das größte Zimmer. Deshalb muß ich kaum Miete zahlen. Ich sehe die Leute sehr selten, nur zu den Mahlzeiten. Meine Räume liegen hinten, völlig abgesondert, und so funktioniert das Arrangement sehr gut.« Vertraulich beugte er sich zu Tynan. »Die Burschen sind ein bißchen verlegen, wenn sie ihre Freundinnen einladen. Immerhin wohnen sie mit einem Priester zusammen. Aber ich lasse mich kaum blicken, während die beiden Besuch haben, und bevor ich in die Küche gehe, huste ich.« Sein Blick funkelte belustigt, und Tynan entsann sich an die Heiterkeit, die diese hellblauen Augen stets ausgestrahlt hatten.

»Trotz allem, das Cottage liegt etwas abseits«, meinte Tynan und schaute über das Stoppelfeld hinweg, das auf den Pflug wartete. Die Straße, auf der er gekommen war, mußte ungefähr eine halbe Meile entfernt liegen – im Winter eine unpassierbare Strecke.

Sie gingen ins schmucklose viktorianische Ziegelhäuschen. Schlicht und zweckmäßig, zu isoliert, um Touristen anzulocken. Während Embury Tee kochte, tauschten sie Höflichkeitsfloskeln aus. Tynan wanderte in der Küche umher, spähte durch die Fenster, dann folgte er dem Gastgeber in die kleine Bibliothek.

»Setzen Sie sich! Wenn Sie keinen Platz finden, legen Sie das Zeug einfach auf den Boden.«

Vorsichtig entfernte Tynan einen Bücherstapel von einem Lehnstuhl und plazierte ihn möglichst sorgfältig daneben. Nach dem Zustand des Raumes zu schließen, mußten schon viele Besucher Emburys Rat befolgt und sich auf ähnliche Weise einen Sitzplatz verschafft haben. Überall häuften sich Bücher.

Auch Embury befreite einen Sessel von umfangreicher Literatur, sank hinein und füllte die Tassen, die er auf ein wackeliges Tischchen gestellt hatte. Aufmunternd hob er die Brauen. »Nun, was kann ich für Sie tun?«

Sein Gast lächelte. Wie in früheren Jahren kam Embury ohne Umschweife zur Sache, und darin wollte Tynan ihm nicht nachstehen. »Würden Sie mir was über die Familie Cooper erzählen – die kleine Emma, die vor langer Zeit verschwunden ist, und ihren Vater? Was geschah mit den beiden?«

»Ah, jenes andere Greenway-Geheimnis ... Dieser Weg scheint die Kinder magisch anzuziehen.« Nachdenklich hielt Embury inne. »Manche Orte haben das an sich. So als würden sie allein schon durch ihre Existenz Tragödien bewirken.« Wieder machte er eine Pause, nippte an seinem Tee, und Tynan überlegte, ob er ihn auffordern sollte weiterzusprechen. Wie er sich entsann, pflegte der alte Mann sehr schnell vom Thema abzukommen, sobald ihn ein anderes fesselte. Diesmal nicht. »Nun, meine diesbezüglichen Theorien interessieren Sie sicher nicht.« Die blauen Augen funkelten wieder. »Ja, die Coopers ... Ein trauriger Fall. In den Zeitungen stand, Sie hätten eine Leiche gefunden.«

»Nicht ich persönlich. Die Polizei grub ein Kinderskelett aus, das sehr lange unter der Erde gelegen hatte.«

»Also nicht das Ashmore-Mädchen.«

»Das wäre unwahrscheinlich. Aber vielleicht ist es Emma Cooper. Leider kann ich Ihnen nicht viel erzählen. Mit diesem Fall habe ich offiziell nichts zu tun, wenn ich auch ein bißchen mitmische.«

»Und Sie machen sich zweifellos nützlich.«

»Eh – die Coopers?« fragte Tynan hastig, als Embury erneut vom Thema abzuschweifen drohte.

»Ach ja ... Also, wo war ich stehengeblieben?« Der alte Priester lehnte sich in seinem Sessel zurück. »Wie Sie sicher wissen, war William Cooper ein Trinker. Alles, was vier Beine hatte, behandelte er sehr gut – aber seine Familie bedauerlicherweise nicht.« Wehmütig lächelte Embury. »Er hatte sich stets einen Sohn gewünscht, und seine Frau schenkte ihm nur zwei Töchter. Nicht, daß dies irgend etwas entschuldigen könnte.«

»Was ist mit seiner Frau geschehen?«

»Sie starb kurz nach der Geburt des zweiten Kindes, und die Großmutter – seine oder ihre – nahm die Mädchen zu sich. Als das jüngste etwa sechs war, holte William beide auf seine kleine Farm zurück und erklärte, sie müßten ihm helfen. Da er der Vater war, konnte man's nicht verhindern.« Embury trank noch einen Schluck Tee und schwenkte die halbvolle Tasse etwas leichtfertig durch die Luft. »Wie sich herausstellte, kam Liza, die Jüngere, recht gut mit ihm zurecht. Ein aufgewecktes kleines Ding. Bald merkte sie, daß ihr Daddy nichts von Mädchen hielt, und so verwandelte sie sich in einen Lausejungen. Natürlich wurde sie sein Liebling. Und Emma – nun, Sie haben's vermutlich gehört.«

»Das fand ich stets unbegreiflich«, seufzte Tynan. »Ein Vater, der nur ein Kind liebt und sein anderes so grausam quält ...«

Wieder gestikulierte Embury mit der Teetasse, offensichtlich nicht einverstanden mit Tynans Kommentar. »So war's nicht. Er liebte sie beide, aber er konnte seine Gefühle nicht zeigen – nicht auf normale Weise.«

Verständnislos runzelte Tynan die Stirn. »Soviel ich weiß, wurde er gewalttätig, wenn er getrunken hatte. Und das kam sehr oft vor.«

»Gewiß. Aber nach jedem Tobsuchtsanfall erfaßte ihn bittere Reue. Manchmal blieb er wochen- oder monatelang nüchtern. Er arbeitete hart, und er verwendete alle seine Einkünfte für die Kinder. Seltsam – ein Mann, der sich immer wieder völlig verändern konnte! Kein Wunder, daß die Leute früher an Dämonen glaubten, die von den Menschen Besitz ergriffen ...«

Tynan grinste. »Und ich dachte, Ihresgleichen hegt diese Überzeugung immer noch.«

»Nun, sagen wir mal, unsereins sieht das eher pragmatisch«, entgegnete der alte Priester belustigt. »Man kann sich stets in theologische Erklärungen flüchten, wenn alle anderen versagen.«

»Also glauben Sie, Cooper hat Emma getötet?«

Langsam schüttelte Embury den Kopf. »Das möchte ich nicht beurteilen. Ich kannte ihn kaum und sah ihn nur selten. Als ich die Pfarrgemeinde übernahm, war er schon weggezogen.«

»Wohin? Erinnern Sie sich daran?«

»Ich glaube, in die Nähe von Ancaster. Genau weiß ich's nicht mehr.«

»Ancaster«, wiederholte Tynan leise. In dieser Gegend war die Landstreicherin, nach der die Polizei gesucht hatte, beinahe von einem Auto überfahren worden. »Wo haben Sie ihn getroffen?«

»Oh, er kam oft genug ins Dorf. Betrunken oder nüchtern. Immer wieder trieb es ihn zum Greenway, wie einen rastlosen Geist ... Dort hatte man seine Tochter zum letztenmal gesehen, und dieser Gedanke schien ihn zu verfolgen. Später lebte Liza wieder bei ihm, und da fand er offenbar seine Ruhe. Oder sie hinderte ihn daran, den Greenway aufzusuchen.«

»Hatte sie zwischendurch woanders gewohnt?«

»Ja. Als Emma verschwand, war sie sieben, und während der ganzen Aufregung zog sie wieder zu ihrer Großmutter und blieb bei ihr bis zu ihrem neunzehnten oder zwanzigsten Lebensjahr.«

»Und dann kehrte sie zu ihrem Vater zurück.«

Embury nickte. »Wahrscheinlich fühlte sie sich ihm verpflichtet. Sie heiratete nie, obwohl sie ein hübsches Mädchen war, nach allem, was ich hörte. Jedenfalls konnte Cooper nicht für sich selber sorgen. Er war nicht mehr ganz richtig im Kopf – wegen des Alkohols, meinen die Leute. Aber wenn Sie mich auch für einen sentimentalen alten Narren halten, ich glaube, es war eher die Trauer, die ihn um den Verstand brachte. Und deshalb behaupte ich nach wie vor, daß er Emma geliebt hat. Ihr Verschwinden machte ihn verrückt.«

Herausfordernd schaute er seinen Besucher an, als erwartete er eine Bestätigung, und Tynan entgegnete: »Trauer oder ein schlechtes Gewissen.«

»Jetzt spricht der Polizist. Immer mißtrauisch.«

»Vielleicht. Aber man muß diese Möglichkeit in Betracht ziehen. Übrigens, was wurde nach Coopers Tod aus Liza? Ich nehme doch an, er ist gestorben?«

»O ja, vor neun oder zehn Jahren. Das muß Liza schwer getroffen haben. Sie lebte nur für ihren Vater.«

»Ging er in der letzten Zeit immer noch zum Greenway?«

»Sooft er seiner Tochter entrinnen konnte. Natürlich konnte sie nicht ständig auf ihn aufpassen. Wenn er verschwunden war, suchte sie ihn, und da wanderte er auf diesem Weg umher und hielt Ausschau nach Emma.«

Mühsam verbarg Tynan seine wachsende Erregung. Endlich ein Anhaltspunkt ... So beiläufig wie möglich meinte er: »Das muß ein beängstigender Anblick gewesen sein, ein verrückter alter Mann, der sich auf diesem gespenstischen Weg herumtreibt ...«

Embury warf ihm einen scharfen Blick zu und schien sich zu fragen, worauf Tynan hinauswollte. »Vielleicht«, stimmte er vorsichtig zu. »Aber die meisten älteren Leute wußten, daß er relativ harmlos war.« Nur zögernd fügte er hinzu: »Falls Sie ihn mit dem Ashmore-Mädchen in Verbindung bringen wollen, tun Sie einem Toten schweres Unrecht an. Schon zu seinen Lebzeiten wurde genug über Cooper getuschelt. Jetzt sollte man ihn nicht ein zweites Mal zum Sündenbock machen.«

»Eigentlich sollten Sie mich besser kennen.« Tynan lächelte ermutigend und beschloß, Mikes zweite Frage zu stellen, die vermutlich zu langwierigen Erklärungen führen würde. »So viele Legenden ranken sich um den Greenway. Glauben Sie, da steckt ein Körnchen Wahrheit drin?«

Zu Tynans insgeheimem Unbehagen blühte Embury sichtlich auf. »O ja, zweifellos. Welche besondere Geschichte möchten Sie hören?«

Ein paar Stunden später verabschiedete Tynan sich von dem alten Priester und fuhr nach Hause. Er hatte den Nachmittag genossen, aber nach der ersten halben Stunde nichts mehr erfahren, was ihm weitergeholfen hätte. Sobald Embury in Fahrt kam, konnte er reden wie ein Buch, mit ansteckendem Enthusiasmus. Nach anfänglichen Bedenken war auch Tynan fasziniert gewesen von den Legenden und Traditionen, die nicht nur den Greenway und den Tan's Hill, sondern die ganze Region betrafen.

In seinem Cottage angekommen, griff er sofort zum Telefon. Es dauerte eine Weile, bis er Mike erreichte. Der diensthabende Sergeant wußte nicht einmal, ob sich der Detective Inspector im Präsidium aufhielt. Wie sich dann herausstellte, war Mike soeben zurückgekommen. Die Stimme, die sich am anderen Ende der Leitung meldete, klang in Tynans Ohren etwas verwirrt.

»Hallo, Mike, hier ist John. Ich sagte dem Sergeant, das sei ein privater Anruf. Irgendwie erschien mir das besser.«

»Okay, ich war nur überrascht ... Nun, wie war's?«

»Sehr aufschlußreich. Aber, das möchte ich Ihnen nicht am Telefon erzählen. Sehen wir uns später?«

»Einverstanden. Aber vor neun werde ich nicht hier wegkommen.«

Tynan spürte Mikes Müdigkeit und innere Anspannung, und er zauderte einige Sekunden lang, ehe er fragte: »Haben Sie was Neues herausgefunden?«

»Nun, das Versteck wurde noch einmal gründlich durchsucht«, antwortete Mike und seufzte tief auf. »Da lag eine zweite Leiche, John, unter der Hecke, tief vergraben. Natürlich nur ein Skelett ...«

»Suzie?« würgte Tynan heiser hervor. Beinahe war es nur ein Flüstern. »Suzie. Nach so langer Zeit.«

»Mit Sicherheit wissen wir's noch nicht, John, aber alles weist darauf hin.«

»O Gott!« stöhnte Tynan halb erleichtert, halb entsetzt. Bis jetzt hatte er nicht erkannt, wie inständig seine irrationale Hoffnung gewesen war, Suzie könnte irgendwo leben. So viele Jahre lang hatte man vergeblich nach der Leiche gesucht ... Nun fühlte er sich elend und schwach, wie nach einer schweren Krankheit. Verzweifelt umklammerte er den Telefonhörer, ein letztes Bindeglied zur Vernunft, zur Sicherheit.

»John? Alles in Ordnung?« Wie aus weiter Ferne drang Mikes ernste, besorgte Stimme zu ihm.

»Ja, ja.« Tynan legte auf, und plötzlich trugen ihn seine Beine nicht mehr. Neben dem Telefontischchen sank er auf die Knie, beugte sich vor, vergrub das Gesicht in seinen Händen und weinte um ein Kind, das er nicht einmal gekannt hatte.

20

Ein anstrengender Tag lag hinter Mike, und das Telefonat mit Tynan verstärkte seinen Frust. Am liebsten wäre er sofort zu dem alten Mann gefahren. Trotz der kurzen Bekanntschaft war ihm Tynan ans Herz gewachsen. Aber er wurde zu einer Besprechung mit Chief Detective Inspector Peters, dem Leiter der Mordkommission, und Flint gerufen. Und so konnte er nichts weiter tun, als Bill im Korridor am Arm zu packen und zu bitten, er möge Tynan anrufen, sich vergewissern, ob alles okay sei, und versprechen, sie würden ihn später besuchen.

Die Besprechung dauerte ungewöhnlich lange, und Mike konnte erst nach neun die halbstündige Fahrt zu Tynans Cottage antreten. Eins stand mittlerweile fest. Im Labor lag bereits Suzie Ashmores zahnärztlicher Befund vor, den man mit dem ersten Skelett verglichen hatte, und jetzt gab es keinen Zweifel mehr, was die zweiten sterblichen Überreste betraf. Die Eltern waren bereits informiert, und Peters hatte eine Presseerklärung für die Morgenzeitungen vorbereitet.

Aus Zeitmangel hatte Mike auf den Lunch mit Maria Lucas verzichten müssen. Doch sie war ins Dorf gefahren, und das kurze Gespräch verlief sehr aufschlußreich. Zuvor hatte sie Simon und Anna im Wohnwagen besucht und versichert, Cassie gehe es einigermaßen gut. Sie stehe zwar unter starkem Druck, leide aber an keiner Psychose.

»Sie bleibt freiwillig im Oaklands«, hatte sie Mike erklärt. »Dort wollen wir intensiv mit ihr arbeiten und endlich herausfinden, was wirklich geschehen ist. Bedauerlicherweise kann sie nur selten die Fakten und ihre Träume auseinanderhalten. Aber was die Punkte angeht, die ich Ihnen genannt habe, läßt sie sich nicht beirren.«

Während der Fahrt überdachte er diese Faktoren noch einmal. Über eine Stunde lang hatte er sie, gemeinsam mit Peters und Flint, aus allen möglichen Blickwinkeln betrachtet, und nun wußte er selbst nicht mehr, was er glauben sollte.

Immerhin stimmte Cassies Story mit gewissen Tatsachen überein. Ihre Kusine habe etwas gefunden, behauptete sie. Darüber war sie sich stets im klaren gewesen. Suzie hatte ihr erklärt, es gebe ein Geheimnis, und deshalb dürften sie nicht mehr in der grünen Höhle unter der Hecke spielen, so wie in früheren Sommermonaten.

Dieses Geheimnis jagte Suzie Angst ein. Doch die Neugier der zehnjährigen Cassie weckte gewisse Triumphgefühle, und Suzie versprach, ihr zu zeigen, was sie entdeckt hatte. Eines Tages wanderten sie zum Versteck, schoben die Zweige des Gestrüpps beiseite, und plötzlich umklammerte Suzie den Arm ihrer Kusine und wisperte: »Wir müssen weglaufen!« Cassie gehorchte, erschrocken über Suzies spürbare Bestürzung. Als sie am Ende des Greenway, an der Dorfseite, ins Gras sanken, fragte sie: »Wovor laufen wir davon?«

»Hast du den Mann auf dem Feld nicht gesehen?«

»Nein.«

»Der ist hinter allen Kinder her. Einmal rannte er mir nach.«

Danach wagten sie sich nicht mehr in die grüne Höhle. Und sie hatten die Abkürzung über den Greenway nur noch widerstrebend benutzt, stets im Laufschritt.

Oft genug hatte Mike den Ashmore-Fall studiert. Deshalb erinnerte er sich auch an zwei scheinbar nebensächliche Fakten, die ihm zunächst irrelevant erschienen waren.

Erstens – Mrs. Ashmore hatte ausgesagt, Suzie sei etwa einen Monat vor ihrem Verschwinden in wilder Panik nach Hause gekommen und habe behauptet, ein Mann würde sie verfolgen. Das meldete die Mutter der Polizei, als das Kind vermißt wurde, weil sie es für wichtig hielt. Doch man ging der Sache nicht weiter nach, denn ein Farmer erklärte, er könnte Suzie erschreckt haben. Sie sei zusammen mit anderen Kindern auf einem seiner Felder herumgelaufen und habe Erbsen gepflückt. Deshalb habe er sie alle angeschrien und verscheucht. Später sei er ihr vielleicht wieder begegnet und habe ihr angst gemacht. Die anderen Kinder hatten die Geschichte bestätigt, wenn auch etwas widerwillig, und so war die Sache nicht weiter untersucht worden.

Der zweite Hinweis stammte von Cassie selbst. Als sie von den Suchtrupps gefunden worden war, hatte sie von einem Mann und einer Frau erzählt, die schreiend aufeinander losgegangen seien. Bei einem weiteren Verhör erinnerte sie sich nicht mehr an diese Aussage. Nachdem man sie aufgespürt hatte, war sie so verwirrt gewesen, daß die Polizei vermutete, sie müsse sich den Kopf angeschlagen und phantasiert haben. Also war man zu der Ansicht gelangt, auch dieser Punkt könnte ignoriert werden.

Nun hatte sie wieder über den Zwischenfall gesprochen, erinnerte sich aber nur undeutlich an die beiden Personen. Trotzdem maß Mike ihnen eine gewisse Bedeutung bei.

Was mochte Tynan bei seinem Gespräch mit dem historisch bewanderten Priester Embury herausgefunden haben? Waren die Coopers in alle Fälle verstrickt? Wenn ja, auf welche Weise?

Als Tynans Cottage in Sicht kam, gab Mike seine Spekulationen auf. Zu seiner Erleichterung parkte Bills Auto bereits am Straßenrand. Der ruhige, besonnene Sergeant würde Tynan sicher helfen, den Schock zu überwinden.

Der alte Mann öffnete die Tür und ließ Mike schweigend eintreten.

»Alles in Ordnung, John?«

Abweisend nickte der alte Mann, offenbar nicht gewillt, Schwäche zu zeigen. Dann seufzte er und gestand: »Ich verstehe nicht, warum mich das so mitgenommen hat. Wann werden wir's mit Sicherheit wissen?«

»Es steht bereits fest«, erwiderte Mike. »Suzies zahnärztlicher Befund wurde mit dem zweiten Skelett verglichen. Außerdem fand man einen verheilten Bruch im rechten Arm, sechs Monate vor ihrem Tod entstanden. Es gibt keinen Zweifel.«

Krampfhaft schluckte Tynan, als müßte er eine plötzliche Übelkeit bekämpfen. »Und wie ist sie gestorben?«

Mike zögerte. »Vermutlich auf die gleiche Weise wie

das andere Kind, doch der abschließende Bericht liegt noch nicht vor.«

Erstaunt hob Tynan die Brauen. Mike entsann sich, daß der alte Mann noch nicht wußte, was er selbst erst vor wenigen Stunden erfahren hatte.

»Die Mädchen wurden erwürgt. Vermutlich mit den Händen. Bei beiden ist das Zungenbein gebrochen.« Besorgt musterte er Tynans bleiches Gesicht und befürchtete, sein Freund würde die Besinnung verlieren.

Aber Tynan erholte sich von dem Schrecken und fragte leise: »Können Sie sich vorstellen, welche Angst sie hatte? Keine Luft zu bekommen, das Gesicht des Mörders aus nächster Nähe zu sehen ...«

»John!« Den ganzen Nachmittag hatte Mike versucht, nicht daran zu denken. Er legte einen Arm um die Schultern des alten Mannes und schüttelte ihn sanft. »Das reicht! Natürlich weiß ich, was Sie empfinden. Aber Sie dürfen sich da nicht hineinsteigern.«

Nach einer Weile ließ er Tynan los, sah einen ernsthaften Bill aus dem Wohnzimmer kommen und in die Küche gehen, hörte Wasser in den Teekessel fließen.

Er selbst führte Tynan ins Zimmer und drückte ihn in einen Lehnstuhl. »Und jetzt erzählen Sie mir, was Sie von Embury erfahren haben«, bat er in geschäftsmäßigem Ton.

Da entspannte sich Tynan ein wenig, versuchte seine Gedanken zu ordnen und zu wiederholen, was Embury über die Coopers berichtet hatte. Doch dann verstummte er abrupt und ließ die Schultern hängen. »O Gott, Mike, was für ein Aufhebens ich mache, statt an die armen Eltern zu denken! Nach dieser langen Zeit, nach so viel schmerzlicher Trauer fängt alles noch einmal von vorn an.«

Fast widerstrebend legte Mike eine Hand auf Tynans Arm. »Jetzt ist es wenigstens vorbei, John. Die Ashmores haben endlich Gewißheit.«

Tynan starrte ihn an. »Hört man zu trauern auf, wenn man Gewißheit hat?«

Als hätte ihm die Frage einen Schlag ins Gesicht versetzt, wich Mike zurück. Vor seinem geistigen Auge erschienen Bilder von Stevie. Welch eine Verschwendung dieses jungen Lebens ... »Nein, sicher nicht«, antwortete er.

21

Schon im Morgengrauen stand Mike auf, um sich die Informationen zu beschaffen, die er brauchte. Aber wie er enttäuscht feststellen mußte, erwachten bürokratische Institutionen erst viel später zum Leben.

Er hatte bei Tynan übernachtet, zu müde und deprimiert, um die Fahrt über unbeleuchtete, kurvenreiche, einspurige Straßen zu verkraften. Vor dem Einschlafen hatte er nicht an die Ermittlungen gedacht, sondern perverserweise beschlossen, auf einer Möbelauktion einen Eßtisch zu kaufen. Irgendwie erschien ihm so ein Tisch – sollte er Maria Lucas zum Dinner einladen – viel wichtiger als seine Kochkünste, die sich auf die Fähigkeit beschränkten, Konserven zu öffnen und die Mikrowelle zu benutzen.

Nach einem tiefen, von keinerlei Alpträumen geplagten Schlaf hatte sein erster Gedanke den Coopers gegolten. Irgendwie glaubte er nicht, die brutal ermordete Frau, die er mittlerweile Liza nannte, sei eine heimatlose Landstreicherin gewesen, wie er zunächst angenommen hatte. Da sie sich niemals allzuweit von Ancaster entfernt hatte, mußte es in diesem Gebiet eine Art Schlupfwinkel geben.

Konnte sie Sara Jane dort versteckt haben? Daß das

Kind fünf Tage lang in der grünen Höhle festgehalten worden war, fand er unwahrscheinlich. Sonst hätte man Urin gerochen, Spuren anderer menschlicher Ausscheidungen und Decken gefunden. Im Spätsommer herrschte an der Küste bereits nächtliche Kälte, die den Herbst ankündigte.

Nein, Sara Jane mußte sich woanders aufgehalten haben, und dann war sie zum Greenway zurückgebracht worden.

Über die Beweggründe der Entführerin mochte Mike nicht nachdenken. Hatte sie geplant, ein drittes kleines Mädchen unter dem Gestrüpp zu verscharren? War sie von Cassie überrascht und getötet worden.

So viele Erkenntnisse – und immer noch so viele Fragen. Falls Cassie den Mord nicht begangen hatte, wer dann?

Während er in Tynans weichem Gästebett lag und das Tageslicht beobachtete, das allmählich zwischen den dicken Vorhängen hindurchdrang, stellte er weitere Überlegungen an. Wenn Liza irgendwo gewohnt hatte, warum war ihre Unterkunft nicht gefunden worden? Sicher, Ancaster lag vier Meilen vom Ort der Entführung entfernt, außerhalb des Hauptsuchgebiets. Aber Mike hatte die Polizisten beauftragt, auch die Umgebung zu erforschen, alle verlassenen Häuser und leerstehenden, verfallenen Scheunen.

Hatte irgend jemand seine Pflicht vernachlässigt oder geglaubt, das betreffende Gebäude befinde sich im Zuständigkeitsbereich anderer Kollegen? Oder vielleicht hatte Liza mit ihrem kranken, offensichtlich geistesgestörten Vater ein so abgeschiedenes Haus bewohnt, daß beide in Vergessenheit geraten und die

Beamten nicht auf die Idee gekommen waren, dort nachzusehen.

Ja, das ergab einen Sinn. Es hätte Mike weniger überrascht, wäre es in einer anonymen Großstadt geschehen. Aber in einer eng verwachsenen Dorfgemeinde? Konnte eine Frau in mittleren Jahren unerkannt zwischen ihren Nachbarn umherwandern, so daß nicht einmal das Phantombild einer Landstreicherin, die Wäscheklammern verkaufte, Assoziationen heraufbeschwor?

Wo hatte sie Lebensmittel gekauft? War ihr Name in der Kartei eines Arztes registriert? Immer neue Fragen. Schließlich kam Mike zum springenden Punkt. Die Leute sahen und hörten, was sie zu sehen und zu hören erwarteten, und die Polizei hatte um Informationen über eine Landstreicherin ohne festen Wohnsitz gebeten. Nicht über Liza Cooper, die Gott weiß wo gewohnt hatte. Also war nur eine alternde Vagabundin beobachtet worden. So einfach mochte die Erklärung sein.

Dann dachte Mike an Tynans Beschreibung von Emburys Cottage. Isoliert, mehrere Meilen außerhalb des Dorfes, wohin die Post des Priesters geschickt wurde. Hatten die Coopers ein ebenso einsames Leben geführt? Dann konnte man verstehen, warum sie in Vergessenheit geraten waren. Und sie hatten ja auch niemals Gesellschaft gesucht.

Mike schwang die Beine über den Bettrand und schlüpfte in den Morgenmantel, den Tynan ihm geliehen hatte. Wie sollte er das Rätsel lösen? Auf Zehenspitzen schlich er die Treppe hinab und rief im Präsidium an, ohne Erfolg. Im neusten Wählerverzeichnis tauchte der Name Cooper nicht auf.

»So was passiert immer wieder, Sir«, erklärte der diensthabende Sergeant. »Manche Leute werden nicht erfaßt.«

Enttäuscht bedankte sich Mike und legte auf. Nun mußte er wohl oder übel warten, bis das Meldeamt die Pforten öffnete. Er beschloß, sich anzuziehen, eine Nachricht für Tynan zu hinterlegen und vor dem Amtsgebäude zu warten, bis jemand auftauchte. Doch da erschien der Gastgeber auf der Treppe.

»Tut mir leid«, entschuldigte sich Mike, »ich wollte Sie nicht wecken.«

Tynans Lächeln wirkte nicht so heiter wie sonst. »Oh, ich bin schon seit einer Stunde wach. Und als ich Sie telefonieren hörte, konnte ich meine Neugier nicht bezähmen.«

»Ich habe versucht, die frühere Adresse der Coopers ausfindig zu machen. Aber ich muß wohl warten, bis gewisse Leute aus den Federn kriechen.«

»Nun, dann haben wir noch genug Zeit fürs Frühstück.« Nachdenklich fügte Tynan hinzu: »Ich fürchte, ein weiterer langer Tag liegt vor uns.«

In Cassies Traum verschmolzen reale und surreale Elemente so vollkommen, daß sie nicht versuchte, Unterschiede festzustellen. Sie wanderte über taufeuchtes Gras, ihre nackten Füße hinterließen trockene Spuren inmitten funkelnder Tropfen. In dem Garten, den sie durchquerte, wucherte wildes Unkraut zwischen ungepflegten Gemüse- und Kräuterbeeten und den rostigen Zacken einer Heugabel.

Nun folgte sie einem Ziegelpfad. An ihren Füßen klebte Moos, doch darauf achtete sie nicht. Sie bahnte sich einen Weg durch ein Gewirr ineinandergeschlungener Obstbäume und Himbeersträucher, nicht zum Haus, sondern zu einem der seitlich gelegenen Nebengebäude. Aus dem Schuppen drang ein Wimmern, das an ein verwundetes kleines Tier erinnerte. Die Tür stand halb offen, ein Sonnenstrahl beleuchtete ein bewußtloses Kind, das auf einem Strohballen lag.

Cassie drehte sich zum Haus um und entdeckte einen Mann, der aus einem Fenster im Oberstock herabschaute, nicht zum Schuppen, sondern in eine unbestimmte Ferne. Offenbar bemerkte er sie nicht. Sie ignorierte ihn, ging zielstrebig über den Hof, zum Holzhaufen, suchte ein langes Scheit heraus – so leicht, daß sie es mühelos handhaben konnte, und trotzdem schwer genug für ihren Zweck. Entschlossen betrat sie den Schuppen. Neben dem Kind kniete die Traumfrau. Eine Hand strich sanft über das blonde Haar, die andere umklammerte einen dünnen braunen Strumpf. Mit zärtlicher Stimme sang sie dem kleinen Mädchen etwas vor, drückte einen fast mütterlichen Kuß auf das schlafende Gesicht. Dann schob sie den Strumpf unter das Köpfchen, legte ihn sorgfältig um den Hals.

Cassie wartete nicht länger. Ohne Zorn oder Haß zu empfinden, schwang sie das Holzscheit mit aller Kraft hoch und traf die Frau an der rechten Schläfe.

Benommen, aber immer noch bei Bewußtsein, stand die Frau auf, wandte sich schwankend zu ihr, hob einen Arm, um ihre Stirn zu schützen, als Cassie wieder zuschlug.

In Cassies Traum zerbrach der Arm unter dem harten Holz, das die Frau zu Boden warf. Wieder versuchte sie, sich aufzurappeln, ein wuchtiger Hieb drohte ihr

Genick zu zertrümmern, ihr Gesicht landete im Staub. Ein blutrotes Rinnsal spiegelte das Morgenlicht wider.

Als Cassie erneut zuschlug, schien sich der Boden unter ihren Füßen zu bewegen und zu flimmern. Warmer Sonnenschein fiel auf ihren Rücken. Sie stand am Fuß des Tan's Hill, hörte zwei Kinder lachen, sah Suzanne Ashmore und ein kleineres, dunkelhaariges Mädchen Hand in Hand zum Greenway laufen.

Cassie erwachte, verspürte nichts von der Panik, die ihre früheren Träume begleitet hatte, nur tiefen inneren Frieden.

Während Mike Croft in Tynans Küche saß, wo er sich auf das Frühstück zu konzentrieren suchte und ungeduldig den Beginn des Tages herbeisehnte, schlief Cassie wieder ein. So glücklich wie an diesem Morgen war sie schon lange nicht mehr gewesen.

Um neun Uhr eilte Mike ins Meldeamt und hielt einem verwirrten Beamten seinen Ausweis unter die Nase. Fünf Minuten später sprach er mit jemandem, der Bescheid wußte und die entsprechenden Dokumente hervorkramte. Um zehn war er Flint aus dem Weg gegangen, hatte Peters seinen Plan erklärt, und am frühen Nachmittag fuhr er, gefolgt von einem Streifenwagen, nach Ancaster.

Dort stellte er fest, daß die Schwierigkeiten erst anfingen. Wie er vermutet hatte, lag das Haus der Coopers völlig abgeschieden, und sie hatten auch nichts gegen ihre Isolation unternommen. Nachdem er eine Stunde lang immer wieder falsch informiert und in die Irre geführt worden war, fand er endlich eine schmale Sandstraße und hielt vor einem rostigen Eisengatter.

Plötzlich zögerte er und schaute sich um. War das Haus bewohnt? Die geschlossenen Fenster schienen die Außenwelt gebieterisch zurückzuweisen. Obwohl das Anwesen zwei Meilen von Ancaster entfernt lag, schien es einer anderen Sphäre anzugehören.

Die Postbeamtin, die der Polizei endlich den richtigen Weg gewiesen hatte, war sehr gesprächig gewesen. »Niemand geht dorthin. Natürlich ist uns das nicht egal. Aber die wollen sich nicht helfen lassen. Manchmal kommt sie ins Dorf, nicht oft, und wenn ...« Stöhnend schwenkte sie eine Hand durch die Luft, als müsse sie üble Gerüche verscheuchen. »Ich glaube, sie hat jahrelang nicht mehr gebadet.«

»Also geht niemand hin?« fragte Mike. »Und die Post?«

»Welche Post? Die kriegen keine. Nur Gott mag wissen, wie sie da draußen leben. Angeblich ist im ganzen Haus Geld versteckt.« Sie lachte verächtlich. »Aber kein Dieb, der auf sich hält, würde da einbrechen und sich womöglich mit irgendwas anstecken.«

Mike hatte sie noch eine Weile reden lassen und sich dann verabschiedet, um hierherzufahren. Nachdenklich musterte er das Cooper-Haus. Kein Gas, kein elektrischer Strom, keine Wasserrohre. Im Garten gab es einen Brunnen, wie die Postbeamtin erklärt hatte, um ihn dann über unterschiedliche Wasserqualitäten zu belehren.

Noch etwas hatte er im Meldeamt erfahren. Auf den Namen Albert J. Cooper war nie ein Totenschein ausgestellt worden, weder vor zehn Jahren noch zu einem späteren Zeitpunkt. Könnte Liza ihn irgendwo begraben haben, ohne die Behörde zu informieren?

Vorsichtig hob Mike das Gatter an, das an einer einzigen rostigen Angel hing und knirschend nach innen schwang, führte die vier Constables durch einen verwilderten Vorgarten und am Haus entlang in einen Hinterhof mit Ziegelpflaster. »Sie beide versuchen die Tür zu öffnen«, befahl er und schickte die zwei anderen zu den Nebengebäuden. Dann blieb er mitten im Hof stehen und betrachtete das Chaos, das früher ein Heim gewesen war.

An einem Fenster im Oberstock schien sich etwas zu bewegen. Schlaffe Gardinen hingen herab, nur halb geschlossen. Die Augen zusammengekniffen, spähte er hinauf, aber nun rührte sich nichts mehr. Inzwischen hatten die beiden Constables das Haus umrundet und kehrten zurück. »Alle Fenster geschlossen, Sir, und die Vordertür ist wahrscheinlich verriegelt.«

Ungeduldig nickte er. »Dann versuchen Sie's hinten, und wenn's sein muß, brechen Sie die verdammte Tür auf!«

Er sah, wie sie einen Blick wechselten, was er ihnen nicht verübeln konnte. Der Gestank des Hauses drang sogar ins Freie. Allerdings dürften ihnen die verrosteten Türangeln keine Schwierigkeiten bereiten.

»Das sollten Sie sich ansehen, Sir!« Der Polizist, der aus einem Ziegelschuppen rannte, war kreidebleich.

Als Mike die Schwelle überquerte, traf ihn der üble Geruch wie eine substantielle, würgende Macht. »Großer Gott!«

»Ja, Sir«, stimmte der junge Mann mitfühlend zu.

Mike stieß die Tür so weit wie möglich auf, hob seine Taschenlampe, die er diesmal vorsorglich mitgenommen hatte, und ließ den Lichtstrahl durch den Schuppen wandern. Nun war der richtige Ort gefunden: Sara Janes Gefängnis.

In einer Ecke häuften sich menschliche Exkremente, in einer anderen lagen schmutzige, fadenscheinige Decken und alte Säcke. Beißender Uringestank erfüllte die Luft. Was Mikes letzte Zweifel beseitigte, war das blaue Band, um eine blonde Locke gewunden. Jemand hatte es an die Wand genagelt, und dieser Anblick bedrückte ihn noch schmerzlicher als alles andere in diesem Höllenloch.

»Sir!« rief der junge Constable und zeigte auf zwei andere Bänder, die über dem schmalen Fenster hingen, eins rot, eins grün, beide zerschlissen. Das rote umschlang eine schmutzige blonde Strähne, das grüne dunkelbraunes Kraushaar. Irgend jemand – Liza? – hatte diese Löckchen von den Spinnweben und Staubflusen befreit, die alles andere bedeckten.

Traurig wandte er sich ab und betrachtete den verwahrlosten, von Unkraut überwucherten Hof. Der andere Officer kam von seinem Rundgang durch die übrigen Nebengelände zurück und fegte Spinnennetze von seiner Uniform.

»Haben Sie was gefunden?« fragte Mike. »Abgesehen von Spinnen?«

Der junge Constable grinste, dankbar für den kleinen Scherz inmitten dieser grausigen Realität. »Einen alten Kinderwagen, Sir. Komisch, der ist einigermaßen sauber, so als wäre er erst vor kurzem benutzt worden.«

War Sara Jane in diesem Kinderwagen zum Greenway zurückgebracht worden? Mike wollte ihn inspizieren, doch da drang ein Ruf vom Haus herüber. »Da ist er, Sir! In einem Schlafzimmer!«

Mike rannte über den Hof. »Lebt er?«

»Ja, Sir!«

Atemlos schob er sich an dem Officer vorbei, stürmte ins Haus die Treppe hinauf, gefolgt von einer verächtlichen Stimme. »Wie kann man diesen Dreck nur ertragen?«

Er selbst versuchte, professionell zu bleiben und sich solche dummen Fragen nicht zu stellen. Aber trotzdem ... Der Gestank, der Schmutz – auch Mike fiel es schwer, das alles zu begreifen.

Unsicher stand der andere Constable vor der Schlafzimmertür. Mike trat ein und bedeutete ihm mitzukommen. Hinter halb geschlossenen Vorhängen und seit Jahrzehnten verstaubten Fensterscheiben lag der Raum in grauem Dunkel. Ein alter Mann saß auf dem Bett. Nichts an ihm wirkte kraftlos, trotz des Verfalls, in dem er hauste. Immer noch strahlten die gestrafften Schultern und der kerzengerade Rücken Energie und Autorität aus.

»Mr. Cooper?« begann Mike in sanftem Ton und wußte nicht recht, wie er das Gespräch eröffnen sollte. Als der Mann ihn anschaute, wurde Mike von fast abergläubischer Angst erfaßt, und er spürte, wie der junge Mann an seiner Seite zusammenzuckte, als würde der Blick ihn treffen.

»Ja, ich ahnte, daß Sie kommen würden.« Nachdem die Stimme jahrelang nur selten benutzt worden war, klang sie heiser, aber nicht schwach. »Und ich sagte ihr, es gebe keinen anderen Weg. Sie hätte mir alles überlassen sollen, so wie beim letztenmal.« Resignierend zuckte er die Achseln. Das Schicksal hatte es niemals gut mit ihm gemeint.

Mike wartete und wagte nicht, ihn zu unterbrechen, aus Angst, der Alte könnte für immer schweigen.

»Aber sie versicherte, diesmal würde sie sich um alles kümmern und sie zum Hügel bringen und es dort erledigen. Natürlich glaubte ich ihr nicht. Was für ein Feigling sie war! Sie ließ die Kleine einfach unter der Hecke liegen, so daß jeder sie finden konnte, dann wollte sie zu mir zurückkommen und mich belügen. Doch das nahm ich nicht hin. Also folgte ich ihr.«

Dann senkte er den Kopf, so als wäre alles gesagt worden. Wie erstarrt hatte Mike dagestanden. Nun fürchtete er, der Mann würde nicht weitersprechen, die restliche Geschichte könnte ein ewiges Geheimnis bleiben. Nur mühsam unterdrückte er den Impuls, zu schreien und fordernde Fragen zu stellen. Statt dessen flüsterte er: »Sie haben sie getötet.«

Verwundert blickte der Mann auf. Offenbar verstand er nicht, warum Mike eine Bestätigung verlangte. »Allerdings. Was hätte ich sonst tun sollen? Ich wußte, sie würde mich belügen, und so nahm ich ein Scheit vom Holzhaufen.« Betrübt seufzte er und fügte hinzu: »Für das Kind fand ich keine Zeit mehr. Eine Frau rannte den Hang hinab, und ich hörte die Stimmen anderer Leute. Deshalb ging ich nach Hause.«

»Und das Scheit, mit dem sie erschlagen wurde?«

Cooper runzelte ärgerlich die Stirn. »Sie sind wohl nicht auf dem Land aufgewachsen, was?«

»Nein«, antwortete Mike verwirrt.

»Das dachte ich mir. Sonst würden Sie nicht so was Dummes fragen.« Langsam und geduldig erklärte der alte Mann: »Brennholz gehört auf den Holzhaufen. Und da legte ich das Scheit wieder hin, für den Winter. Diese jungen Leuten haben wirklich keine Ahnung. Glauben Sie etwa, ich würde gutes Brennholz verschwenden?« Nun schaute er wieder zu Boden. Er protestiere nicht, als Mike seinen Arm ergriff und ihn hinausführte zum Streifenwagen.

22

Zwei Wochen später wurden Suzanne Ashmore und Emma Cooper bestattet – Suzie auf einem großen Friedhof in der Stadt, wo ihre Eltern jetzt lebten, Emma auf dem kleinen Gottesacker des Dorfes, wo ihr kurzes Leben ein so tragisches Ende gefunden hatte. Mike und Tynan besuchten beide Begräbnisse.

Zahlreiche Trauergäste erwiesen Suzie Ashmore die letzte Ehre, und Mike blieb im Hintergrund, ließ jenen den Vortritt, die mit Fug und Recht an der Totenfeier teilnahmen. Es war ein heller Septembernachmittag. Nur das verfärbte Laub der Bäume, die den Weg zum Krematorium säumten, kündigte den Herbst an.

Kurz nach dem Beginn der Zermonie sah er Cassie und Fergus in die Kirche treten. Fast unbemerkt stellten sie sich neben das Tor. Suzannes Mutter drehte sich um, entdeckte die beiden, kehrte ihnen abrupt den Rücken, und Mike schüttelte traurig den Kopf. Sicher war es zu spät, diese Kluft zu überbrücken, die ein unvernünftiger Haß verursacht hatte.

Lächelnd nickte er Cassie zu. Maria Lucas hatte ihm erzählt, die Fortschritte der Patientin würden alle Erwartungen übertreffen, und sie sei bereit, ein neues Leben zu beginnen. Das freute ihn fast ebenso wie seine Freundschaft mit der Psychiaterin, die sich zusehends vertiefte. Wenn es auch noch eine Weile dauern würde, bis eine engere Bindung entstehen mochte, so glaubte er doch, daß auch auf ihn ein Neuanfang wartete.

Widerstrebend kehrte er in die Gegenwart zurück. Der Gottesdienst war fast vorbei, und er wollte wenigstens versuchen, bei der letzten Hymne die richtige Seite im Gesangbuch zu finden. Hinter seinem Rücken spürte er einen leichten Luftzug, leise wurde die Tür geschlossen. Cassie und Fergus hatten die Kirche verlassen.

Bald danach fand auch Emma ihre letzte Ruhe. Ein paar Fotoreporter erschienen, um ein Ereignis festzuhalten, das höchstens ein oder zwei Spalten in den Lokalzeitungen einnehmen würde. Sonst kamen nur Mike, Tynan und die anderen Leute auf den Friedhof, deren Leben von diesem tragischen Todesfall überschattet worden war.

In ein paar Tagen würde ein weiteres Begräbnis stattfinden. Albert Cooper hatte sich im Untersuchungsgefängnis mit einem Bettlaken erhängt.

Während Emmas sterbliche Überreste der Erde übergeben wurden, stand Mike zwischen den Thomas' und den Malthams. Hier erlebte er ein anderes Begräbnis als in der Stadt, wo man Suzie Ashmore bestattet hatte. Nachdenklich schaute er zu den Cassidys hinüber. Mehrere Dorfbewohner hatten Blumen geschickt oder den Trauergottesdienst besucht. Aber nur die Cassidys standen am Grab, Sara Jane zwischen sich, geschützt und geborgen.

Beinahe wäre alles anders gekommen ... Doch daran wollte Mike nicht denken. Wie die anderen bückte er sich, um eine Handvoll Erde auf den Sarg zu werfen. Erst als er zum Friedhofstor ging, entdeckte er Cassie, die immer noch Blumen in der Hand hielt. »Haben Sie's vergessen?« fragte er. »Ich begleite Sie gern zum Grab zurück.« Lächelnd schüttelte sie den Kopf. »Wir haben schon einen Strauß vors Grab gelegt. Diesen möchte ich auf den Tan's Hill bringen, damit alles ein versöhnliches Ende nimmt.«

»Kommen Sie doch mit«, bat Fergus, eine Einladung, die offensichtlich auch Tynan einbezog.

Schweigend wanderten sie einige Minuten lang dahin, eine sonderbare Prozession, der sich auch die Thomas' angeschlossen hatten. Dann fragte Anna: »Wissen Sie, warum er Sara entführt hat?«

»Da können wir nur Vermutungen anstellen«, entgegnete Mike. »Nach Coopers Verhaftung sprach ich mit ihr, und sie erinnerte sich, daß sie ihn einmal auf dem Tan's Hill gesehen hatte – einen alten Mann, der mit sich selber sprach. Das jagte ihr Angst ein, und sie rannte davon.«

»Glaubte er, sie habe ebenso wie Suzie das Skelett gefunden?«

»Vielleicht. Das werden wir wohl nie herausfinden.«

Langsam nickte Anna, und Simon ergriff ihre Hand. Bis jetzt war er ungewöhnlich wortkarg gewesen. »Vielleicht ist das an den Haaren herbeigezogen – aber hat irgend jemand die Ähnlichkeit zwischen den beiden Mädchen bemerkt? Bei Sara Janes Anblick muß Cooper befürchtet haben, Suzies Geist würde ihn verfolgen.«

Dazu gab niemand einen Kommentar ab, und es wäre

auch überflüssig gewesen. Mittlerweile hatte Mike eine abergläubische Vorsicht entwickelt und wagte nicht, die mystischen Aspekte der drei Fälle anzuzweifeln. Da gab es immer noch viele Dinge, die er nicht verstand; zum Beispiel, wie die Kinderkleidung in das Polizeiauto geraten war – oder den seltsamen Traum, den Cassie ihm am Tag nach Coopers Festnahme im Oaklands erzählt hatte. Absurd, wie präzise sie die Einzelheiten des Mordes wiedergeben konnte ...

»Jedenfalls haben Sie's nicht getan«, hatte er betont, in plötzlicher Angst, sie könnte ihre Seele mit neuen Schuldgefühlen belasten.

Zu seiner freudigen Überraschung hatte sie gelacht. »Ich weiß, daß ich's nicht war. Aber der Traum tat mir gut, so als hätte ich Rache geübt, ohne die Konsequenzen zu tragen.«

Inzwischen hatten sie die Stelle erreicht, wo der Greenway in die Straße mündete, und Anna setzte sich ins Gras.

»Möchten Sie nicht weitergehen?« fragte Tynan.

Sie schüttelte den Kopf. »Nennen Sie mich abergläubisch, wenn Sie wollen. Jedenfalls würde mich keine Macht der Welt da raufkriegen.« Unwillkürlich strich sie über ihren Bauch, wo ein neues Leben heranwuchs.

»Mir widerstrebt es genauso, da hinaufzusteigen«, gestand Tynan und lächelte.

Einladend klopfte sie neben sich auf den Boden. »Dann leisten Sie mir Gesellschaft.«

Die anderen setzten den Weg fort, doch dann blieb Cassie abrupt stehen. »Nein, ich kann's nicht«, flüsterte sie. Fergus küßte sie zärtlich und nahm ihr die Blumen aus der Hand.

»Laß mich das machen.«

Erleichtert nickte sie und kehrte zu der Stelle zurück, wo Tynan und Anna warteten.

Eine Zeitlang standen Fergus und Mike auf dem Gipfel. Sie hatten die Blumen in die einzige grüne Höhle gelegt. Dort wuchs bereits neues Dornengestrüpp und heilte die Wunden, die das Spurensicherungsteam geschlagen hatte. Dann waren sie auf den Hügel zurückgekehrt, und nun blickten sie zum Greenway hinab, der sich am Fuß des Tan's Hill dahinwand. Eine leichte Brise milderte die Hitze des Nachmittags. Weit draußen über dem Meer verdunkelte sich der Himmel, Regenwolken zogen herauf.

»Jetzt sollten wir hinuntergehen«, meinte Fergus mit gepreßter Stimme. Irgend etwas schien ihn zu bedrükken.

Während sie hinabeilten, glaubte Mike, die Luft flimmern zu sehen wie einen Dunstschleier, und plötzlich gewann er den Eindruck, unter seinen Füßen würde sich der Boden bewegen. Die Hecken, eben noch massiv und unverrückbar, verschwammen vor seinen Augen, als würde er sie durch Milchglas betrachten.

Panik stieg in ihm auf, schnürte ihm die Kehle zu, und in Fergus' angstvoller Miene las er die gleichen Gefühle. Instinktiv begannen sie zu laufen, flüchteten schamlos von einem Ort, der sie nicht länger willkommen hieß.

Helles Gelächter folgte ihnen, und am Fuß des Hangs zwang sich Mike, über die Schulter zu blicken. Auf dem Gipfel des Tan's Hill standen zwei kleine, zierliche Gestalten, elfenhafte Silhouetten vor der Himmelsbläue.